조선의 용대

조선의용대

지은이 | 표윤명

1판 1쇄 펴낸날 | 2018년 3월 10일

펴낸이 | 이주명
편집 | 문나영
인쇄 | 한영문화사
제본 | 한영제책사

펴낸곳 | 필맥
출판등록 | 제300-2003-63호
주소 | 서울시 서대문구 경기대로 58 경기빌딩 606호
홈페이지 | www.philmac.co.kr
전화 | 02-392-4491
팩스 | 02-392-4492

ISBN 978-89-97751-98-3 (03810)

* 잘못된 책은 바꿔드립니다.
* 값은 뒤표지에 있습니다.

이 도서의 국립중앙도서관 출판예정도서목록(CIP)은 서지정보유통지원시스템 홈페이지(http://seoji.nl.go.kr)와 국가자료공동목록시스템(http://www.nl.go.kr/kolisnet)에서 이용하실 수 있습니다. (CIP제어번호 : CIP2018005076)

프롤로그: 대륙에서 일었던 독립의 바람

2017년은 소련에서 볼셰비키 혁명이 일어난 지 꼭 100주년이 되는 해였다. 지구상에 공산주의가 들어선 지 어느새 100년이 지난 것이다. 이 공산주의는 동쪽으로도 붉은 바람을 일으켰다. 1921년 상해의 프랑스 조계 안에 있는 한 기숙사에서 13명의 멤버로 중국 공산당이 창립된 것이다. 중국 공산당은 1922년 코민테른에 가입했다. 그리고 군벌 타도를 목적으로 그 다음 해에 1차 국공합작을 하게 된다. 그러나 국민당은 북벌에 성공하자 공산당원을 축출하기 시작했다. 피의 제전이 펼쳐졌다. 이에 주은래가 남창에서 일어섰고, 봉기는 광주로 이어졌다. 이것이 1927년의 일이다.

1928년 만주의 군벌 장작림이 열차에서 폭사함으로써 군벌시대는 막을 내렸다. 그리고 새로운 시대, 즉 장개석의 시대가 시작되었다. 그러자 이번에는 일본군이 나섰다. 1937년 노구교 사건으로 중일전쟁을 일으킨 것이다. 이에 장개석은 다시 공산당과 합작했는데 이것이 2차 국공합작이다. 이때 우리 독립운동가들도 중국을 도와 일본에 저항하는 투쟁을 벌였다. 이에 중국은 우리 독립운동가들을 적극 지원하게 된다. 그리고 1938년 10월 10일 약산 김원봉에 의해 조선의용대가 창설되었다.

중국을 도와 일본에 맞서 싸우던 조선의용대의 일부는 화북으로 올라간다. 이 조선의용대 화북지대는 태항산에서 일본군과 치열한 전투를 벌였다. 1942년 일제는 태항산에 주둔하고 있는 팔로군과 조선의용대를 섬멸하기 위해 총공격을 감행한다. 무려 20개 사단 40만 명을 동원한 것이다. 전차와 비행기까지 동원했다. 팔로군 사령부와 조선의용대는 일본군에 밀려 최악의 상황까지 갔다.

이때 박효삼과 윤세주를 비롯한 조선의용대 대원들이 두 개의 고지를 점령함으로써 활로를 뚫는다. 조선의용대는 팽덕회를 비롯한 팔로군 지휘부를 엄호하여 그들이 무사히 탈출할 수 있도록 돕는다. 그 덕분에 팔로군은 무사히 태항산을 벗어나 연안으로 가는 데 성공한다.

이 전투에서 팔로군 사령부의 참모장 좌권과 조선의용대의 진광화,

윤세주가 전사했다. 전투가 끝난 직후 중국 공산당과 국민당은 이들에 대한 추도식을 대대적으로 거행했다. 그리고 이는 나중에 북한의 연안파가 조선 대중에게 내세울 수 있는 정치적 자산이 되었다. 오늘날 중국이 북한을 혈맹이라 하면서 멀리할 수 없는 이유이기도 하다. 이때의 은혜를 잊지 않겠다는 것이다.

이후 조선의용대 화북지대는 무정에 의해 장악되어 만주를 거쳐 북한으로 들어가게 된다. 한편 중경에 남았던 김원봉은 남은 의용대원들을 이끌고 대한민국 임시정부의 광복군에 합류한다. 이후 김원봉은 임시정부의 군무부장 겸 광복군 제1지대장과 부사령관을 역임했다.

광복 이전에 중국 대륙이나 국내에서 사회주의자로서 조국과 동포를 위한 독립운동에 헌신한 분들의 오늘날 위상은 어떤가? 사회주의자였다는 이유만으로 우리가 그분들의 업적까지 외면하고 있는 것은 아닌가 묻고 싶다.

그분들은 조국의 독립을 위해 사회주의라는 방법을 선택했을 뿐이다. 우리가 지금 북한과 맞서고 있다고 해서 그분들의 업적까지 외면해서는 안 된다고 생각한다. 조국의 독립을 위해 타국에서 또는 국내에서 치열하게 싸웠던 그분들의 업적은 그 업적대로 제대로 평가되어야 할 것이다. 그분들에 대한 제대로 된 평가는 오늘을 살고 있는 우리의 몫이다.

봄볕이 따사로운 첨산재(尖山齋)에서
2018년 3월 1일 청효(靑曉) 씀.

차 례

프롤로그: 대륙에서 일었던 독립의 바람 · 4

1. 정사교의 피바람 · 10

2. 하승교전투 · 25

3. 무창성 · 45

4. 혈전 · 59

5. 무너지는 군벌 · 83

6. 대륙의 분열 · 98

7. 만났다 헤어지고 · 128

8. 혁명 · 143

9. 동지 · 174

10. 의용대 · 195

11. 항일전선 · 214

12. 화북지대 · 237

13. 호가장전투와 읍성전투 · 269

14. 태항산을 벗어나며 · 296

15. 아나키스트 · 320

16. 의용대, 광복군에 합류하다 · 338

참고한 자료 · 355

1. 정사교의 피바람

'네 몸은 반드시 나라를 위해 바쳐야 한다!'

헤이그에서 자결한 아버지의 말을 떠올리며 이용은 이를 악물었다.

'이 길이 조국을 되찾는 길이라면 이것이 나의 운명이다.'

정사교 건너편으로 수만 명의 오패부군이 몸을 도사리고 있었다. 전장에 일촉즉발의 긴장감이 서렸다. 맨 앞의 보병대는 강둑을 엄폐물 삼아 엎드린 채 명령을 기다리고 있었다. 이용은 고개를 치켜들었다. 때가 되었음을 직감한 것이다. 그리고 측면에서 붉은 깃발이 올라갔다.

"쏴라!"

이용의 한마디에 포신에서 불이 뿜어지기 시작했다. 우레와 같은 포성이 정사교를 울렸다.

오패부의 진영에서도 포탄이 날아들었다. 지축이 울렸다. 비명소리도 이어졌다. 정사교 양안은 이내 지옥을 방불케 변했다.

"적의 진지를 겨냥하라!"

"포신을 적의 포대에 맞춰라!"

불벼락이 정사교를 사이에 두고 빗발처럼 쏟아져 내렸다. 귀를 스치는 포탄 소리에 이용은 청산리 전투를 떠올렸다. 그러나 지금은 그때와는 또 달랐다. 규모 면에서 상대가 되질 않았다. 전투력에서도 비교가 안 됐다. 수천 명에서 수만 명의 병력으로, 소총 중심의 전투에서 포대 중심의 전투로 바뀌어 있었던 것이다. 게다가 상대도 일제가 아닌 군벌이었다. 그러나 어찌 됐든 살아남아야 한다는 것은 그때나 지금이나 마찬가지였다. 죽음으로부터 자신을 지켜내야만 했다. 그리고 그 방법은 오직 하나 승리뿐이었다.

이용은 눈을 부릅뜨고는 적의 포대를 살폈다. 화약 냄새가 훅 하고 콧속으로 스며들었다. 사신을 부르는 불쾌한 냄새였다.

"저쪽이다! 교각 뒤쪽 언덕으로 집중포화를 날려라!"

이용의 명령에 포신이 움직이기 시작했다. 이어 이를 악문 포병들의 작업도 눈에 들어왔다. 그리고 또다시 포신이 불을 뿜어댔다.

정사교 양안은 포화와 포연으로 가득 찼다. 더불어 아비규환의 지옥도 펼쳐졌다. 포탄이 작렬하고 파편에 병사들이 쓰러질 때마다 비명소리가 귀를 찢었다. 붉은 피가 대지를 적셨다. 병사들은 쓰러진 동료를 끌어안고 울부짖었다.

시체가 정사교 양안을 뒤덮기 시작했다. 북벌군이나 오패부군이나 마찬가지였다. 피 흘리는 자와 신음하는 자가 끊임없는 공포를 불러왔다.

"사령관님, 돌격명령을 내리십시오!"

조선인 군관 김준섭이 북벌군 사령관 엽정을 돌아보았다. 그의 눈에 불이 켜져 있었다.

"저희가 먼저 적의 진지를 점령하겠습니다."

기관총을 거머쥔 김준섭은 전의로 불타고 있었다. 그런 모습을 바라보는 엽정의 얼굴에 미소가 어렸다.

"역시 조선인의 투지는 남다르오."

"조국을 위한 일입니다. 어찌 망설이겠습니까?"

"좋소. 준비하시오!"

엽정의 승낙에 김준섭은 먼지를 흩뿌리며 언덕을 달려 내려갔다. 그러고는 일사불란하게 기관총부대를 지휘했다. 이어 엽정의 돌격명령도 떨어졌다.

"앞으로! 강을 건너라. 소총수 앞으로!"

김준섭의 명령도 이어졌다.

"기관총은 엄호하라! 소총수를 엄호하라!"

콩을 볶는 듯한 총소리가 이번에는 정사교 남쪽에서 울려 퍼졌다. 총탄이 정사교를 집중적으로 타격했다. 불꽃이 튀고 교각 뒤에 숨어있던 오패부의 군사들이 연이어 쓰러졌다. 다리 건너편에서도 일제히 사격이 시작되었다. 이어 병사들이 몸을 일으켜 세웠다. 벌떼같이 일어섰다. 건너편에서도 마찬가지였다. 또다시 비명과 신음소리가 쏟아졌다. 강둑에서 쓰러져 강바닥으로 굴러 떨어지는 모습도 보였다.

"정사교를 장악하라!"

엽정은 정사교 점령을 일차 목표로 삼았다.

"막아라! 정사교는 지켜야 한다."

오패부는 완강했다. 정사교를 마지노선으로 삼았던 것이다.

"나를 따르라!"

군관 김준섭은 기관총을 들고 언덕을 내려갔다. 정사교에 가까이 접근하기 위해서였다. 그를 따르는 기관총부대가 바짝 뒤를 이었다. 이내 정사교 남쪽이 북벌군에 의해 장악되었다. 하늘을 뒤덮는 총탄에 오패부도 주춤 물러서지 않을 수 없었던 것이다.

"앞으로!"

김준섭은 목숨을 돌보지 않았다. 총탄이 귀를 스치고 화약 냄새가 코를 찔렀다.

"세 번째 교각 뒤에 놈들이 숨어있다. 집중사격하라!"

교각에 몸을 의지한 김준섭은 방아쇠를 당기며 소리쳤다. 경기관총 소리가 귀를 찢었다. 불꽃이 빗발처럼 날아갔다. 그러나 오패부군도 만만치 않았다. 반격을 가해왔던 것이다. 북벌군도 쓰러졌다. 그러자 오패부군이 다시 정사교를 야금야금 먹어 들어왔다. 교각을 방패 삼아 북벌군의 코앞까지 다가왔던 것이다. 이어 총탄이 교각에 불꽃을 일으키며 치열한 공방전이 다시 시작되었다. 쓰러지는 군사도 속출했다. 피가 정사교 교각 주위를 흠뻑 적셨다. 김준섭은 더 이상 앞으로 나아가기가 어려웠다. 오패부군이 죽음을 불사하고 달려들었기 때문이다.

포탄 소리가 다시 이어졌다. 양안 강둑에서도 치열한 공방전이 벌어지고 있었던 것이다.

"강을 건너라! 돌격 앞으로!"

사령관 엽정은 도강을 재촉했다. 승리의 환희를 느껴보고 싶었기 때문이다.

"놈들이 아예 몰살을 당하기로 작정한 모양이로군!"

오패부는 입가에 비릿한 웃음을 머금은 채 기다렸다. 그러고는 북벌군이 강둑에서 내리달아 물로 뛰어들자 그제야 명령을 내렸다.

"쏴라!"

오패부의 명령에 정사교 건너편에서 일제히 사격이 시작되었다. 결과는 참담했다. 강물에 붉은 피가 넘쳐났다. 옥빛의 푸른 강물이 검푸른 자색으로 물들어갔다. 강둑 아래로 쓰러지는 북벌군이 마치 낙엽이 나뒹구는 듯했다. 그러나 북벌군은 멈추지 않았다. 개미떼처럼 강둑을 내리달아 강물로 뛰어들었던 것이다. 마치 불을 보고 뛰어드는 불나방과도 같아 보였다.

"하나의 조국을 만들어야 한다. 군벌을 타도하자!"

"군벌 타도, 강산 통일!"

목이 터져라 외쳐대는 선전대의 목소리도 총탄과 포탄 소리에 묻혀 더 이상 들리지 않았다.

정사교 인근은 피비린내를 풍기는 시신으로 뒤덮여 눈 뜨고 보지 못할 지경이 되고 말았다. 정사교에서의 교전. 강을 건너려는 북벌군과 이를 막아내려는 군벌 오패부의 저항. 전투는 그야말로 치열하기 그지없었다.

두 시간이나 지났어도 시간이 어떻게 지났는지를 모를 지경이었다.

시간이 갈수록 사령관 엽정의 얼굴이 변해 갔다. 승리의 환희를 기대하는 표정에서 패배를 예감하는 불길한 표정으로 변해 갔던 것이다. 그리고 마침내 엽정은 물러서기로 결정했다.

"퇴각하라! 도강을 중지하라!"

사령관 엽정의 명령에 정사교의 김준섭도, 도강을 시도하던 북벌군도 뒤로 물러나지 않을 수 없었다. 오패부군도 사격을 중지했다. 총탄이 멎자 매캐한 화약 냄새가 코를 찔렀다. 피비린내도 진동했다.

"죽일 놈!"

엽정은 이를 갈았다. 눈앞에 펼쳐진 목불인견의 광경이 그의 가슴을 더욱 쓰리게 했다. 강둑과 강바닥, 그리고 강물에 온통 북벌군의 시체였다. 건너편 오패부군에서 환호성이 터져 나왔다.

"물러가라! 엽정 네놈의 몸뚱어리도 저리 되기 전에 어서 돌아가라!"

오패부의 외침에 이은 호탕한 웃음소리가 엽정으로 하여금 얼굴을 더욱 붉히게 했다. 분노도 폭발했다.

"내 네놈의 목을 반드시 취할 것이다!"

주먹을 불끈 쥔 엽정은 참모들을 불러 모았다.

"좋은 방법이 없겠는가?"

엽정이 묻자 이번에도 군관 김준섭이 먼저 나섰다.

"제가 우회하겠습니다."

자신만만한 말투에 엽정이 고개를 돌려 그를 바라보았다.

"역시 조선인 전사요!"

엽정은 밝은 얼굴로 김준섭의 투지를 치켜세웠다.

"우회하다니?"

참모장 도진호가 물었다. 그러자 김준섭이 호기롭게 대답했다.

"상류로 거슬러 올라가 우회하여 놈들의 배후를 치겠습니다. 그때까지 기다려주십시오!"

김준섭의 제안에 엽정을 비롯한 참모들은 잠시 침묵을 지켰다.

"그게 되겠는가? 아무리 기관총부대라고 해도."

부관 호요민이 말을 마치기도 전에 김준섭이 다시 나섰다.

"그렇다고 이대로 주저앉아 있을 수만은 없지 않습니까? 제가 해 보이겠습니다."

자신만만한 태도에 엽정이 박수를 쳤다.

"좋소. 해봅시다!"

엽정의 승낙에 김준섭은 자리에서 일어섰다.

"그럼 가서 준비하겠습니다. 오늘 밤 강을 건너겠습니다."

"무운을 비오!"

엽정은 격려의 말을 아끼지 않았다.

"내일 새벽이나 아침에 기관총 소리가 나거든 집중포화를 날려주십시오!"

"알겠네."

"김 군관, 조심하게."

이용이 다가가 김준섭의 손을 맞잡았다. 동포의 따뜻한 체온이 느껴졌다.

"집중포화 부탁드립니다."

김준섭의 부탁에 이용은 입술을 질끈 깨물어 보였다.

"걱정 마시게! 내 모든 포탄을 날려 보내겠네."

김준섭은 입가에 환한 미소를 지어 보이고는 사령관 막사에서 물러났다. 그러고는 즉시 기관총부대를 정비했다.

"기관총부대를 둘로 나눈다. 신 동지의 경기관총부대와 이 동지의 중기관총부대로 나눈다."

김준섭의 명령에 일사불란하게 기관총부대가 움직였다. 신태무와 이희도를 중심으로 한 두 개의 기관총부대가 구성되었다.

"신 동지는 나를 따르고 이 동지는 남는다."

그러자 이희도가 즉시 불만을 토해냈다. 섭섭하다는 표정도 지어보였다.

"제가 남는 이유가 뭡니까? 저도 군관을 따르겠습니다!"

입가에 미소를 머금은 김준섭이 이희도의 어깨를 툭 하고 쳤다.

"그런 게 아니오. 이 동지의 임무가 막중하오. 놈들에게 우리가 우회하는 것을 알아채지 못하게 해야 하오. 그러자면 이 동지가 남아서 정사교에서 교전을 해주어야 하오."

그제야 이희도는 고개를 끄덕였다. 입가에 웃음꽃도 피어났다.

"성동격서로군요!"

1. 정사교의 피바람

김준섭은 말없이 고개만 끄덕였다. 이심전심이었다.

"알겠습니다, 군관."

"다치지 않게 하오. 적의 이목만 끌면 되오."

동지애가 가득한 목소리였다. 이희도가 미소로 답했다.

"우리가 떠나고 해가 지거든 정사교에서 교전을 벌여주오."

"알겠습니다. 조심하십시오!"

김준섭은 다시 한 번 고개를 끄덕여 보이고는 신태무를 돌아보았다.

"신 동지, 갑시다!"

"예, 군관."

김준섭은 신태무와 함께 경기관총부대를 이끌고 강을 거슬러 올라갔다. 상류로 가기 위함이었다.

우거진 숲을 방패 삼아 김준섭은 몸을 숨긴 채 경기관총부대를 이끌었다. 다행히 강 건너 오패부군은 전혀 눈치를 채지 못했다.

"조금만 더 올라가자! 곧 여울이 있을 것이다."

해는 이미 지고 있었다. 검푸른 대지를 붉게 물들이며 지평선 아래로 떨어져 내리고 있었던 것이다.

"군관, 저기가 적당한 곳 같습니다."

신태무가 손을 들어 가리켰다. 과연 자갈이 깔린 여울은 얕아 보였다. 건널 수 있을 것 같았다.

"좋소. 해가 지면 선발대를 건너보냅시다!"

"제가 앞장서겠습니다."

신태무가 자청하고 나서자 김준섭이 입술을 굳게 다물어 보였다. 서글서글한 눈매에는 믿음이 가득 담겨 있었다.

이윽고 해가 지자 대지가 먹물을 흠뻑 뒤집어썼다. 이어 신태무가 선발대를 거느리고 강을 건넜다. 다행히 적도 없었고 물도 얕았다. 김준섭은 나머지 기관총부대를 이끌고 강을 건넜다.

멀리서 콩을 볶는 듯한 총소리가 울려왔다. 중기관총 소리였다. 이희도가 정사교에서 교전을 시작한 모양이었다.

"지금부터는 각별히 조심해야 한다. 놈들의 매복이 있을 수 있다."

김준섭은 신태무를 선발대 삼아 오패부군의 후방을 노렸다. 소리 죽여 천천히 다가갔던 것이다. 다행히 오패부군이 후방에 대한 대비책을 마련해 놓고 있지 않았다. 김준섭으로서는 하늘이 돕는 일이었다.

"이리도 허술하다니?"

군관으로서 김준섭이 볼 때 의아할 정도였다.

"그래도 조심해야 한다. 어디에 놈들이 매복하고 있을지 모른다. 가자!"

김준섭은 경기관총부대를 이끌고 어둠 속으로 깊숙이 들어갔다. 다행히 매복은 없었다. 숲 너머로 오패부군의 불빛이 다시 보이기 시작했다. 총소리도 요란하게 들려왔다. 이희도의 중기관총부대와 오패부군 사이에 총격전이 펼쳐지고 있었던 것이다.

"저쪽이 좋을 것 같습니다. 측면을 가격하면 놈들은 우왕좌왕할 것입니다."

신태무가 강둑을 가리켰다. 김준섭이 고개를 끄덕였다.

"동지는 이곳에서 측면을 공격하시오! 난 후방을 때리리다."

김준섭의 명령에 신태무가 의아한 눈빛을 보냈다.

"측면과 후방에서 동시에 총격을 가하면 놈들은 분명 당황할 것이오. 포위를 당한 줄 알고 말이오."

"흩어지면 불리하지 않을까요? 우리는 수가 너무 적습니다."

신태무가 불리함을 말하자 김준섭이 고개를 가로저었다.

"아니오. 어둠 속이라 놈들은 우리 규모를 파악하지 못할 것이오. 포위를 당한 것으로만 알 것이오."

"그렇기는 하지만……."

신태무는 말을 더 잇지 못했다. 아무래도 불안하다는 것이었다.

"우리의 목적은 놈들을 혼란에 빠뜨리는 것이오. 주공격은 본대의 몫이오. 놈들이 혼란에 빠지면 우리는 철수합니다, 안전하게."

"알겠습니다."

신태무가 그제야 고개를 끄덕이자 김준섭의 명령이 계속 이어졌다.

"후방에서 총소리가 들리면 일제히 사격을 가하시오! 그리고 본대에서 총공격을 개시하고 놈들이 혼란에 빠지면 후퇴를 하오. 저쪽 여울에서 다시 만납시다!"

"후퇴 신호는 어떻게 할까요?"

"점사를 연속으로 할 것이오. 그것을 신호로 삼읍시다."

"알겠습니다."

김준섭은 입가에 힘을 한 번 주어 보이고는 어둠 속으로 사라져갔다. 그의 뒤를 따라 경기관총 대원들이 숨을 죽인 채 움직였다.

김준섭이 후방으로 발길을 옮기고 나자 신태무는 대원들을 배치했다. 측면 공격에 유리한 지점을 선점하고는 후방에서 총소리가 들려오기만을 기다렸던 것이다.

김준섭은 오패부군의 뒤로 향했다. 오패부군의 보급부대가 눈에 들어왔다. 불빛 아래 군사들이 오가는 모습도 눈에 띄었다.

김준섭은 소리 죽여 보급부대를 지나쳤다. 그러고는 주력군의 뒤로 바짝 다가갔다. 수많은 군사들이 언덕을 방패 삼아 엎드려 있었다. 보급부대의 불빛이 그들의 등을 환하게 비추어주기까지 했다.

"여기다! 좌우로 길게 늘어서라. 놈들에게 치명타를 안겨준다."

소리 죽여 김준섭은 경기관총부대의 배치를 마쳤다. 그러고는 때를 기다렸다. 앞쪽으로 정사교의 총격전 모습이 눈에 들어왔다. 총탄으로 정사교가 환히 밝아 보였다. 총격전을 벌이고 있는 군사들의 그림자도 불빛이 번쩍일 때마다 어른거려댔다.

정사교를 제외하고는 움직임이 거의 없었다. 팽팽한 긴장감만이 맴돌았다. 그리고 마침내 김준섭의 명령이 떨어졌다.

"사격 개시!"

외침과 동시에 콩 볶는 듯한 요란한 기관총 소리가 오패부군 뒤쪽에서 울려 퍼졌다. 이어 언덕에 엎드려 있던 오패부군이 쓰러지기 시작했다. 몸을 일으켜 세우다 쓰러지는 자, 일어선 후 달리다 쓰러지는 자, 몸도 일으키지 못한 채 그 자리에서 목숨을 잃는 자, 오패부군은 난데없는 기습에 그만 일대 혼란에 빠져버리고 말았다. 겨우 살아남은 자들도 우왕좌왕하며 갈피를 잡지 못했다. 어디로 달아나야 할지 가늠하지를 못 했던 것이다. 이어 측면에서도 기관총부대의 공격이 시작되었다. 신태무가 후방에서 총소리가 들려오자 즉각 사격 명령을 내렸던 것이다.

측면과 후방에서 일제히 기관총 공격을 가해오자 오패부군은 어찌할 줄을 몰랐다. 이들에게 더욱 두려운 것은 도대체 적의 규모를 알 수가 없다는 것이었다. 어둠에 묻혀 있기 때문이었다. 게다가 전면의 엽정부대까지 대대적인 공격을 개시해 왔다. 일제히 도강을 시작했던 것이다.

어둠 속에 엽정부대는 개미떼처럼 강을 건너기 시작했다. 오패부군은 급한 대로 도강을 막아보려 했으나 측면에서 맹렬히 사격을 가해오는 신태무부대에 그만 속수무책이었다. 측면을 방어하면서 정면의 도강까지 저지해야 했으니 그 어려움이 이루 말할 수 없는 것이었다.

"부대를 나눠라. 송 부사령은 측면을 막아라!"

오패부는 송공진 부사령으로 하여금 측면의 신태무를 막게 했다. 그러나 어둠 속에 숨어 있는 신태무를 상대하기란 쉽지가 않았다. 더구나 앞쪽의 엽정부대 본대가 강 건너에서 포탄을 날리고 중기관총으로 엄호까지 해댔다.

"뒤쪽의 적은 관 중대장이 맡아라! 신속히 놈들의 측면으로 돌아가라!"

오패부의 명령에 관창정의 중대가 재빨리 움직였다. 그러자 이를 눈치챈 김준섭도 후퇴 명령을 내렸다.

"전사를 가하라! 물러난다."

명령을 내린 김준섭은 재빨리 보급부대 뒤쪽으로 움직였다. 그러자 신태무도 곧 명령을 내렸다. 후퇴 명령을 내렸던 것이다.

정면의 엽정부대 본대는 이미 도강을 거의 마쳤다. 그리고 일부 강둑이 무너져 내리며 엽정부대 본대의 손아귀에 들어가기까지 했다. 김준섭은 임무를 충실하게 다했던 것이다.

부랴부랴 어둠 속을 헤쳐 여울에 다다른 김준섭은 미리 와 있던 신태무와 만났다.

"성공입니다. 본대가 도강을 했습니다."

신태무가 흥분한 목소리로 김준섭을 맞자 그도 만면에 웃음을 지어 보였다.

"우리도 합류합시다! 측면으로 다시 들어갑시다!"

김준섭의 말에 신태무도 고개를 끄덕였다.

"같은 생각입니다. 저도 그리 생각하고 있었습니다."

"그럼 그렇게 합시다!"

말을 마친 김준섭은 다시 명령을 내렸다.

"우리는 도강한 아군을 돕는다. 명심할 점은 우리 본대가 도강을 했으니 적을 잘 살펴야 한다는 것이다. 자칫 잘못하면 어둠 속이라 피아 구별을 못 할 수도 있다. 내 말이 무슨 뜻인지 알겠는가?"

김준섭의 물음에 대원들은 이구동성으로 알겠다고 대답했다. 이어 김준섭의 기관총부대가 다시 움직였다. 강둑을 따라 오패부군의 측면을 노리고 이동했던 것이다.

 멀리 앞쪽에서 엽정부대 본대가 강둑을 오르는 모습이 눈에 들어왔다. 강둑을 넘어선 군사들의 모습도 보였다. 그런 반면 오패부군은 썰물이 빠지듯 물러나고 있었다. 무너져 내리고 있었던 것이다.

 정사교에서 일던 불꽃도 멎었다. 이희도부대가 점령한 것이었다. 그들은 파죽지세로 오패부군을 밀어내고 있었다.

 밀린 오패부군이 등을 보인 채 어둠 속으로 내빼기에 바빴다. 허겁지겁 정신없이 달아났던 것이다.

 "후퇴하라! 하승교로 물러난다!"

 오패부는 이선인 하승교로 물러나라고 명령했다. 그곳에서 다시 전열을 정비해 북벌군을 상대할 심산이었던 것이다. 하승교는 무한에서 광주로 가는 철도 월한선이 지나는 곳이어서 그곳에 지휘부를 설치한다면 정사교에서보다 훨씬 더 수월하게 북벌군을 상대할 수 있을 것이라 생각했기 때문이다. 그리고 무엇보다도 지금으로서는 다른 대안이 없기 때문이기도 했다. 패배를 인정하지 않을 수 없었던 것이다. 그러나 엽정은 오패부군의 뒤를 급히 쫓지는 않았다. 여세를 몰아 함녕까지 점령하기로 했기 때문이다. 그리고 함녕을 무너뜨린 뒤에야 비로소 하승교로 진격했다. 그 사이 오패부는 전열을 정비하고는 북벌군을 기다렸다.

2. 하승교전투

황당호와 양자호가 범람해서 하승교는 더욱 좁아져 있었다. 많은 비가 내린 탓이었다. 군벌 오패부는 그런 상황이 반갑지만은 않았다. 사령관 엽정 역시 마찬가지였다. 그러나 엽정은 연이은 승전으로 자신감을 갖고 있었다. 오패부쯤이야 손안에 넣을 수 있다는 확신에 차 있었던 것이다. 오패부 또한 지형적인 유리함을 안고 있어 하승교만은 지켜낼 수 있으리라는 믿음이 컸다. 무엇보다도 세 겹으로 막아선 저지선에 기대를 걸었다. 정예부대 2만 명과 대포 60문, 그리고 중기관총 100정까지 갖춘 터였다.

하승교가 무너지면 오패부 진영의 심장인 무한삼진도 위험해진다. 오패부의 목줄기와도 같은 곳이 바로 이곳 하승교였던 것이다.

"정사교의 실패를 잊지 마라! 놈들의 우회공격을 차단해야 한다."

오패부는 정사교에서의 패배가 김준섭의 우회공격 때문이었다는 사실을 잘 알고 있었기에 무엇보다도 그에 대한 대비를 철저히 했다. 하승교를 중심으로 십여 리에 걸쳐 군사를 배치했던 것이다. 그도 모자랐던지 그는 이십여 리 바깥에까지 매복조를 숨겨두었다. 거기에다 언덕에는 호를 파서 요새를 만들고 포대를 설치했다. 그야말로 만반의 준비태세를 갖췄던 것이다.

추적추적 비가 내리고 있는 하승교에 도착한 엽정은 과감한 결정을 내렸다. 정면돌파를 시도하기로 했던 것이다.

"비가 내리는 궂은 날씨는 장기전에 불리하다. 속전속결이 유리하다. 누가 먼저 선봉에 서겠는가?"

엽정이 묻자 김준섭이 또다시 나섰다.

"선봉은 당연히 우리 기관총부대가 맡아야 합니다. 포격으로 엄호를 해주시면 저희 기관총부대가 길을 트겠습니다."

당당한 목소리였다. 이어 이희도도 나섰다.

"저희 기관총부대는 사기가 높습니다. 정사교에서의 경험으로 적진을 돌파하겠습니다."

"엄호는 저희 포병이 맡겠습니다. 염려 마십시오!"

포병대 대장 강파가 돕겠다고 나섰다.

"좋소. 역시 조선인 전사들의 혁명의지는 어딜 가도 훌륭하오."

엽정은 엄지손가락까지 세워 보이며 조선인 독립투사들을 칭찬해 마지않았다. 다른 중국인 참모들 역시 마찬가지였다. 고개를 끄덕이며 박수까지 쳐댔다.

"그럼 당장 오늘 저녁에 공격을 시작하겠습니다."

군관 김준섭의 강렬한 의지에 고무된 엽정이 고개를 돌려 중대장 임표를 바라보았다.

"임 대장은 김 군관을 도와 후선에서 엄호하도록 하시오!"

엽정의 명령에 임표가 주저 없이 대답했다.

"알겠습니다."

"강 대장은 즉시 포대를 준비하고 나머지 군사들은 적의 동태를 살피며 명령을 기다리도록 하시오. 김 군관이 적진을 돌파하고 나면 일제히 공격을 감행할 것이오."

참모들은 대답을 하고는 즉시 자신의 위치로 돌아갔다. 이어 전군이 전투태세를 갖췄다. 그리고 해가 기울기 시작할 무렵 김준섭은 중기관총부대를 전면에 배치했다. 하승교가 어둠에 어슴푸레하게 덮이기 시작했다.

"앞으로!"

경기관총부대가 좌우로 벌린 채 서서히 전진했다.

이어 중기관총부대에서 총탄이 쏟아져 나오기 시작했다. 포탄도 날아가기 시작했다. 포대장 강파가 포격 명령을 내렸던 것이다. 이어 하승교 아래로 지옥불이 떨어졌다. 화염이 치솟고 포연이 하늘을 뒤덮었다. 오패부 진영에서도 총탄이 날고 포격이 시작되었다. 지축을 뒤흔드는 소리에 귀가 먹먹할 지경이었다. 몸도 한껏 웅크려졌다.

"엄폐물을 최대한 이용하라!"

김준섭은 몸을 낮춘 채 경기관총을 쏘아가며 한발 한발 앞으로 나아갔다. 오패부군은 호에 몸을 숨긴 채 꼼짝도 하지 않았다. 숨어서 사격으로 대응할 뿐이었다.

"아군의 전면에 있는 적진을 집중 타격하라!"

이용과 강파는 포병대 대원들을 격려해서 기관총부대의 전진을 도왔다. 그들의 앞을 초토화시킬 요량이었다.

"과연 조선의 혁명가들이오!"

사령관 엽정은 목숨을 돌보지 않는 조선의 독립투사들을 침이 마르도록 칭찬해 마지않았다. 부관과 참모들도 하나같이 고개를 끄덕였다.

"반드시 우리 편으로 잡아두어야 합니다. 저들은 훌륭한 전사입니다. 꼭 필요한 사람들이지요."

이들을 잘 아는 홍청이 엽정의 말을 거들고 나선 것이었다.

"그렇습니다. 우리 통일대업에 꼭 필요한 혁명가들입니다."

곽말약도 나섰다.

"잘 알고 있소. 물불 가리지 않는 것이 무모하다 싶을 때도 있지만 참으로 대단한 사람들이오."

붉은 해의 핏빛 잔상이 하승교 아래로 가라앉았다.

"이제 해가 졌소. 어둠이 우리를 도울 것이오!"

엽정은 입술을 질끈 깨물었다. 어떻게든 오패부를 잡고야 말겠다는 집념이 엿보였다.

총소리가 더욱 격렬해졌다. 불빛이 하승교를 뒤덮었다.

"도림포 쪽으로 전진하라! 옆 사람과의 간격을 맞춰라."

김준섭은 방아쇠를 당기며 연신 소리를 질러댔다. 그의 말을 신태무가 받아 옆으로 전달했다. 명령은 그렇게 꼬리에 꼬리를 물고 전달되었다.

"놈들은 몸을 드러낸 상태다. 조준사격을 가하라!"

오패부는 부관 채충에게 명령을 내렸다. 호에 몸을 숨기고 있던 군사들에게도 오패부의 명령이 전달되었다. 그러나 어둠은 만만치가 않았다. 게다가 빗발치듯 쏟아지는 경기관총 총탄이 고개를 들지도 못하게 했다.

"놈들의 호가 보인다. 조금만 더 전진하라!"

김준섭의 명령에 엽정부대의 조선인 독립투사들은 이를 악물고 또 악물었다. 포탄이 연이어 머리 위로 날아갔다. 그리고 포탄이 작렬할 때마다 어둠에 가려져 있던 호의 모습이 드러났다가는 이내 사라졌다. 그때마다 그 속에 웅크리고 앉아 있는 적의 머리도 언뜻언뜻 보였다.

"아군이 적의 호에 접근했다. 포격을 정밀하게 하라. 자칫 잘못하면 아군이 다친다."

포병련장 강파는 신중히 포격할 것을 명령했다. 그러고는 부지런히 포대를 순회하며 독려했다.

"이 동지, 도림포를 향해 집중포화를 날리시오! 가장 중요한 곳이오."

"알겠습니다, 동지!"

말을 마친 이화준은 포신을 돌렸다. 이어 포탄을 장전하고 지체 없이 발사했다. 번개가 번쩍하더니 흰 연기가 피어올랐다. 곧이어 멀리서 어둠 속에 화염이 치솟았다. 도림포 쪽이었다. 강파의 포병대는 도림포를 집중 타격하기 시작했다.

오패부도 만만치 않았다. 포탄을 사정없이 퍼부었던 것이다. 포탄이 작렬할 때마다 여기저기서 비명과 신음소리가 터져 나왔다.

"부상병을 돌봐라. 여기 의무병!"

엽정은 쏟아지는 포탄 속에서 진지를 순회했다. 곽말약이 그림자처럼 그의 뒤를 바짝 따랐다.

"사령관님, 조심하십시오! 적의 포탄이 무자비합니다."

몸을 잔뜩 웅크린 홍청은 귀를 찢는 포탄 소리에 두 손으로 귀까지 틀어막았다. 그러나 엽정은 아랑곳하지 않았다.

"동지가 위험하다. 이대로 두었다가는 죽고 만다. 빨리 의무병을 불러라!"

엽정은 포탄에 다리가 잘린 병사를 끌어안고 다급히 외쳤다. 그의 군복으로 피가 흥건하게 젖어들었다. 병사는 괴로운 얼굴로 엽정을 부여안았다.

"힘을 내라! 곧 의무병이 올 것이다. 너는 조국의 혁명전사다. 죽지 않는다."

엽정은 의식을 잃어가는 병사를 끌어안고 흔들어 깨웠다. 그러나 피를 너무 많이 흘린 병사는 서서히 목숨 줄을 놓고 있었다.

"사령관님!"

의무병이 부랴부랴 달려왔다.

"빨리 응급처치를 하라!"

엽정은 병사를 의무병에게 넘겼다. 그러나 변변치 않은 의료도구로 죽어가는 병사를 살릴 수는 없었다. 무자비한 포탄은 하승교를 불바다로 만들고 있었다.

"피를 너무 많이 흘렸습니다. 도저히 손을 댈 수가 없습니다."

의무병의 체념 섞인 목소리에 엽정은 이를 악물었다.

"그래도 어떻게 좀 해봐라! 죽어가는 병사를 이대로 둘 수는 없지 않느냐?"

눈가에는 이슬까지 맺혀들고 있었다. 그의 명령에 의무병은 다시금 병사의 잘린 다리를 부여잡고 지혈을 시도했다. 그러나 때는 이미 늦어 있었다. 병사의 몸이 싸늘하게 식어가고 있었던 것이다.

포병련장 강파는 포병대를 독려해 오패부군을 꼼짝 못하게 묶어 두었다. 그 사이 김준섭은 기관총부대를 이끌고 전진했다. 적의 호가 눈앞에 있었다.

"돌격하라!"

김준섭의 명령에 기관총부대가 일제히 사격을 가하며 호를 향해 달려 나갔다. 콩을 볶는 듯한 총소리가 하승교를 울렸다. 이어 오패부의 명령이 떨어졌다.

"막아라! 방어선이 뚫리면 안 된다!"

오패부의 명령에 전선은 더욱 치열해졌다. 호를 점령하려는 김준섭의 기관총부대와 이를 막아내려는 오패부군 사이에 목숨을 건 사투가 전개되었던 것이다.

양 진영에서 쏘아대는 총탄과 포탄의 빛으로 어둠은 이미 물러난 지 오래였다.

"인두산으로 돌아라! 적의 급소다."

사령관 엽정은 또 다른 선택을 했다. 높은 곳을 점령해야만 전투를 유리하게 이끌 수 있다는 판단을 내렸던 것이다. 환한 낮보다는 어두운 지금이 그러기에 좋겠다는 생각이었다.

"적이 이곳에 집중하고 있을 때 허점을 노린다. 인두산을 점령하면 적은 방어에 곤란해질 것이다."

엽정의 말에 곽말약도 동의하고 나섰다.

"좋은 생각이십니다."

"인두산은 제가 맡겠습니다."

기관총부대 연장(連長) 이동화가 나선 것이었다. 그러자 엽정도 흔쾌히 승낙했다.

"동지라면 믿을 만하오. 그리 하시오! 다만 은밀히 해야 하므로 엄호는 없소이다."

"알고 있습니다. 쥐도 새도 모르게 접근해 점령해버리겠습니다."

"저도 함께 가겠습니다. 저희 중대는 경험이 많아 인두산 점령에 큰 도움이 될 겁니다."

중대장 부민소였다.

"좋소. 함께 가시오!"

"서두릅시다! 어둠이 걷히기 전에 올라야 하오."

이동화는 부민소를 재촉해서 진지를 빠져나갔다. 이어 부관 하동림이 허겁지겁 달려 들어왔다.

"사령관님, 김 군관이 밀리고 있습니다. 적의 공격이 맹렬합니다."

하동림의 말에 엽정은 서둘러 진지를 나섰다. 과연 어둠 속에 불빛이 아래로 밀려나 있었다. 김준섭의 기관총부대가 고전을 면치 못하고 있었던 것이다.

"놈들의 저항이 만만치 않습니다. 아군의 피해가 큽니다."

하동림의 탄식에 엽정도 한숨을 몰아쉬었다.

"조금만 더 버티라고 일러라! 인두산에 기대를 걸어보자."

"알겠습니다. 전투원을 더 보강하겠습니다."

말을 마친 하동림은 즉시 권준과 안동만을 불렀다. 그러고는 각각 중대 규모의 병사를 이끌고 가서 김준섭을 돕게 했다.

치열한 공방전은 밤새도록 이어졌다. 그리고 새벽녘에는 인두산에도 총탄이 퍼붓기 시작했다. 전투가 개시되었던 것이다. 그러나 인두산도 만만치가 않았다. 미리 예견하고 있던 오패부가 군사를 집중 배치한 채 기다리고 있었기 때문이다. 게다가 오패부는 매복조까지 숨겨두고 있었다. 이동화와 부민소는 그 매복조에 걸려들고 말았다.

"측면에도 적이 있다. 물러나라!"

부민소는 불리함을 깨닫고는 후퇴를 입에 올렸다. 그러자 썰물이 빠지듯 부민소의 병사들이 물러났다. 그러나 때는 이미 늦어 있었다. 예상하고 있었다는 듯 인두산의 오패부군이 미리 퇴로를 차단했던 것이다.

"이럴 수가."

당황한 부민소는 좌우를 둘러볼 겨를도 없이 등을 돌리고 말았다. 그리고 그 순간, 적의 총탄이 그의 등을 꿰뚫었다.

"중대장님!"

부관이 부축했으나 때는 이미 늦었다. 부민소의 몸이 축 늘어지고 말았던 것이다.

"엄호하라!"

이동화는 목숨을 돌보지 않은 채 적진을 뚫었다. 그의 기관총에서 불꽃이 튈 때마다 적군이 널브러졌다. 그리고 그의 뒤로 기관총부대원들과 남은 부민소중대원들이 허겁지겁 뒤따랐다.

"놈들이 달아난다. 한 놈도 남겨두지 마라!"

오패부군은 사기가 올라 진지에서 나와 사격을 가하기 시작했다. 오패부군이 밀물처럼 인두산을 내리닫기 시작했다. 그러자 북벌군이 낙엽이 흩날리듯 인두산에서 떨어져 내렸다.

"인두산 쪽이 위험하다. 포탄을 날려라!"

사령관 엽정의 명령에 포병대 연장 이용이 소리쳤다.

"포신을 돌려라! 인두산의 아군을 엄호하라!"

이어 포탄이 빗발처럼 날아가기 시작했다. 그리고 어둠 속 인두산에서 무자비한 불꽃놀이가 다시 시작되었다. 포탄이 터지고 오패부군의 육신이 찢겨져 나갔다. 비명소리와 신음소리가 인두산을 뒤덮었다. 오패부군뿐만이 아니었다. 부민소의 중대원도, 이동화의 기관총부대원도 적의 총탄에 쓰러지고 넘어졌다.

쫓고 쫓기는 전투는 새벽녘이 되어서야 멈췄다. 약속이라도 한 듯 양 진영에서 동시에 사격을 중지했던 것이다.

푸른 새벽의 하승교는 그야말로 아비규환의 지옥을 방불케 했다. 시산혈해였다. 매캐한 화약냄새와 피비린내, 그리고 흰 연기와 붉은 피……. 눈을 뜨고 보지 못할 광경이 펼쳐졌다. 엽정은 한숨을 길게 내쉬었다. 곁에 있던 곽말약도 마찬가지였다.

"실로 잔인한 밤이었습니다."

비탄에 잠긴 곽말약의 말에 엽정은 고개를 끄덕였다.

"맞소. 이렇게 희생을 치르고도 저까짓 것 하나 점령을 못 하다니."

엽정은 승리하지 못한 것에 대한 아쉬움으로만 가득했다. 그러나 곽말약의 머릿속은 달랐다. 잔인한 전쟁이 두려웠던 것이다. 혁명은 위대하나 그 과정은 너무나도 잔인했다.

"오늘 밤에는 무슨 일이 있어도 하승교를 건너야 하오. 잠시 쉬었다가 다시 시작합시다!"

엽정의 욕망에 곽말약은 짧게 대답했다.

"그러시죠, 사령관."

엽정은 불만이 가득한 얼굴로 진지에서 내려갔다. 그를 따라 참모들도 발걸음을 옮겨놓았다.

"고생하셨소!"

곽말약은 김준섭을 위로했다. 그의 얼굴로 비통한 눈물이 흘러내렸다.

"너무 많은 희생을 치렀습니다. 모두 제 잘못입니다."

김준섭의 자책에 곽말약이 어깨를 토닥였다.

"아니오. 시대의 아픔이오. 우리 모두 때를 잘못 만났소이다."

곽말약은 시절을 탓하며 진지에서 내려갔다.

도림포와 인두산에서 피해가 컸다. 자신만만하게 나섰던 김준섭은 그래서 더욱 가슴이 아팠다. 도림포에서만 동지를 무려 오십여 명이나 잃었다. 인두산에서도 삼십여 명을 잃었다. 게다가 엽정부대의 정예 백여 명을 비롯해 지휘관 부민소까지 잃고 말았다. 때문에 엽정의 충격은 컸다. 그만큼 분노도 컸다.

비통함 속에 엽정은 하루를 보냈다. 해가 지기만을 기다렸던 것이다. 그리고 해가 지기 무섭게 총공격 명령을 내렸다. 그러자 오패부도 반격해왔다. 엽정부대를 삼면으로 포위해 들어왔던 것이다. 하승교는 또다시 불바다로 변하고 말았다. 포탄이 날고 총탄이 빗발쳤다.

"사령관님, 인근의 주민들이 뵙고자 왔습니다."

곽말약의 말에 엽정은 의아한 얼굴로 고개를 돌렸다.

"주민들이?"

"오패부군에 불만을 갖고 있는 사람들이랍니다. 좋은 제안을 하고자 한답니다."

부관 임청이 거들자 엽정은 즉시 데려오게 했다. 주민들이 들어왔다. 하나같이 꾀죄죄한 모습들이었다. 전쟁의 상흔이 고스란히 배어 있었다.

"그래, 무슨 일인가?"

엽정의 물음에 늙수그레한 사내가 앞으로 나섰다.

"인두산으로 올라가는 은밀한 길이 있습니다. 저희가 안내하겠습니다."

사내의 말에 엽정의 얼굴이 밝아졌다.

"은밀한 길이라?"

"그렇습니다. 하승교를 돌아가는 길이지요. 요즘같이 물이 불어났을 때 다니는 샛길입니다."

엽정의 얼굴이 잠시 굳어졌다. 의심이 깃든 표정과 함께였다. 그러자 사내가 다시 나섰다.

"믿으십시오! 저희는 군벌에 착취당한 사람들입니다. 놈들을 몰아내는 일에 적극 동참하고 싶습니다."

"믿어도 될 듯합니다."

곽말약도 거들고 나섰다. 그러자 그제야 엽정의 얼굴이 밝아졌다.

"좋소. 당장 앞서시오!"

어차피 희생은 치를 만큼 치렀다는 생각에 엽정은 중대한 결정을 내렸다. 인두산에 모든 것을 걸기로 한 것이다. 이제 모든 것이 하늘의 뜻에 달려있다고 생각했다.

"제가 다시 가겠습니다."

이번에도 김준섭이었다. 기관총련을 이끌고 가서 인두산을 점령하겠다는 것이었다.

"김 군관만 믿겠소!"

엽정은 또다시 믿음을 실어주었다. 강력한 믿음이었다.

김준섭은 기관총부대를 정비하고 또다시 길을 나섰다. 인두산 샛길을 안내할 젊은 사내를 앞세운 채로였다. 그리고 엽정부대의 정예인 천치후중대가 이들의 뒤를 바짝 따랐다.

어둠은 몸을 숨기기에 적당했다. 우레와 같은 포탄 소리와 빗발치는 총탄도 이들을 가려주었다.

샛길은 말 그대로 은밀했다. 산모퉁이를 돌아 언덕으로 오르자 짙은 숲이 이들을 맞았다. 숲은 별빛조차도 집어삼키고 있었다. 머리 위에서 총탄 소리가 귀를 찢었다. 건너편에서는 포탄이 터지는 소리로 가슴이 먹먹해지기도 했다.

"저기로 오르면 꼭대기에 다다릅니다."

젊은 사내는 허리를 깊이 숙인 채 인두산을 올랐다. 그만큼 산길은 가팔랐다. 길이라기에는 너무 험했다. 평소 사람이 다니지 않는 길인 모양이었다. 숨이 턱에까지 차오르고 온 몸이 땀으로 흠뻑 젖어들었다. 그러고서야 하늘이 보였다. 별빛도 보였다.

"다 왔습니다."

사내가 몸을 웅크린 채 앞을 가리켰다. 김준섭이 조심스레 정상을 밟았다. 그러고는 아래를 내려다보았다. 중턱으로 불꽃이 요란하게 튀고 있었다. 총탄이 날아들고 있었던 것이다.

"공제선을 조심하십시오!"

신태무가 주의를 주었다. 그제야 김준섭이 몸을 숙였다.

"인두산은 이제 점령한 것이나 마찬가지다."

김준섭은 득의의 웃음을 흘렸다. 그러고는 돌아서서 명령을 내렸다.

"쥐도 새도 모르게 아래로 내려간다. 놈들의 등짝을 벌집으로 만들어라!"

김준섭의 기관총련이 아래로 내려가자 천치후의 중대가 날개를 펼쳤다. 양옆으로 길게 늘어섰던 것이다.

총탄과 포탄이 불꽃놀이를 하듯 그렇게 인두산을 화려하게 수놓고 있었다. 잔인하게 아름다운 밤이었다. 그 아름다움은 이제 곧 비극으로 치달을 것이었다. 김준섭의 기관총련이 일제히 불을 뿜을 것이기 때문이었다.

바위와 나무를 엄폐물 삼아 자리를 잡고 나자 김준섭의 명령이 떨어졌다.

"사격 개시!"

인두산 중턱이 또 다른 콩 볶는 소리로 뒤덮였다. 이어 오패부군이 낙엽 지듯 쓰러졌다. 이들은 어디에서 날아드는 총탄인지도 알아차릴 수 없었다. 미처 생각지도 못한 일이었기 때문이다. 오패부군은 시간이 지나서야 상황을 파악했다.

"등 뒤에 있다. 돌아서라!"

뒤늦게 오패부군의 정패현이 외쳐댔다. 하지만 앞뒤로 적을 맞은 형국이어서 오패부군은 어떻게 손을 쓸 수가 없었다. 더 치명적인 것은 측면에서도 공격이 시작되었다는 것이다. 천치후도 사격 명령을 내렸다.

"놈들이 당황했다. 한 놈도 남기지 마라!"

천치후는 오패부군이 갈피를 잡지 못하자 승리의 예감에 도취해서 거침없이 진격을 명령했다. 그 스스로 맨 앞에서 달리며 방아쇠를 당겼다.

자기 몸을 돌보지 않는 천치후의 용맹함에 자극된 중대원들은 하나같이 혁혁한 전과를 거뒀다. 김준섭의 기관총련도 마찬가지였다. 진퇴양난에 빠진 오패부군을 그야말로 요절냈던 것이다. 더 이상 견디기 어렵다는 것을 안 정패현은 마침내 후퇴 명령을 내리지 않을 수 없었다.

"물러나라. 인두산을 버려라!"

정패현의 명령이 떨어지기가 무섭게 오패부군은 썰물이 빠지듯 인두산을 내려가기 시작했다. 그러나 무사히 산을 벗어나는 병사는 그리 많지 않았다. 도중에 쓰러지는 병사가 부지기수였다. 김준섭의 기관총련과 천치후의 중대가 그냥 두지 않았던 것이다. 게다가 앞에서 날아드는 엽정부대의 총탄 또한 이들에게 조금의 자비도 베풀지 않았다.

"총탄의 불빛으로 보아 인두산이 무너지고 있는 듯합니다."

엽정의 입가에 흐뭇한 미소가 머금어져 있었다.

"역시 조선인 전사들이오!"

"저들을 반드시 잡아두어야 합니다. 우리에게 꼭 필요한 사람들입니다."

곽말약은 거듭 조선의 독립투사들을 잡아두라고 강조했다. 엽정도 같은 생각이었다.

"저들도 우리가 필요할 테니 쉽게 떠나지는 않을 거요."

엽정은 안이하게 생각했다. 갈 곳이 없으니 당연히 그러리라 생각했던 것이다.

"하지만 저들이 공산주의자들과 손을 잡는다면 상황이 달라질 수도 있습니다."

옆에서 듣고만 있던 부관 주사제가 조심스레 나선 것이었다.

"그까짓 공산주의자들 몇으로 무얼 하겠단 말인가? 너무 앞서가는 말일세!"

엽정은 아예 무시하는 투로 말을 잘랐다. 그러나 곽말약의 얼굴도 주사제의 의견에 동의한다는 표정이었다.

"저들을 너무 얕잡아 보시면 안 됩니다. 저들의 뒤에는 모스크바 코뮌이 있습니다. 그들은 결코 만만치 않습니다."

주사제의 거듭되는 충고에 엽정은 마지못해 고개를 끄덕였다.

"알고 있네. 하지만 우리 대륙도 그리 호락호락하지만은 않아. 누구보다도 자네가 더 잘 알고 있지 않은가? 그까짓 공산주의쯤이야!"

"공산주의는 그리 간단한 게 아닙니다. 인민이 따르기 시작하면 걷잡을 수 없을 수도 있습니다. 저들의 사상이 인민의 입맛에 딱 맞거든요."

듣고만 있던 곽말약도 거들고 나섰다. 그러자 엽정은 귀찮다는 투로 말을 돌렸다.

"지금 우리에게 중요한 것은 군벌을 타도하는 일일세! 적에게 집중하게나. 기회를 놓치지 말고 총공격 명령을 전하게."

엽정의 말에 부관 주사제는 즉시 총공격 명령을 전달했다.

"진격의 나팔을 불어라! 총공격이다."

이어 엽정부대의 총공격이 시작되었다. 삼면으로 밀려드는 오패부군에 맞서 대대적인 공세를 펼쳤던 것이다.

지렛대 역할을 하던 인두산이 무너지자 삼면에서 달려들던 오패부군이 밀리기 시작했다.

"힘을 내라! 밀리면 죽는다."

오패부는 최선을 다했지만 한번 밀리기 시작한 전세는 걷잡을 수 없이 무너져 내리고 말았다. 그러자 사기가 오른 엽정부대원들이 물밀듯이 치고 들어갔다. 그리고 마침내 오패부군에서 몸을 돌려 하승교를 등지는 병사들도 생겨나기 시작했다.

"달아나는 것은 배신이다. 배신자는 죽여라!"

악에 받친 오패부는 카랑카랑한 목소리로 연이어 외쳤다. 적보다도 오히려 배신하는 자에 대한 분노가 더 컸다. 이어 상은주가 자신의 부대를 이끌고 나서서 달아나는 병사들의 등을 향해 총탄을 발사하기 시작했다. 이제 오패부군은 자기네 병사들을 쓰러뜨리는 데 더 큰 힘을 쓰지 않을 수 없게 되었다. 배신에 대한 단죄에 혈안이 되었던 것이다.

"인두산 뒤쪽도 무너졌습니다."

부관 호야의 다급한 말에 오패부는 입술을 질끈 깨물었다.

"위험합니다. 몸을 피하시는 것이……."

거듭 재촉하는 말에 그제야 오패부는 얼굴을 일그러뜨리며 몸을 돌렸다.

"무한으로 가자!"

오패부는 마침내 하승교마저 버리고는 무한으로 향했다. 준비되어 있던 기차에 올랐던 것이다.

푸른 새벽녘. 힘찬 나팔소리가 하승교에 연이어 울려 퍼졌다. 총공격을 독려하는 전사의 나팔소리였다.

"오패부가 달아났다. 쫓아라!"

오패부가 달아났다는 소리가 들려오자 남아 있던 오패부군은 지리멸렬하게 패퇴하기 시작했다. 하승교는 무너져 내리고 엽정부대의 승리가 눈앞에 다가왔다.

엽정부대의 전사들은 무자비하게 총칼을 휘둘러댔다. 심지어는 자기 몸에 총탄을 맞은 줄도 모르고 적진을 돌파하다가 쓰러지는 병사들도 있었다. 그러자 겁에 질린 오패부군이 투항해오기 시작했다. 그들의 진지는 텅 비고 비에 젖은 땅에 전사자의 시신만 즐비했다.

"적을 쫓아라! 한 놈도 남기지 마라!"

엽정은 병사들을 독려해 오패부군의 뒤를 쫓게 했다. 그러자 당황한 오패부군이 하승교로 한꺼번에 몰려들었다. 좁은 하승교로 많은 병사들이 올라서자 곧이어 철교 아래 강으로 떨어져 내리는 병사들도 속출하기 시작했다. 그리고 또다시 아비규환의 지옥이 펼쳐졌다. 철교 아래로 떨어져 내리는 병사에 총탄을 맞고 쓰러지는 병사, 살려달라고 아우성치는 소리에 투항을 권유하는 외침……. 하승교는 말 그대로 지상에 펼쳐진 무간지옥이었다.

'참으로 눈 뜨고 보지 못할 광경이다!'

곽말약은 깊은 한숨을 몰아쉬었다. 혁명을 위한 일이라고는 하나 너무나도 잔인한 전쟁이었다. 하승교 아래 푸른 물결에 오패부군의 병사들이 낙엽처럼 떠내려가고 있었다. 철교 위에서 피를 흘리는 병사들도 처참한 모습이기는 마찬가지였다.

"이게 전쟁이오. 적을 죽이지 않으면 내가 죽소!"

곁에서 사령관 엽정이 혼잣말처럼 뇌까렸다. 곽말약은 묵묵히 듣고만 있었다.

엽정부대는 하승교에서 또다시 대승을 거뒀다. 그러나 피해도 만만치 않았다. 병사 삼백여 명을 잃었던 것이다. 거기에는 조선의 독립투사들도 상당수 포함되어 있었다.

"무한으로 간다!"

엽정은 정사교와 하승교에서 승리를 거둔 후 또다시 오패부를 쫓아 무한으로 향했다.

3. 무창성

무한은 호북성의 성소재지였다. 무창, 한구, 한양의 3진을 합쳐 무한이라 했다. 장강이 남으로 무창, 북으로 한구와 한양으로 땅을 가르고 다시 한수가 한구와 한양을 동서로 갈라놓은 곳이었다. 이러한 지리의 이점이 이곳으로 하여금 수륙교통과 문화의 중심지 역할을 하게 했다. 게다가 손문이 이곳에서 혁명을 일으켰기 때문에 많은 혁명가들이 이곳을 성지처럼 여기고 있었다.

"서둘러라!"

엽정은 병사들을 재촉해 이끌고 가서 무창성을 포위공격했다. 하지만 오패부의 저항도 만만치 않았다. 때문에 성이 쉽게 함락되지 않았다.

엽정은 조급해졌다. 누구보다도 먼저 군벌 오패부를 무너뜨리고 싶었기 때문이다.

그때 한구와 한양에서 좋은 소식이 날아들었다. 그 두 곳은 성 안에 동조자가 있어 쉽게 성을 함락시킬 수 있었다는 얘기였다.

"다행이군! 이제 무창성 안에 있는 주력군만 잡으면 오패부는 끝장이다."

결연한 의지가 담긴 표정을 지으며 엽정은 이를 악물었다. 그는 병사들을 재차 독려했다. 그러나 전투는 쉽지 않았다. 견고한 성벽에 의지해 방어하는 오패부군은 결코 만만한 상대가 아니었다. 게다가 좋지 않은 소식까지 들려왔다. 오패부가 성을 빠져나가 강서로 갔다는 얘기였다.

"이런 제기랄!"

엽정은 주먹으로 책상을 내리쳤다. 오패부를 또다시 눈앞에서 놓친 탓이었다.

"강서로 갔다면 분명 손전방과 손을 잡기 위해서일 겁니다. 저들이 그러기 전에 막아야 합니다."

부관 주사제가 당황한 표정으로 소리쳤다. 엽정도 분하다는 듯 이를 갈아대며 맞받았다.

"그럴 것이다, 젠장할."

"그렇다고 무창성을 그냥 두고 갈 수는 없습니다. 병력이 무려 삼만입니다. 저들이 뒤에서 공격해온다면 우리가 그야말로 진퇴양난에 빠질 수도 있습니다."

곽말약이 나서자 엽정은 묵묵히 고개만 끄덕였다. 같은 생각이라는 뜻이었다.

"서둘러야 한다. 총공격 명령을 하달하라!"

엽정은 무창성을 총공격했다. 그러나 성은 견고하기만 했다. 생각과 달리 쉽게 무너지지 않았던 것이다. 그리고 시간은 해를 넘겨 새해가 되었다. 여전히 무창성은 오패부군이 장악하고 있는 상태였다.

"좋은 방법이 없겠는가?"

무창성은 이제 엽정에게 계륵과도 같은 존재가 되어버리고 말았다. 버리고 가자니 위험하고 남아 있자니 답답하기만 했던 것이다.

"밤에 성벽을 넘는 것은 어떨까요?"

부관 주사제가 답답한 마음에 던진 말이었다.

"놈들이 그리 허술하지는 않지."

엽정도 흘리듯 맞받았다.

"방법은 안으로부터 허물어뜨리는 것뿐입니다, 한구나 한양처럼."

곽말약의 말에 엽정이 고개를 돌렸다.

"허나 방법이 없지 않소!"

답답하다는 듯 말을 씹듯이 내뱉었다. 엽정의 심정을 잘 드러내는 말투였다.

"저희가 성벽을 넘어보겠습니다. 들어가서 전단을 뿌리겠습니다."

지켜보고만 있던 권준과 이검운이 동시에 나선 것이었다. 엽정이 고개를 돌렸다.

"이런 지루한 전투에는 심리전이 최고입니다. 지친 저들로 하여금 스스로 문을 열고 나오게 해야지요."

"맞습니다. 오패부가 달아난 지금 저들도 생각이 많이 달라져 있을 겁니다."

부관 안동만도 나섰다. 그러자 곽말약도 끼어들었다.

"좋은 생각입니다. 그렇게만 할 수 있다면 그보다 더 좋은 전략도 없습니다."

사령관 엽정은 무릎을 쳤다.

"좋소. 당장 준비하시오! 역시 조선인 투사들이오!"

엽정은 껄껄 웃음까지 터뜨렸다. 오랜만에 들어보는 유쾌한 웃음소리였다. 이어 엽정은 심리전에 돌입했다. 공격을 멈추고는 조선인 투사들의 성과를 기다리기로 한 것이다.

곧 전단이 만들어지고 권준과 이검운, 그리고 안동만이 성벽을 넘기로 했다.

"부디 좋은 소식 전해주시오!"

엽정은 잔에 가득 술을 따랐다. 모두 세 잔이었다.

"다녀와 승리의 축배를 다시 들도록 하겠습니다."

술잔을 들이키는 이들의 등에는 오패부군을 무너뜨릴 전단이 둘러매어져 있었다.

"좋소!"

이어 세 사람은 막사를 나서 어둠 속으로 스며들었다.

＊＊＊

짙은 어둠 속에서 무창성이 바짝 웅크리고 있었다.

"아무래도 저쪽이 좋을 듯싶소."

안동만이 앞장서서 길을 잡았다. 무창성의 외진 성벽 쪽으로였다. 그나마 거기가 도심에서 떨어진 곳이었다. 횃불이 움직였다. 초병이 성벽 위를 순시하고 있었던 것이다. 세 사람은 납작 엎드렸다. 횃불이 멀어지자 안동만이 대못을 꺼내들었다. 그러고는 성벽에 하나씩 꽂아가며 성벽을 타고 올랐다. 그의 뒤를 이검운이 따랐다.

"조심하시오!"

안동만은 발을 내디디며 아래를 내려다보았다. 이검운이 위태롭게 발을 옮겨놓고 있었다. 아래에서는 권준이 이들을 올려다보고 있었다.

"오늘같이 어두운 밤에는 특히 조심해라! 놈들이 야습을 감행할지도 모르니."

성벽 위에서 들려오는 소리였다. 안동만은 재빨리 성벽으로 바짝 몸을 붙었다. 이검운도 권준도 마찬가지였다. 이어 다시 횃불이 주변을 밝혀댔다. 흔들리는 불빛이 성벽 위에서 일렁였다.

"너무 지쳤습니다."

병사의 말에 대답이 없었다.

"엊저녁에도 달아난 놈들이 있었다면서요?"

조심스레 묻는 소리였다.

"배은망덕한 놈들이지."

울분에 찬 짧은 대답이었다.

"이렇게 대치만 하고 있기에는……."

이번에는 불만으로 가득 찬 목소리였다. 그러자 곧 질책하는 소리가 들려왔다.

"이까짓쯤이야 견뎌야지. 놈들도 굶주리고 지치기는 마찬가지야."

횃불이 또다시 일렁였다. 그리고는 성벽 위에서 잠시 멈췄다가는 다시 움직였다.

"아무튼 우리는 흔들리면 안 된다. 조금만 참으면 너나 나나 큰 자리 하나씩 꿰어찰 수 있어."

사내의 말에 침묵이 이어졌다. 그리고 횃불이 또다시 멀어져갔다. 그제야 안동만이 손짓을 했다.

"올라오시오!"

안동만은 잠시 후 성벽 위로 머리를 들어올렸다. 아무도 없었다. 이어 그는 바람같이 성벽 위로 올라섰다. 잠시 후 이검운도 따라 올라왔다. 두 사람은 잽싸게 치첩에 몸을 숨겼다. 또다시 불빛이 다가왔다.

"어떻게 할까요?"

이검운이 물었다.

"그냥 보냅시다! 만약 우리가 발각되면 그때 저들을 처리합시다. 앞놈은 내가 처리할 테니 뒷놈을 맡으시오."

이검운은 대답 없이 고개만 끄덕였다. 이어 터덜터덜 신발 끄는 소리와 함께 횃불이 다시 다가왔다. 이번에는 아무 말도 없었다. 역시 둘이었다. 이검운은 손에 땀을 쥐었다. 얼굴도 달아올랐다.

"서두르세. 우리도 가서 쉬어야지."

앞장 선 사내가 걸음을 빨리했다. 불빛이 점점 멀어져갔다. 이어 권준도 성벽 위로 올라섰다.

"갑시다!"

안동만은 잽싸게 성벽 아래로 줄을 던져 놓았다. 이번에는 성 안쪽이었다. 그를 따라 이검운과 권준도 몸을 날렸다.

바람같이 성벽 아래로 내려선 세 사람은 안개처럼 성 안으로 스며들었다. 무창성은 오패부군으로 득시글거렸다. 가는 곳마다 오패부군이었다.

"자네들 어디서 오는 길인가?"

사람 좋게 생긴 오패부군이 물어왔다. 그러자 안동만이 나섰다.

"저희는 호남성 출신입니다."

안동만의 대답에 사내는 껄껄 웃음을 터뜨렸다.

"누가 어디 출신이냐고 물었는가? 지금 어디에서 오는 길이냐고 묻는 걸세."

그제야 안동만이 뒷머리를 긁적였다.

"아! 난 또······."

"방금 순시를 하고 오는 길입니다."

이검운이 나서서 대답했다.

"어디에서?"

"죽패 쪽입니다."

"그래? 그쪽은 어떤가?"

집요한 물음에 이검운은 여유롭게 대답했다.

"조용합니다. 놈들도 아무런 움직임이 없고요."

이검운의 말에 그제야 사내는 고개를 끄덕였다. 입가에는 웃음까지 머금은 채로였다.

"가서들 쉬게."

"부사령님!"

그때 멀리서 한 사내가 뛰어왔다. 세 사람은 깜짝 놀라 고개를 돌렸다. 사내는 바람같이 빠르게 다가왔다.

"본진에 가보셔야겠습니다."

허리춤에 권총을 찬 사내는 숨이 턱에까지 차올라 있었다.

"본진에?"

"방금 전 신남 쪽과 평호 쪽에서 또 탈출이 있었답니다."

"알았네. 가세!"

사내는 발걸음을 재촉했다.

그는 바로 오패부의 부사령인 풍승이었다. 부사령 풍승을 따라 허리춤의 권총을 덜렁거리며 참모관도 뒤따랐다.

"저자가 부사령이었군."

"하마터면 큰일날 뻔했습니다."

이검운이 한숨을 몰아쉬었다.

"또 탈출이 있었다는 것을 보니 사태가 심각한 것 같습니다."

"왜 아니겠소. 오패부도 달아난 판에 사지에 남아 개죽음을 당하려 하겠나."

"이제 불난 집에 기름을 붓는 일만 남았군요."

권준이 입가에 미소를 머금자 안동만이 재촉하는 소리를 했다.

"서두릅시다! 이제 여기에서 흩어져 전단을 뿌리고 나서 아까 그 성벽 아래에서 다시 만나도록 합시다. 동트기 전에 일을 마치고 성벽을 넘어야 합니다."

"알겠습니다."

이검운과 권준은 결기에 찬 대답을 하고는 입술까지 꼭 깨물어 보였다. 이어 세 사람은 각자 다른 방향으로 흩어졌다. 안동만은 망산 쪽으로, 이검운은 평호 쪽으로, 권준은 문창 쪽으로 발걸음을 옮겨놓았던 것이다.

이검운은 등에 메고 간 보따리를 풀어 거리 곳곳에 전단을 뿌리기 시작했다. 그가 지나간 뒤로 하얀 눈이 내리듯 어둠 속에 전단이 흩어져 내렸다.

'오패부의 병사들에게 고한다. 이제 군벌의 시대는 끝났다. 무창성에 그대로 머물러 있다면 죽음을 얻을 것이요 벗어난다면 삶을 얻을 것이다. 우리 국민당군은 민중의 힘을 얻은 군대다. 감히 맞서다가는 아까운 목숨을 잃고 그리운 가족과도 영영 이별을 하게 될 것이다. 하루빨리 그대들을 기다리고 있는 가족의 품으로 돌아가라! 이제 마지막 공격만이 남아 있다. 오패부는 강서로 달아났다. 그대들을 버리고 달아난 자를 위해 죽을 것인가? 아니면 하나뿐인 그대들의 목숨과 그대들의 가족을 구할 것인가? 현명한 선택을 하길 바란다. 자, 선택하라!'

전단의 내용은 무창성 내 오패부군에 혼란을 일으킬 만한 것이었다.

밤이 깊도록 이검운은 무창성 내에 전단을 뿌리고 돌아다녔다. 안동만도 권준도 마찬가지였다. 밤이 깊어 이들이 하는 일을 보는 이는 없었다.

전단을 모두 뿌리고 나자 시간은 어느새 새벽으로 치닫고 있었다. 이검운은 넘어왔던 성벽 아래로 서둘러 달려갔다. 안동만과 권준이 먼저 와 기다리고 있었다.

"수고했소!"

안동만은 숨을 헐떡이는 이검운을 맞으며 입가에 웃음을 머금었다.

"서두르시죠! 동이 터옵니다."

권준의 말에 안동만이 고개를 끄덕였다. 성벽 너머 먼 하늘로 푸른 기가 스며들고 있었다. "먼저 오르시오!"

안동만이 이검운에게 재촉했다. 이검운은 고개를 끄덕이고는 줄을 잡았다. 이어 능숙한 솜씨로 성벽을 타기 시작했다. 권준이 그의 뒤를 따랐다. 안동만은 성벽 아래에 남아 주변을 살폈다.

성 위에 올라선 이검운은 주위를 둘러보았다. 새벽녘이라서 그런지 아무도 없었다. 순시를 돌던 병사들도 없었다. 이검운은 손을 흔들었다. 안동만에게 올라오라는 신호였다. 이어 권준이 올라서고 안동만이 성벽을 타기 시작했다. 바람처럼 날렵한 솜씨였다.

성 위에 올라선 세 사람은 줄을 끌어올려서는 다시 반대편 성벽으로 던졌다. 그러고는 줄을 타고 성을 빠져나갔다. 이들이 무사히 무창성을 벗어날 때까지 아무런 일도 없었다.

***

날이 밝자 무창성은 큰 혼란에 빠져버리고 말았다. 거리 곳곳에서 바람에 날리는 전단 때문이었다. 전단을 본 병사들이 동요하기 시작했다. 틀린 말이 아니기 때문이었다. 그리고 그 효과는 너무도 빨리 나타났다. 곳곳에서 탈출하려는 병사들이 속출했던 것이다. 삼삼오오 모여 탈출을 논의하는가 하면 오패부군 지도부에 대한 성토도 이어졌다. 이러한 상황은 곧장 오패부군 지도부에 전달되었다.

"죽일 놈들. 대체 어떤 놈들이 그런 거야?"

풍승은 주먹을 불끈 쥐었다.

"아마도 놈들의 첩자가 성 안에 있거나 아니면 밤새 성을 넘어왔는지도 모르겠습니다."

참모관 하오수의 말에 풍승은 미간을 찌푸렸다. 그러고는 골똘히 생각에 잠겼다.

"그래, 그놈들이었군!"

풍승이 혼잣말처럼 중얼거리는 말에 하오수가 조심스레 물었다.

"짐작되는 놈이라도 있습니까?"

"지난밤 자네가 나를 데리러 왔을 때 거기에 함께 있었던 놈들 있지 않은가?"

풍승의 말에 하오수는 고개를 갸우뚱했다.

"죽패 쪽에서 순시를 돌았다고 했어."

실수를 했다는 듯 풍승은 낭패한 얼굴을 했다. 한숨까지 길게 몰아쉬었다.

"맞아. 등에는 이상한 보따리까지 짊어지고 있었지."

하오수도 그제야 생각났다는 듯 고개를 끄덕였다.

"그놈들을 말씀하시는 것이군요?"

"그래, 내가 왜 그 생각을 못했을까?"

"맞습니다. 놈들이 등에 지고 있던 보따리 속에 바로 전단이 들어있었던 겁니다."

하오수의 말에 풍승이 고개를 끄덕였다.

"이런 제기랄."

풍승은 이를 악물고는 주먹으로 책상을 내리쳤다.

"단속을 철저히 해야겠습니다. 동요가 심합니다."

하오수의 말에 풍승이 곧 명령을 내렸다.

"당장 소대별로 인원을 파악하고, 만약 달아나는 놈이 있으면 소대장부터 철저히 책임을 물을 것이라고 전해라. 모두 연대책임을 져야 한다!"

"알겠습니다. 명령을 철저히 이행하겠습니다."

대답을 마친 하오수는 즉시 밖으로 나갔다. 그러고는 풍승의 명령을 전군에 하달했다. 그러나 무리한 단속이 책임자까지 성을 탈출하게 하는 결과를 가져오고 말았다. 그날 저녁부터 무더기로 성을 나가기 시작했던 것이다. 그리고 이튿날 밤이 되자 무창성이 텅 비었다고 할 정도로 오패부군은 줄어들어 있었다. 풍승은 탄식을 터뜨렸다. 이제 가망이 없음도 깨달았다. 참모관 하오수마저 불안감에 어쩔 줄 몰라 했다.

"저희도 강서로 가는 것이 어떻겠습니까?"

오패부가 있는 강서로 가자는 말이었다. 풍승도 심각하게 고민하지 않을 수 없었다. 바로 그때 성 밖에서 요란한 총소리가 들려오기 시작했다. 엽정이 대대적인 공격을 다시 시작한 것이었다.

"가자! 무창성을 버린다."

마침내 풍승은 결정을 내렸다. 병사들 가운데 달아난 자가 절반이 넘었다. 게다가 나머지도 대부분 동요하고 있었다. 이미 전의를 상실했던 것이다. 아무리 견고한 무창성이라 해도 그런 병사들로 성을 지켜낸다는 것은 쉽지 않은 일이었다.

풍승은 하오수와 함께 강서 쪽으로 달아났다. 나머지 병사들은 그것도 모른 채 엽정부대에 맞서 싸웠다. 그리고 채 두 시간이 되지 않아서 풍승과 하오수가 달아났다는 소문이 성내에 나돌았다. 이어 소문이 사실로 확인되면서 오패부군은 너도나도 총을 버리고 달아나거나 투항해왔다.

견고한 무창성은 마침내 무너졌다. 사령관 엽정은 대만족했다. 그리고 이번 전투에서 조선인 투사들이 보여준 용맹과 지략에 대해 다시 한 번 칭찬해 마지않았다.

"대단하오! 모두 조선인 투사들의 열정이 만든 쾌거요."

엽정은 커다란 잔에 술을 가득 따랐다. 그러고는 권준과 이검운, 그리고 안동만에게 권했다.

3. 무창성 57

"아닙니다. 운이 좋았을 뿐입니다."

이검운은 운 덕분으로 돌렸다. 권준도 마찬가지였다.

"시대의 기운이 북벌군에 있기 때문입니다."

엽정은 호쾌하게 웃으며 무창성 점령을 기뻐했다.

"이처럼 쉽게 무창성을 무너뜨리리라곤 미처 생각하지도 못했습니다. 워낙 견고한 성이라서. 어찌 보면 허탈하기까지 합니다."

곽말약도 예상 밖이라는 듯 말끝을 흐렸다. 입가에 웃음만 가득했다.

"그러게 말이오. 이제 손전방만 잡는다면 천하는 안정될 것이오."

엽정의 말에 권준이 다시 나섰다.

"저희를 강서로 보내주십시오! 할 일이 많을 것입니다."

권준의 말에 엽정이 껄껄 웃음을 터뜨렸다.

"잠시도 가만히 있지를 못하는 분들이로군. 무창성을 무너뜨린 지 얼마나 됐다고."

곽말약도 유쾌하게 웃어젖혔다.

"좋소. 그리하시오!"

엽정은 흔쾌히 승낙했다. 조선인 독립투사들을 강서 전장으로 보내주기로 했던 것이다. 그리고 자신이 무창성 수비사령에 임명되자 약속대로 의열단 출신 권준을 비롯해 이검운, 이용, 강파 등 조선인 독립투사들을 대거 강서 전장으로 보냈다. 무창성에서처럼 큰 활약을 기대하면서.

장강에 가을바람이 차게 불어오기 시작하는 계절이었다.

4. 혈전

정잠이 거느린 북벌군 제6군은 강서의 남창을 대대적으로 공격했다. 다행히 남창성 안에서 호응하는 세력이 적지 않았다. 노동자와 학생 등이 내응을 해왔던 것이다. 때문에 정잠은 손쉽게 남창성을 점령할 수 있었다. 이 전투에도 권준을 비롯해 이검운, 안동만, 김준섭 등 조선인 독립투사들이 대거 참여했다. 불굴의 정신으로 남창전투에 뛰어들었던 것이다.

"남창성이 무너졌다고?"

놀란 손전방은 두 손을 부들부들 떨었다.

"남창성은 우리 목줄과도 같은 곳이다. 반드시 되찾아야 한다."

"맞습니다. 남창성이 아니면 우리는 나갈 곳이 없습니다. 그리고 언제든 위협을 당할 수도 있습니다."

"놈들이 정비를 마치기 전에 공격하는 것이 어떨까요? 놈들은 지금 승리에 도취해 있을 것입니다."

참모장 한유수와 부관 마충의 말에 손전방은 고개를 끄덕였다.

"더구나 무창성이 엽정에 의해 무너졌다고 합니다. 놈들의 사기가 더 오르기 전에 꺾어놔야 합니다."

"맞는 말이다. 당장 전열을 갖춰라! 남창성으로 간다!"

"알겠습니다, 사령관님."

참모장 한유수는 대답과 동시에 막사를 빠져나갔다.

"마충!"

"예, 사령관님!"

"너는 즉시 오패부에게 가라! 가서 우리 군에 호응하라고 전해라. 무창성을 공격하든지, 아니면 우리 군을 도와 남창성을 협공하라고 말이다. 그게 오패부에게도 다시 일어설 수 있는 기회가 될 것이라고 전해라!"

"예, 알겠습니다."

부관 마충도 손전방의 명을 받고 신속히 막사를 빠져나갔다.

"감히 이 손전방에게 도전하다니."

손전방은 이를 악물었다. 그러면서도 한편으로는 걱정이 되기도 했다. 남창성을 무너뜨린 것을 보면 그리 얕잡아 볼 상대가 아니라는 것이 증명되기 때문이다.

구강에 머물고 있던 손전방은 십만 병사를 모아 남창성으로 출발했다.

구강의 강변으로 뱀의 몸뚱어리처럼 십만 대군이 구불구불 이동하기 시작했다. 출발하는 데만도 하루가 넘게 걸렸다.

"서둘러라! 놈들이 전열을 정비하기 전에 급습해야 한다."

참모장 한유수가 선발대를 재촉했다.

***

남창성을 점령한 북벌군은 승리에 도취해 있었다. 게다가 하나로 뭉치지도 못했다. 서로 간에 의견이 분분했던 것이다.

"이래서는 위험하오. 손전방이 가만있을 리도 없고."

군관 김준섭이 북벌군의 상황을 심히 염려했다. 그러자 안동만도 거들고 나섰다.

"맞소. 이대로 있다가는 아무래도 무슨 사달이 나고 말 것이오. 너무 안이하게들 생각하고 있어요."

"구강에 머물고 있는 군사가 어느 정도나 된다고 합니까?"

이검운이 묻자 김준섭이 대답했다.

"십만은 족히 된다고 들었소."

김준섭의 대답에 이검운이 눈살을 찌푸렸다. 안동만도 마찬가지였다.

"십만이라면 모레쯤이면 당도하겠군!"

이용이 혼잣말처럼 중얼거렸다.

"무슨 소리요?"

김준섭이 묻자 이용이 맞받았다.

"저들이야 항상 준비되어있을 테니 구강에서 여기까지 오는데 이틀이면 충분할 것 아니오?"

4. 혈전 61

그제야 이검운도 김준섭도 고개를 끄덕였다.

"맞소. 그럴 것이오."

조선인 독립투사들의 대화는 거짓말처럼 들어맞았다. 이틀 후 손전방의 십만 대군이 남창성을 둘러싼 것이다. 북벌군 지도부는 큰 혼란에 빠져들고 말았다.

"남창성을 사수해야 합니다. 놈들의 허세는 충분히 이겨낼 수 있습니다. 조금만 버티면 총통의 본대가 지원하러 올 것입니다."

담연개는 남창성 사수를 주장했다. 그러나 왕백령은 회의적이었다.

"저들의 병력이 너무 많소. 사령관은 밖의 손전방 군대가 보이지도 않소?"

"그럼 항복이라도 하자는 말이오?"

정잠이 발끈하고 나섰다. 그러자 왕백령도 목소리를 높였다.

"무슨 말을 그리 하시오. 누가 항복하자고 했소?"

분위기가 험악해지자 담연개가 이들 사이를 가로막고 나섰다.

"이러지들 마시오. 지금 우리에게 필요한 것은 협력이오. 우리가 이럴수록 저들만 좋아할 것이오."

담연개는 말을 잠시 끊었다가 다시 이었다.

"남창성을 사수합시다! 놈들의 수가 얼마가 되었든 일단 그렇게 해봅시다! 버티는 데까지는 버텨봐야지요. 또 철수한다 한들 갈 곳도 없소."

담연개의 말에 왕백령이 목소리를 낮추었다. 그러나 표정에는 여전히 불만이 가득했다.

"전투에서는 실리를 찾아야 하는 법이오. 적은 십만이오! 우리 병사들로는 어림없는 싸움인데 어찌 계란으로 바위를 치려고 하오."

"그렇다고 항복을 할 수도 없지 않소?"

담연개가 반박하자 왕백령이 다시 대답했다.

"일단 물러나자는 얘기지요. 남창성이야 다음에 또 찾을 수 있지 않소. 병사들은 우리의 수족과도 같은 존재요. 무모하게 움직였다가 모두 몰살시킬 수는 없단 말이오."

그제야 담연개가 고개를 끄덕였다. 정잠도 뒷짐을 진 채 돌아섰다. 일부 동의한다는 태도였다.

"혁명전사 없이 어찌 북벌을 성공시킬 수 있겠소. 목숨은 아껴야 하는 법이오."

"왕 사령의 말에도 일리가 있소. 허나 우리가 지금 물러난다 해도 저들이 그냥 두지 않을 것이오. 물러날 곳도 없고."

"그러니 돌파구를 찾자는 말이지요."

"그러기에는 너무 시간이 촉박하오. 저들은 이미 공격태세를 갖추었소."

남창성 밖을 내다본 왕백령은 고개를 절레절레 흔들었다. 성을 둘러싼 손전방의 대군에 기가 질렸던 것이다.

"이제는 선택의 여지가 없소이다. 왕 사령은 동쪽을 맡아주시오! 제가 이곳을 맡겠소. 그리고 정 사령은 북쪽을 맡아주시고."

담연개는 손전방의 군대를 막아낼 방도를 제시했다. 그러자 정잠은 고개를 끄덕였다. 왕백령도 마지못해 고개를 끄덕였다.

"알겠소."

"아무튼 서로 긴밀히 협조합시다! 부족한 것이 있으면 서로 보완하며 돕고요."

"그럽시다."

정잠은 대답을 마치고는 즉시 발길을 돌렸다. 북쪽 성루로 향했던 것이다.

오후로 접어들면서 손전방의 군대가 움직이기 시작했다. 전열을 갖춘 채 서서히 접근해왔던 것이다. 남창성 밖은 그야말로 물샐 틈도 없어 보였다. 새까맣게 움직이는 병사들이 마치 인의 장막을 친 듯했다.

"이번에는 제대로 한번 싸울 수 있겠군!"

이검운이 중얼거렸다. 그러자 정가교 앞에서 기관총을 거치대에 걸고 있던 강파가 웃었다.

"장부로 태어나서 전장에서 죽는다면 그보다 영광인 것도 없지."

"죽기는……. 놈들을 다 죽이기 전에는 어림없지. 게다가 우리는 조국의 해방을 봐야 하지 않겠나?"

조국의 해방이라는 말에 강파의 얼굴이 굳어졌다.

"그것이 한이로세!"

"반드시 살아남아야 하네. 조국을 빼앗긴 죄인으로서 책무를 다해야 하지 않겠는가? 조국을 되찾는 것만이 그 죄를 용서받을 수 있는 길일세."

강파와 이검운이 전투를 앞두고 조국을 그리며 전의를 다지고 있을 때였다. 이용이 허겁지겁 뛰어와 숨이 턱에까지 차오른 채 말했다.

"들었는가?"

이용의 당황한 모습에 이검운이 눈살을 찌푸렸다.

"무슨 일인가?"

가쁜 숨을 한 차례 돌리고 난 이용이 간신히 다시 입을 열었다.

"1군의 왕백령이 줄행랑을 놓았다네."

"뭐?"

강파는 자신의 귀를 의심한다는 듯 기관총 거치대를 붙잡고 일어섰다.

"왕백령이 줄행랑을 놓다니?"

되묻는 말에 이용이 헐떡이며 다시금 설명했다.

"동쪽 문에 도착하자마자 군사들을 이끌고 내뺐다고 하네. 하도 어이가 없어 말이 나오지를 않네."

"답 사령이나 정 사령도 아는가?"

강파가 재촉하듯 묻자 이용이 그제야 숨을 돌리고는 고개를 끄덕였다.

"지금쯤 알았을 것이네."

"이런 죽일 놈."

"배신자!"

강파와 이검운은 달아난 왕백령을 원망하는 말을 연이어 쏟아냈다.

"그럼 동쪽은 어떻게 한단 말인가? 지금 숫자로도 벅찬데."

이검운이 현실을 이야기하자 이용이 맞받았다.

"정 사령의 군대를 나눠야겠지. 담 사령의 군대는 이미 나눈 상태니까."

"손전방이 달아나는 그를 그냥 놔뒀단 말인가?"

이검운이 묻자 이용이 고개를 끄덕였다.

"이상한 일은 왕백령이 성문을 열고 나가자 놈들이 아무런 조치도 취하지 않았다는 거야. 아무리 백기를 앞세우고 나갔다고는 하지만."

"놈들의 목표는 북벌군이 아니라 남창성이야. 그러니까 왕백령의 군대를 조용히 보내준 게지."

강파의 말에 이용도 고개를 끄덕였다.

"그랬겠군."

"아무튼 이번 전투는 쉽지 않을 것이네. 모두 조심하게나."

말을 마친 이용은 강파의 기관총을 내려다보았다. 그러고는 놀란 얼굴로 강파를 쳐다보았다.

"아니, 자네 어쩌자고 기관총을 여기에다 거치했는가?"

"내가 하는 얘길세."

이검운도 들으라는 듯이 이용의 말을 거들고 나섰다. 그러자 강파가 껄껄 웃음을 터뜨렸다.

"조선의 용사가 어찌 그리도 겁이 많단 말인가? 걱정들 말게나."

"당장 난간 쪽으로 옮기게! 여기는 죽을 자리야. 약산 선생의 말씀을 잊었는가?"

"맞네. 우리가 북벌에 참가한 것은 조국을 되찾기 위한 것이지 북벌군을 위한 것이 아니란 말일세. 조국을 되찾기 위해 반드시 살아남아야 한다는 약산 선생의 말씀을 다시 한번 새겨보게나."

이용과 이검운의 연이은 충고에 강파는 신중히 생각에 잠겼다가는 고개를 끄덕였다.

"동지들이 그리 말하니 내 재고하겠네. 하지만 비겁한 조선인이란 말을 듣고 싶지는 않네."

"기관총련 연장으로서 자네는 늘 최선을 다해왔어. 그런 소리 할 사람은 아무도 없어."

"맞네. 저 오패부나 손전방도 자네에게는 그런 소리 하지 못할 걸세."

그때 성 밖으로부터 요란한 총소리가 울려왔다. 포탄이 터지는 소리도 들려왔다. 성벽에서 뽀얀 먼지가 피어올랐다.

"놈들의 공격이 시작되었네."

이용은 정가교 난간 옆에 납작 엎드렸다. 이어 이검운도 난간 쪽으로 뛰었다. 강파는 그제야 기관총을 들고는 자리를 옮겼다. 정가교 한가운데 버티고 있다가 난간 쪽으로 이동한 것이다.

"자! 준비들 됐지?"

강파는 기관총을 거치한 후 개머리판에 어깨를 바짝 밀착시켰다. 그러고는 방아쇠에 손가락을 얹었다. 총탄을 발사할 준비를 마친 것이다.

"놈들을 시원하게 날려보내세!"

이검운도 방아쇠에 손가락을 걸었다.

남창성 성벽 위로 불꽃이 튀었다. 손전방의 군대가 본격적인 공격을 개시해온 것이다. 성벽 위의 북벌군도 대응에 나섰다. 수적으로 부족하기는 하지만 맹렬히 맞섰다. 포탄이 성벽을 넘어서 날아왔다. 성안 곳곳에 불길이 치솟고 파편이 튀었다. 화약 냄새가 진동하는 가운데 남창성은 순식간에 아수라장으로 변하고 말았다.

"성루가 무너진다!"

이용이 외쳤다.

"이렇게 빨리 무너지다니."

이검운은 생각하지도 못한 일이 벌어졌다는 듯이 탄식을 터뜨렸다. 너무도 빨리 성벽이 무너지고 있기 때문이었다.

"제기랄. 그래, 오너라! 이놈들."

강파는 이를 악물고 성문을 노려보았다. 무너진 성벽 틈으로 멀리 손 전방의 군대가 모습을 드러냈다. 새까맣게 늘어선 모습에 저절로 소름이 돋았다.

"퇴각해야 하는 것 아닌가?"

이용이 먼저 후퇴를 입에 올렸다. 아니나 다를까, 성벽 위에 있던 북벌군이 서서히 내려서고 있었다.

"자네들은 먼저 가게!"

강파가 이용과 이검운을 돌아보며 손짓을 했다.

"먼저 가라니?"

"무슨 말인가? 가면 함께 가야지!"

"곧 따라 가겠네. 먼저 가서 동지들을 챙기게나."

강파는 거듭 먼저 가라며 손을 휘저어댔다. 그러나 이용도 이검운도 꿈쩍하지 않았다.

"자네를 두고 갈 수는 없네."

그 순간 총탄이 빗발처럼 머리를 스쳐 지나갔다. 세 사람은 놀라 고개를 얼른 숙였다. 잠시 후 고개를 들어보니 어느새 손전방의 군대가 무너진 성문으로 밀물처럼 밀려들고 있었다. 북벌군은 썰물처럼 쓸려가고 있었다. 피를 흘리며 쓰러지는 병사들의 비명과 외침으로 남창성 안에는 이내 아비규환의 지옥이 펼쳐졌다.

성문을 넘어 들어온 손전방의 군대는 즉시 성 안에 진지를 구축했다. 엄폐물을 이용해 총을 거치한 후 달아나는 북벌군을 향해 총구를 겨눴던 것이다.

"좋다, 와라!"

강파는 방아쇠를 당겼다. 그의 기관총에서 불이 뿜어졌다. 총탄이 성문을 향해 날아갔다.

"한 놈도 살려두지 않을 테다!"

강파는 난간에 몸을 의지한 채 사격을 가했다. 이검운의 총에서도 불꽃이 튀었다. 이용의 소총에서도 마찬가지였다.

세 사람이 퍼붓는 불벼락에 손전방의 병사들이 주춤했다. 그러더니 그들은 총탄이 날아오는 정가교에 주목했다.

"저쪽이다. 집중사격을 가하라!"

사관응의 명령에 손전방의 병사들이 정가교에 집중사격을 가하기 시작했다. 장대비가 쏟아지듯 총탄이 정가교를 두들겨댔다. 강파와 이검운은 잠시 몸을 피했다. 난간 뒤로 몸을 숨겼던 것이다. 이용도 정가교 옆 바위 뒤로 몸을 날렸다.

"잠시 물러나는 것이 좋겠네!"

이용이 소리쳤다.

"그러세. 더 버티는 것은 무리야. 의미도 없어."

그러나 강파는 이를 악물었다. 그리고는 또다시 방아쇠에 손가락을 얹었다. 요란한 총소리가 정가교를 울렸다. 이어 정가교를 향해 달려들던 손전방의 병사들이 낙엽이 지듯 우수수 떨어져 내렸다.

"먼저들 가게! 내 곧 뒤따라가겠네."

강파는 또다시 먼저 가라며 소리쳤다. 그러나 이용이 고개를 흔들었다.

"함께 가세나."

"지금 함께 움직이면 다 같이 죽네. 내가 엄호를 할 테니 먼저들 가게나."

강파는 고집을 부렸다. 사관응의 병사들이 잠시 주춤했다. 강파의 기관총이 불벼락을 날렸기 때문이다.

"지금이야! 지금 가지 않으면 두고두고 후회할 걸세."

그때 뒤에서 익숙한 목소리가 들려왔다.

"동지들, 퇴각 명령이 떨어졌소. 남창성을 떠나라는 명령이오!"

의열단 단원 권준이었다. 그가 같은 의열단 단원인 신태무와 흑기연맹의 아나키스트 이희도 등을 데리고 이들을 구하러 온 것이었다.
"정가교를 사수하라! 동지들을 구해야 한다."
권준은 병사들을 정가교 주변으로 배치했다. 그러고는 달려드는 사관응의 부대를 막았다. 이어 기관총련 연장 이동화도 소대원을 이끌고 도착했다.
강파는 힘이 솟았다. 쉼 없이 방아쇠를 당겨댔다. 그러자 자리를 잡은 조선인 독립투사들이 한마음이 되어 정가교를 지켰다. 사관응은 잠시 주춤하지 않을 수 없었다.
"다리를 건너라! 먼저 건너는 자에게 포상이 주어질 것이다."
그러나 사관응의 독려에도 불구하고 다리 위로 올라서는 병사는 한 명도 없었다. 조선인 독립투사들의 저항이 워낙 거셌기 때문이다.
"동지들, 기회를 봐 물러납시다!"
권준이 소리치자 이검운이 맞받았다.
"다리만 지키면 놈들을 저지할 수 있네. 강 동지, 그만 가세나!"
"알겠네. 엄호하게!"
강파의 말에 권준을 비롯해 이동화 등 모든 대원이 정가교 건너편을 향해 총탄을 퍼부었다. 사관응의 병사들이 일제히 고개를 숙였다. 그와 동시에 강파가 먼저 일어섰다. 그러고는 기관총을 든 채 뛰기 시작했다. 정가교 위는 빗발치는 총탄으로 물샐 틈이 없었다. 이어 이검운도 자리에서 일어섰다. 그러고는 쏟아지는 총탄 사이를 헤집고 달렸다.
강파가 정가교를 거의 벗어날 무렵 어디선가 날아든 총탄이 그만 그의 다리를 꿰뚫고 말았다. 강파는 짙은 신음소리와 함께 쓰러지고 말았다.

"강 동지!"

이검운은 바위 뒤로 몸을 날렸다. 총탄이 머리 위를 스치고 지나갔다. 모골이 송연해지는 순간이었다.

"놈이 쓰러졌다. 잡아라!"

사관응은 강파가 쓰러지는 모습을 보고는 병사들에게 외쳤다. 그러자 사관응의 병사들이 일제히 총을 겨눴다. 그때 정가교 뒤에서 누군가가 뛰쳐나갔다. 강파를 구하기 위해서였다. 그리고 그 순간 정가교 위로 빗발 같은 총탄이 날아들었다.

"박 동지!"

외치는 소리와 함께 달려 나갔던 의열단 단원 박효성의 몸에 피꽃이 피었다. 가슴은 물론 어깨와 복부 등 온몸으로 붉은 피꽃을 피워냈다. 이어 강파의 몸도 뒤척여졌다. 총탄이 또다시 그의 몸을 꿰뚫었던 것이다.

"강 동지!"

이검운은 울부짖었다. 주먹도 움켜쥐었다.

사관응의 병사들은 쓰러진 강파와 박효성의 몸에 벌집이라도 낼 듯 총탄을 날려댔다.

정가교를 사이에 두고 치열한 공방전이 펼쳐졌다. 손전방의 사관응 부대와 조선의 독립투사들 사이에 양보할 수 없는 혈전이 펼쳐졌던 것이다.

"기회를 봐 물러나야 합니다!"

신태무가 외쳤다. 그러자 권준이 맞받았다.

"맞네. 지금으로서는 역부족이야. 다 같이 준비하게."

권준의 외침에 조선인 독립투사들은 총을 거머쥐었다. 그러고는 정가교 건너편을 향해 동시에 불벼락을 날렸다. 사관응의 병사들이 또다시 주춤했다. 총탄이 잦아들었다. 그러자 이용이 소리쳤다.

"지금이다. 함께 뛰자!"

말을 마친 이용이 먼저 몸을 일으켜 세웠다. 그러자 정가교 난간과 바위를 엄폐물 삼아 엎드려있던 조선인 독립투사들이 일제히 일어섰다. 이용은 선 자세로 조준사격을 가했다. 머리를 드는 사관응의 병사들을 겨눴던 것이다.

총소리가 날카롭게 정가교를 건너갔다. 사관응의 병사들이 보기 좋게 나뒹굴었다. 그러자 정가교 건너편에서는 누구 하나 움찔하지 못했다. 그러는 사이 조선인 독립투사들이 일제히 몸을 돌려 남창성 시내로 내달렸다.

"놈들이 달아난다. 쫓아라!"

사관응은 병사들을 독려해 정가교를 건넜다. 그들의 앞에는 이제 거칠 것이 없었다. 벌떼처럼 남창성 시내로 돌입했던 것이다. 그리고 채 두 시간이 못 되어 남창성은 손전방의 손에 떨어지고 말았다.

"놈들이 다시 올지 모른다. 방비를 철저히 해라!"

손전방의 명령에 남창성은 물샐틈없는 경계가 펼쳐졌다. 멀리 담연개와 정잠의 군대가 눈에 들어왔다. 성을 벗어나 다시 전열을 정비하고 있는 모습이 눈에 들어왔던 것이다.

담연개와 정잠은 남창성을 바라보며 탄식을 쏟아냈다.

"왕 사령이 배신만 하지 않았어도……."

정잠이 모든 것을 왕백령 탓으로 돌렸다.

"우리가 너무 방심했소. 성을 점령했으면 재빨리 전열을 정비해야 했는데 너무 안이하게 대처했소."

담연개는 자신들의 탓으로 돌렸다. 그러자 정잠이 입맛을 다셨다. 그러고는 시무룩이 한마디 내뱉었다.

"그건 그렇소."

"그나저나 총사령께는 뭐라고 말씀드린단 말이오."

담연개의 한탄에 정잠이 머뭇거리다가 입을 열었다.

"어찌됐든 빨리 알리고 지원군을 청하는 것이 어떻소?"

"남창성은 다시 되찾아야겠지요?"

담연개가 되묻자 정잠이 고개를 끄덕였다.

"당연한 얘기요. 이렇게 우물쭈물거리고 있다가는 어떤 책임추궁을 당할지 모르는 일이오."

"그럽시다. 빨리 전령을 보냅시다!"

담연개와 정잠은 서둘러 총사령 장개석에게 전령을 보내 전황을 보고했다. 더불어 지원군도 요청했다. 장개석은 몹시 분개하며 책상을 내리치는 모습까지 보였다.

"남창성은 우리에게 꼭 필요한 곳이다. 전략상 요충지다. 그런 곳을 빼앗았다가 다시 놓치다니."

장개석은 자리를 박차고 일어섰다. 그러고는 밖으로 나가며 소리쳤다.

"총출동이다. 남창성으로 간다!"

장개석의 불같은 명령에 북벌군이 벌떼처럼 일어섰다. 뽀얗게 먼지가 일고 수만의 군대가 구름이 일렁이는 듯 움직였다. 지축도 흔들렸다.

사령들의 명령이 하늘을 울렸다.

"서둘러라!"

"남창성으로 갈 것이다. 적을 잡는다!"

북벌군은 신속히 전열을 정비해 남창성으로 향했다.

장개석의 독촉에 북벌군은 쉴 새 없이 대륙을 횡단했다. 장강(長江)이 말없이 이들의 뒤를 따랐다.

예상보다 훨씬 이른 시각에 남창성에 도착한 장개석은 서둘러 공격 명령부터 내렸다. 그러나 남창성은 견고했다. 성벽도 단단했지만 손전방의 군대가 극렬히 저항했던 것이다.

"너무 서두르시는 것 같습니다."

주배덕이 조심스레 입을 열었다. 그제야 장개석이 고개를 끄덕였다.

"그랬는가?"

얼굴에는 후회하는 빛도 얼마간 담겨 있었다.

"그렇습니다. 남창성은 예로부터 무너뜨리기 어려운 성으로 이름난 곳입니다."

주배덕의 말에 장개석은 한숨을 몰아쉬었다.

"알고 있네."

"일단 병사들에게 쉴 수 있는 시간을 주어야 합니다. 너무 급하게 달려왔습니다."

그제야 장개석도 고개를 끄덕였다. 자신이 조급했음을 인정했던 것이다.

"남창성보다는 주변을 먼저 정리하는 것이 어떨는지요?"

"주변이라?"

"그렇습니다. 큰 전투를 치르기 전에는 반드시 주변부터 정리하라는 말이 있습니다. 남창성과 연결되어 있는 길을 모두 끊어놓으면 저들이 홀로 버티기가 어렵지요."

"고립시키자는 말이로군!"

"그렇습니다. 그래야만 우리도 안전하게 적을 공격할 수 있고요."

"좋은 생각이군!"

장개석은 주배덕의 의견을 받아들였다.

"그럼 어떻게 군대를 나누는 것이 좋을까?"

"일단 남창성을 견제할 주력부대를 이곳에 남겨놓고 나머지는 분산시켜 강서의 북부와 남부로 보내는 것이 좋을 듯싶습니다."

"구강과의 연계를 차단하자는 말인가?"

"그렇습니다. 그래야만 놈들이 흔들릴 것입니다. 보급로가 차단되고 서로 연결이 끊기면 분명 놈들은 혼란에 빠질 것입니다. 사기도 떨어지겠지요."

"좋다. 그렇게 하자!"

장개석은 주배덕의 제의를 받아들여 이종인의 7군을 강서의 북부로 보냈다. 그리고 주배덕으로 하여금 직접 강서의 남부를 공략하게 했다.

* * *

주배덕의 전략은 주효했다. 남창과 구강의 연결고리를 끊어놓자 남창성은 그만 혼란에 빠져들고 말았다. 손전방이 있는 구강 역시 크게 흔들렸다. 정잠의 6군도 남창성 인근의 손전방부대를 제거하며 구강 공격을 도왔다.

구강에 머물고 있던 손전방은 크게 당황했다.

"놈들이 잠강을 건넜습니다."

참모관 문전형이 다급히 달려와 숨을 몰아쉬었다.

"전열을 정비하고 구강을 사수하라! 이곳은 전략적 요충지다. 만약 놈들에게 빼앗긴다면 남창성은 물론 우리 군 전체가 위험해진다."

손전방은 당황한 기색이 역력했다.

"알겠습니다. 하지만 놈들이 만만치가 않습니다."

문전형의 목소리에는 힘이 빠져 있었다. 자신이 없었던 것이다. 손전방은 그저 묵묵히 듣고만 있었다.

"이종인의 7군에 정잠의 6군까지 합류했다고 합니다."

"막아야 한다. 어떻게든 막아야 한다!"

손전방은 막아야 한다는 말만 되풀이해댔다. 그때 요란한 기관총 소리가 구강 건너편에서 들려왔다. 이종인의 7군이 시내로 접어들고 있는 모양이었다. 곧이어 손전방의 군대도 대응사격을 하는지 건너편으로 날아가는 총소리가 들려왔다.

포탄이 터지고 먼지구름이 구강의 하늘을 뽀얗게 뒤덮었다.

"구강은 우리 포병대가 점령한다. 진지를 부숴라!"

포병련장 이검운은 구강 시내를 향해 무차별 포격을 가했다. 그의 명령이 떨어질 때마다 검은 연기와 함께 손전방의 진지가 무너져 내렸다.

"저놈들은 누구냐?"

이를 악다문 손전방이 묻자 참모관 문전형이 대답했다.

"제가 알기로 조선의 독립군입니다."

"조선의 독립군?"

"그렇습니다."

짧은 대답에 손전방은 이를 갈았다. 표정도 일그러졌다.

"놈들은 잃어버린 나라를 되찾기 위해 저리 혈안이 되어 있다고 합니다."

문전형의 대답에 손전방은 두 주먹을 부르르 떨었다.

"제놈들 나라를 되찾는 것과 우리가 무슨 관계가 있단 말이냐?"

손전방이 묻자 문전형이 다시 대답했다.

"국민당군을 도와야 조선이 독립할 수 있다고 믿고 있답니다."

"미친놈들!"

"국민당군을 도우면 그들로부터 도움을 얻을 수 있다고 생각하는 것이지요."

손전방은 분노로 이를 악다물었다.

포탄이 다시 구강 시내를 타격했다. 뽀얀 먼지와 검은 구름이 구강 시내를 온통 뒤덮었다. 전장은 벌써 대세가 분간되고 있었다. 북벌군의 포격에 진지가 무너지면서 손전방의 군대가 밀리기 시작한 것이다.

"놈들의 포격에 우리 진지가 쑥대밭이 되고 있습니다."

문전형은 비통한 심정으로 연신 탄식을 흘려댔다. 곁에서 구강 시내를 내려다보고 있던 손전방은 발까지 동동 굴렀다. 어찌할 줄을 몰랐던 것이다.

"저놈들을……, 저놈들을……."

말도 다 잇지 못했다.

"돌격!"

사령관 이종인의 외침에 북벌군이 일제히 앞으로 나아갔다.

"주변을 살펴라. 골목을 조심해라!"

경계의 소리가 북벌군에서 연이어 터져 나왔다. 그리고 소총을 든 북벌군이 구강 시내를 야금야금 먹어 들어갔다. 뒤에서는 여전히 이검운의 포병대가 지원을 멈추지 않고 있었다.

"한 치도 물러나서는 안 된다. 자리를 지켜라!"

"진지를 사수하라!"

손전방의 참모들은 목이 터져라 외쳐댔지만 병사들은 북벌군을 당해

내지 못했다. 곳곳에서 병사들이 피를 흘리며 쓰러지고 신음소리를 토해냈다.

총탄은 빗발치듯 손전방이 서있는 진지로도 날아들었다. 생명에 위협을 느낀 손전방은 목을 잔뜩 움츠린 채 전방을 주시했다. 북벌군이 밀물처럼 시내로 밀려들고 있었다. 병사들이 등을 보인 채 달아나는 모습도 눈에 들어왔다.

"위험합니다. 피하시는 게 좋겠습니다."

참모관 문전형의 말에 손전방은 비통한 신음소리를 흘려냈다.

"더 늦기 전에 피하셔야 합니다."

"어찌 이리도 빨리 무너진단 말인가?"

한 차례 탄식을 흘려낸 손전방은 그제야 몸을 돌렸다.

"놈들이 물러간다. 항복하는 자는 모두 살려두어라!"

사령관 이종인의 명령에 북벌군은 사격을 중지했다. 그러고는 손전방의 병사들에게 항복을 권유하기 시작했다. 그러자 여기저기에서 병사들이 총을 버린 채 두 손을 들고 나왔다.

"살려주시오!"

"항복하겠소!"

정잠의 부대가 구강 시내를 이 잡듯 샅샅이 훑었다. 골목골목을 누비며 손전방의 병사들을 색출해냈던 것이다. 끝까지 저항하는 병사들도 있었으나 대부분은 두 손을 들고 순순히 항복해왔다.

"놈은 도망쳤습니다."

손전방을 놓쳤다는 말에 사령관 이종인이 아깝다는 듯 입맛을 다셨다.

"뿌리를 뽑을 기회였는데."

"구강을 점령했으니 이제 놈은 끝장입니다. 뿌리 없는 나무 신세지요."

"남창만 남았군!"

"그렇습니다."

부관 금교가 환한 낯빛으로 들어서는 이검운을 반갑게 맞았다.

"수고했네!"

사령관 이종인도 반가운 얼굴로 이검운을 맞았다.

"모두 연장 덕분이오. 이번 전투의 공은 이 연장의 것이오!"

사령관 이종인은 포병련 연장 이검운의 공을 높이 샀다. 그러자 이검운은 겸연쩍은 얼굴로 자신의 공을 되돌렸다.

"과찬의 말씀이십니다. 어찌 저만의 공이겠습니까?"

"아니오. 정확한 포격이 없었다면 이리 쉽게 구강을 점령하지는 못했을 것이오."

"사령관님의 말씀이 맞네. 정밀한 포격에 우리 부대가 수월하게 구강을 점령할 수 있었지. 게다가 손실도 최소화할 수 있었고."

말끝에 부관 금교는 껄껄 웃음까지 터뜨렸다. 그러자 사령관 이종인도 유쾌하게 웃어젖혔다.

"조선의 독립투사들은 정말 대단하오! 용맹함이 과연 고구려의 후예답소."

고구려라는 말에 이검운은 가슴이 뿌듯해졌다. 그리고 자신들의 뿌리를 인정받자 다시 전의가 불타올랐다. 조국을 되찾고자 하는 마음이 용솟음쳤던 것이다.

"모두 조국을 되찾고자 하는 마음뿐입니다. 저 개인의 일이 아니지요."

"맞소! 훌륭하오. 그대들이나 우리나 조국이 있기에 이리 존재하는 것이오. 공감하오."

사령관 이종인은 이검운의 조국애에 깊이 감동했다. 그러면서 자신도 같은 마음임을 숨기지 않았다.

"역시 사령관이십니다."

이심전심이랄까? 이검운도 사령관 이종인의 애국심에 한마음으로 동조했다. 유쾌한 웃음소리가 구강 언덕에 울려 퍼졌다.

5. 무너지는 군벌

구강을 평정한 7군 사령관 이종인은 남창으로 주력군을 이동시켰다. 계절은 어느새 찬바람이 불어오는 늦가을이었다.

"이제 남창만 남았다."

장개석은 비장한 얼굴로 남창성을 노려보았다. 성 안에서 손전방이 여전히 굳건하게 버티고 있었다.

"손발이 잘린 형국입니다. 이제 오래 버티지 못할 겁니다."

"저들도 무리라는 것을 잘 알고 있을 겁니다."

정잠과 주배덕이 장개석의 조급한 마음을 달랬다. 그러나 장개석은 또다시 마음이 앞섰다. 군벌은 손전방뿐만이 아니었기 때문이다.

"삼면에서 공격을 가한다. 북쪽은 주배덕 사령이 맡고 남쪽은 이종인 사령이 맡는다. 그리고 정잠 사령은 서쪽에서 치고 들어가라!"

"예. 알겠습니다."

세 사령관은 한목소리로 명령을 받들었다. 힘차고도 믿음직스러운 대답이었다.

"동쪽은 어떻게 합니까?"

유백승이 조심스레 물었다. 자신을 호명하지 않은 것에 대한 불만의 표시도 얼마간 묻어났다.

"유 사령은 동쪽 문 밖에서 대기한다."

장개석의 명령에 유백승이 의아한 얼굴로 그를 바라보았다. 그러자 장개석이 입가에 미소를 얹고는 다시 말을 이었다.

"놈들이 달아날 구멍은 남겨 두어야 하지 않겠는가?"

그러자 이번에는 하룡이 되묻고 나섰다.

"풀어주자는 말씀입니까?"

목소리에는 반대의 뜻이 분명했다.

"안 됩니다. 놈들은 다시 일어설 것입니다."

유백승이 강력하게 항의하고 나서자 장개석이 힘찬 도리질과 함께 손까지 흔들어댔다.

"그럴 수야 없지. 그렇게 해서도 안 되고."

"그렇다면?"

유백승이 다시 묻자 그제야 장개석이 자신의 전략을 풀어놓았다.

"놈들이 삼면에서 공격을 받고 동쪽으로 나오면 그때 모두 사로잡는다. 포로로 잡으라는 말이다. 우리 북벌군으로 편입시킬 것이다."

그제야 유백승을 비롯한 사령들이 고개를 끄덕였다.

"좋은 생각이십니다."

이종인은 무릎까지 쳤다.

"준비해라! 공격한다."

장개석의 명령에 북벌군은 2차 남창 공격전을 개시했다. 남창성에 포탄과 총탄이 또다시 작렬하기 시작했다. 비명과 신음소리가 난무하고 죽음의 사자들이 성 안과 밖을 배회하기 시작했다.

전투는 치열했다. 북벌군의 공격과 군벌 손전방의 방어가 팽팽하게 대립했던 것이다. 손전방을 무너뜨리려는 북벌군은 야수와도 같이 달려들었고 이를 막아내려는 손전방의 병사들은 야차와도 같이 날뛰었다.

"남창성을 믿어라. 성벽은 견고하다. 성벽에 의지해라!"

손전방은 최전선에서 병사들을 독려했다. 직접 소총을 들고 탄약을 장전하기까지 했다.

"남쪽이 위험합니다. 성벽이 무너졌습니다."

부관 포세원의 보고에 손전방은 부랴부랴 남쪽으로 달려갔다.

"지원군을 좀 보내주십시오!"

남쪽 사령관 서대죽의 지원 요청에 손전방은 다급히 부관 포세원을 북쪽으로 보냈다. 북쪽 부대의 보병을 남쪽으로 보내라는 명령을 전달하기 위해서였다. 그러나 북쪽의 상황도 그리 좋지 않았다. 북벌군에 밀리고 있었던 것이다. 북벌군이 코앞까지 들어와 있었다.

"지금으로서는 병력을 빼내기가 쉽지 않소. 이곳도 역부족이오."

북쪽 사령관 탄금수의 탄식에 부관 포세원은 서쪽으로 달려갔다. 그러나 서쪽도 마찬가지였다. 팽팽한 접전이 벌어지고 있어 부대를 나눌 상황이 아니었던 것이다.

"이가 없으면 잇몸으로라도 버틴다!"

손전방은 남은 병사들을 성벽이 무너진 부분에 집중 배치했다. 다행히 해가 지고 있었다. 그러나 전투는 그치지 않았다. 어둠 속에서도 공방이 이어지고 있었던 것이다. 전선의 변동은 더 이상 없었다. 서로 눈치만 보고 대치상태를 유지했던 것이다.

"야습은 어떻겠는가?"

장개석이 물었다. 그러자 정잠이 고개를 가로저었다.

"들어갈 구멍이 없습니다. 남쪽 성벽이 무너졌다고는 하지만 이미 대비를 해놨을 겁니다. 놈들도 예상하고 있을 테니까요."

정잠의 대답에 장개석은 입맛을 다셔대기만 했다.

"상황은 우리에게 유리합니다. 해가 뜨기를 기다리시죠."

장개석은 뒷짐을 진 채 남창성을 노려보았다. 여전히 총탄이 성벽을 향해 날아가고 있었다. 포탄도 간간히 우레와 같이 울어대고 있었다.

* * *

"김 동지, 이것도 좀 고쳐주게!"

낙화역을 앞에 둔 북벌군은 잠시 휴식에 들어갔다. 하루종일 포탄을 날리고 총탄을 쏘아대느라 지쳤기 때문이다. 그러나 기관총련장 김준섭은 쉴 새가 없었다. 기관총을 손보아야 했기 때문이다.

"우리 부대에 김 연장 같은 동지가 있어서 얼마나 다행인지 모르오."

참모장 견회는 한껏 치켜세우는 목소리로 김준섭을 칭찬해 마지않았다. 그러자 곁에 있던 이동화도 거들고 나섰다.

"아무렴요. 기관총에 대해서는 김 동지만 한 사람이 없지요. 우리야 쏴댈 줄만 알았지."

이동화의 말에 김준섭은 피식 웃음을 흘렸다. 손은 계속 바쁘게 움직이고 있었다. 흐린 불빛 아래였지만 작은 부품 하나도 김준섭의 눈길을 벗어나지 못했다.

"누구나 할 수 있는 일이오. 너무 그러지 마오."

총열을 가늠하는 김준섭의 눈길이 매서웠다.

"우리 기관총련이 다른 부대보다 좋은 전과를 거두고 있는 것은 모두 조선인 독립투사들 덕분이오. 김 동지는 물론 여기 이 동지와 권 동지, 그리고 안타깝기는 하지만 박효성 동지도 있었고."

박효성이라는 말에 분위기가 잠시 가라앉았다.

"좋은 동지였는데."

"의열단 단원으로서 늘 최선을 다하는 사람이었지."

김준섭도 잠시 손을 놓고는 회상에 잠겼다.

"준섭이, 내 총도 좀 봐주게!"

그때 어둠 속에서 누군가가 다가왔다.

"호랑이도 제 말 하면 온다더니만."

이동화가 가라앉은 분위기를 걷어내며 밝은 목소리로 반겼다.

"방아쇠에 문제가 생겼어."

권준이 내미는 기관총을 받아든 김준섭은 총구를 하늘로 치켜들고는 방아쇠를 당겨보았다.

"하루종일 그리 쐈댔으니 당연한 일이지. 약실에 문제가 생긴 것 같군!"

권준은 고개를 끄덕였다.

"오늘 하루 삼천 발은 족히 쐈을 것이네."

말을 마친 그의 얼굴로 미소가 번졌다.

"얼마나 잡았는가?"

참모장 견회가 입가에 웃음을 띠며 물었다. 권준이 가만히 헤아리다가 입을 열었다.

"적어도 칠팔십은 될 겁니다."

"칠팔십이라?"

"삼천 발에 칠팔십이라면, 대단하군!"

참모장 견회는 마치 장사치가 계산을 하듯 셈을 했다. 그러자 이동화도 나섰다.

"대단한 사격 솜씨일세. 나도 오늘 그 정도는 쐈을 테지만 잡기는 겨우 오십 정도밖에 안 될 것 같은데."

"그것도 대단한 것이네. 삼천 발에 오십이면 훌륭한 편이지. 보통은 삼천 발이라면 이십 정도에 불과한데."

견회는 연이어 두 사람을 칭찬해 마지않았다.

"아무튼 조선인들의 전투력은 대단해. 총사령께서도 조선인 전사들은 믿고 쓰시니까. 특히 의열단 단원들을 깊이 신뢰하고 계시지."

이어지는 칭찬에 김준섭을 비롯해 이동화와 권준, 그리고 신태무는 가슴이 뿌듯했다. 타국에서나마 조국의 독립을 꿈꾸며 싸우고 있는 자신들이 스스로 자랑스러웠다. 무엇보다도 장개석을 비롯한 국민당군의 신임에 힘을 얻었다. 조국의 독립이 더욱 가까워 보였기 때문이다.

"의열단 아닌 사람은 이거 서러워 살 수 있겠나?"

흑기연맹의 아나키스트 이희도가 던지듯 내뱉은 말이었다. 그러자 권준이 맞받았다.

"질투하는가?"

묻는 그의 얼굴에 웃음이 가득했다.

"아닙니다. 질투라기보다는……."

이희도가 말을 잇지 못하자 견회가 다시 나섰다.

"내가 실수를 했군. 조선인 전사라는 말만 해야 했는데."

그의 얼굴에도 미소가 피어나 있었다.

"허면 당장 의열단에 가입하게."

신태무가 거들자 이번에는 김준섭이 진지한 얼굴로 나섰다.

"의열단은 이미 흩어졌네. 그 잔상만 남았지. 하지만 조국을 되찾고자 하는 그 정신만은 아직도 생생히 살아있네. 조국을 되찾기 위해 싸우고 있는 우리 모두가 의열단 단원일세."

"맞소! 역시 김 연장이시오."

견희가 자신의 실수를 만회하기 위해 큰 소리로 맞장구를 쳤다. 그러자 이희도도 다시 나섰다.

"알고 있습니다. 웃자고 한번 해본 소립니다."

유쾌한 웃음이 낙화역 앞에 울려 퍼졌다.

날이 밝고 다시 전투가 시작되었다. 낙화역을 사이에 두고 손전방의 예비대와 견희의 기관총부대가 맞붙었다. 그 중심에는 의열단 단원 김준섭과 권준, 그리고 이동화와 신태무 등이 있었다.

"엄호하라! 소총부대가 앞선다."

견희의 돌격 명령에 김준섭은 기관총을 들고 자리를 옮겼다. 순간 총탄이 빗발같이 날아들었다.

"조심해!"

이동화가 김준섭의 전면을 향해 기관총을 난사했다. 몸을 일으킨 김준섭에게로 손전방의 병사들이 집중사격을 가해왔기 때문이다. 김준섭은 등골에서 식은땀이 주르륵 흘러내렸다. 모골이 송연해졌다. 이런 섬뜩한 기분은 난생 처음이었다. 지금까지 숱하게 전장에 나섰지만 오늘처럼 이렇게 기분이 좋지 않은 적은 없었다.

"김 동지! 죽으려고 작정했어?"

무너진 담 뒤에서 권준의 나무라는 소리가 총탄 사이를 비집고 날아들었다. 이어 당황한 이동화의 목소리도 뒤따라왔다.

"함부로 움직이지 마시오! 동지, 우리도 좀 생각해주시오."

죽어서는 안 된다는 간절한 외침이었다. 김준섭은 무너진 담장을 엄폐물 삼아 엎드렸다. 귓전으로 총탄이 쉴 새 없이 스쳐 지나갔다. 고개를 들 수 없었다.

"그대로 있으시오!"

이동화의 목소리가 다시 들려왔다. 김준섭은 자신의 위치가 어디인지도 가늠되지 않았다. 답답했다. 문득 두렵다는 생각이 들기도 했다. 어쩔 수 없는 상황이기는 했지만 자신의 행동으로 동지들까지 위험에 빠뜨렸다는 생각에 자책감까지 일었다.

"김 연장을 엄호해라!"

"담장 뒤다. 집중 사격하라!"

신태무와 이희도의 목소리가 연이어 날아들었다. 그리고 무수한 탄환이 건너편으로 향하는 소리가 들려왔다. 장대비가 마른 땅을 두드리는 듯한 소리였다.

"김 동지, 괜찮소?"

이동화가 물어왔다. 김준섭은 엎드린 채 소리를 질러 대답했다.

"걱정 마시오. 별일 없소!"

얼마간 총탄이 불벼락처럼 쏟아지고 이어 포세원의 후퇴 명령도 들려왔다.

"물러나라! 잠시 후퇴한다."

이어 이동화의 외침도 날아들었다.

"놈들이 등을 돌렸다. 쫓아라!"

빗발처럼 쏟아지던 총탄이 멎자 김준섭은 그제야 고개를 들었다. 멀리 포세원이 이끄는 손전방군 병사들이 달아나는 모습이 눈에 들어왔다.

"이런 제기랄."

김준섭은 자신을 책망했다. 겨우 저런 겁쟁이들에게 당했다는 사실에 자존심이 상하기도 했다.

'고구려의 후예라고 듣던 말이 부끄럽구나!'

스스로를 책망한 김준섭은 벌떡 일어서서 기관총을 들었다. 그러고는 달아나는 적을 향해 뛰었다. 방아쇠에 걸려 있는 손가락이 쉴 새 없이 움직였다. 총탄이 달아나는 적의 등을 꿰뚫었다.

"앞으로!"

견회의 명령이 떨어졌다. 그제야 엎드려 있던 북벌군이 일제히 몸을 일으켜 낙화역을 향해 돌진하기 시작했다. 달아나는 포세원의 병사들이 추풍낙엽처럼 떨어져 내렸다.

"김 동지, 너무 앞서 가지 마오!"

이동화가 또다시 김준섭의 발걸음을 잡아챘다. 권준의 충고도 뒤따랐다.

"적의 반격을 조심하시오!"

그러나 김준섭의 상처 난 자존심은 동지들의 말이 귀에 들어오지 못하게 했다. 어떻게든 적을 휩쓸어 보여야겠다는 생각뿐이었던 것이다. 그리고 그의 생각처럼 달아나던 포세원의 병사들이 쓰러져주었다. 김준섭의 기관총에 속수무책으로 당하기만 했던 것이다.

'골목으로 들어선다? 그래, 한 곳으로 몰아넣고 몰살시키자!'

달아나던 포세원의 병사들이 개활지를 벗어나 골목으로 들어가자 김준섭은 그만 판단이 흐려지고 말았다. 오로지 적을 쓰러뜨려야겠다는 생각만 했기 때문이다. 자신이 쓰러지리라곤 미처 생각하지 못했던 것이다. 그러다가 골목을 앞에 두고 김준섭은 그예 짙은 신음소리를 내뱉고 말았다.

"김 동지!"

뒤쫓던 권준이 소스라치게 놀라며 그 자리에 엎드렸다. 총탄이 빗발처럼 날아들었다. 그의 앞에서 동지 김준섭이 복부를 움켜쥔 채 비틀거렸다. 움켜쥔 손가락 사이로 붉은 핏물이 꾸역꾸역 흘러나오고 있었다. 이어 또 다른 총탄이 그의 가슴을 꿰뚫었다. 김준섭은 기관총을 내려뜨리고는 땅바닥에 그대로 나뒹굴었다.

"김 동지!"

권준은 엎드린 채 울부짖었다. 이동화의 기관총련이 쓰러진 김준섭과 엎드린 권준을 엄호하기 시작했다.

"저쪽이다. 사정없이 갈겨라!"

당황한 목소리이자 분노로 가득 찬 목소리였다. 이어 골목에서 날아들던 총탄이 사그라졌다.

"쫓아라! 한 놈도 남기지 마라!"

이동화의 명령에 기관총련 사수들이 재빨리 골목을 향해 달려갔다. 견회의 부대원들도 일제히 골목으로 뛰어들었다.

"김 동지!"

권준은 몸을 일으켜 번개같이 김준섭에게 달려갔다.

"힘을 내시오!"

김준섭의 입가에 희미한 웃음꽃이 피어나고 있었다.

"동지! 조국이 해방되면 나를 고향 땅에 데려다주오."

곧이어 이동화도 달려왔다.

"안 되오. 동지, 함께 갑시다! 해방된 조국을 함께 보아야 하지 않겠소."

그러나 총탄을 맞은 김준섭의 아랫배는 이미 붉게 물들어 있었다. 움켜쥔 손도 온통 검붉은 피투성이였다.

"김 동지, 총탄 하나로 이렇게 허무하게 동지를 보낼 수는 없소!"

이동화의 눈에서 굵은 눈물이 흘러내렸다. 그러나 김준섭의 눈은 서서히 감겨가고 있었다. 너무 빠른 이별이었다. 뒤늦게 달려온 신태무와 이희도는 주먹을 거머쥔 채 울부짖었다.

"김 연장님!"

"이대로는 안 됩니다. 눈을 뜨십시오. 김 연장님!"

"눈을 뜨시오, 김 동지."

"제발……."

이동화와 권준도 안타까운 목소리로 연신 김준섭을 불러댔다. 그러나 더 이상 대답이 없었다. 편안한 웃음꽃만이 이들의 곁에 남아 있을 뿐이었다.

"너무하오. 내 기관총은 이제 누가 봐준단 말이오."

이동화는 축 늘어진 김준섭의 몸뚱이를 부여잡고는 엉엉 울음을 터뜨렸다. 권준도 대성통곡했다.

뒤늦게 다가온 견회는 이들의 슬픈 이별에 함께 눈시울을 붉혔다.

"훌륭한 동지였소. 우리 북벌군의 큰 별이었소!"

견회는 무릎을 꿇고는 미처 다 감지 못한 눈을 마저 감겨주었다. 그제야 군관 김준섭은 편안히 잠든 모습으로 영면에 들었다.

"자, 슬픔은 잠시 뒤로 미룹시다! 적이 눈앞에 있소."

견회의 말이 끝나기가 무섭게 어디선가 길 잃은 총탄 한 발이 기분 나쁜 소리와 함께 날아들었다. 모여 있던 사람들은 본능적으로 몸을 날렸다. 이어 분노에 찬 이동화가 기관총을 들었다. 그리고는 골목을 향해 몸을 날렸다.

"죽일 놈들!"

권준도 뒤따랐다. 신태무와 이희도도 몸을 날렸다. 견회는 부대원을 불러 김준섭의 시신을 옮기게 했다. 후방으로 이송시켰던 것이다.

낙화역 전투에서 승리를 거둔 견회는 마침내 무너진 성벽을 넘었다. 그 맨 앞에는 이동화와 권준, 그리고 신태무를 비롯한 조선인 독립투사들이 있었다. 그리고 오후에 남창성 안으로 총사령 장개석이 들어섰다.

"손전방은 어떻게 되었는가?"

총사령 장개석은 손전방을 잡았는지부터 물었다. 그러나 들려온 대답은 아쉬운 소리뿐이었다.

"성이 함락되기 직전에 달아났다고 합니다. 아마도 남경으로 간 것 같습니다."

하룽이 장개석의 눈치를 보더니 다시 입을 열었다.

"그래도 동쪽으로 달아나던 삼만 명을 포로로 잡았습니다. 총사령의 말씀대로 우리 군으로 모두 편입시킬 예정입니다."

장개석은 고개만 끄덕이고 말았다. 손전방을 잡지 못한 것에 대한 아쉬움 때문이었다. 그러자 유백승이 다시 나섰다.

"이제 손전방은 끝났습니다. 중원은 평정된 것이나 다름없습니다."

유백승의 말에 장개석이 손을 내저었다.

"군벌의 뿌리를 뽑아야 한다. 이제 시작일 뿐이야. 더구나 만주에는 장작림이 버티고 있어."

"맞습니다. 풍옥상과 염석산도 만만치 않습니다. 놈들이 손을 잡는다면 전세가 역전될 수도 있습니다."

주은래가 나서자 장개석의 눈빛이 강렬하게 그를 쏘아보았다.

"맞네, 운남의 당계요도 있고."

순간 주은래는 가슴이 섬뜩했다. 장개석의 눈빛이 예사롭지 않았기 때문이다. 아마도 자신을 경계하고 있는 것 같았다. 그도 그럴 것이 자신은 잠시 장개석과 손을 맞잡았을 뿐이기 때문이었다. 장개석의 눈빛에서 그도 같은 생각을 하고 있음을 보았던 것이다.

"우리는 우리 안의 적도 관심을 갖고 봐야 한다. 누가 배신하는지, 누가 우리의 등을 치는지."

장개석의 노골적인 말에 주은래는 불쾌하기까지 했다. 그러나 내색은 하지 않았다.

"나머지 손전방의 군사들을 소탕하라. 의춘, 신여, 그리고 무주까지 샅샅이 훑어라!"

장개석의 명령에 하룡과 유백승, 그리고 정잠과 주배덕은 수명의 예를 갖췄다. 주은래도 마지못해 고개를 숙였다.

"알겠습니다, 총사령!"

이어 장개석은 직계부대인 1군만을 남창성에 남게 하고 나머지는 모두 의춘을 비롯해 강서성 곳곳으로 파견하여 손전방군의 잔당을 진압하게 했다.

진압은 손쉽게 이루어졌다. 손전방이 달아난 것을 알게 된 군사들이 앞다투어 투항해왔다. 이로써 중원은 장개석의 수중으로 완전히 떨어졌다. 가장 강력한 군벌이었던 오패부와 손전방이 무너지자 나머지 변방의 군벌들도 더 이상 힘을 쓰지 못했다. 만주의 장작림만이 의연히 장개석에 맞대응하는 정도였다.

6. 대륙의 분열

중원이 안정을 되찾자 장개석은 눈을 돌렸다. 내부의 적에게 총부리를 겨눈 것이다.

"공산주의자를 색출하라. 국가의 독이다."

장개석의 이 한마디는 곧 광주를 아비규환의 지옥으로 몰아넣고 말았다. 곳곳에서 함성이 쏟아지고 비명이 울렸다.

"한 놈도 남겨두어서는 안 된다. 총사령의 명령이다!"

거리에는 공산주의자를 타도하라는 현수막이 내걸렸고, 시내에서 국민당군과 공산주의자들이 쫓고 쫓기는 모습을 연출했다. 국민당군은 노동자들도 겨냥했다. 주로 파업을 주도하던 노동자들이 표적이었다.

국민당군은 악랄했다. 탄환이 아깝다는 이유로 잡아들인 공산주의자와 노동자들을 칼과 죽창으로 무자비하게 찔러 죽였다. 피비린내가 광주를 뒤덮었다.

"어제의 동지가 오늘의 적이 되고 말았소."

약산 김원봉은 탄식을 흘려댔다. 이동화를 비롯해 권준과 이용, 그리고 이검운과 신태무 등도 함께 한숨을 내뱉었다.

"명분 없는 무차별적인 학살입니다. 단지 공산주의자라는 이유만으로 저리 하다니요?"

이검운이 분노를 드러냈다. 그러자 김원봉이 나섰다.

"우리가 저들의 북벌에 동참했던 것은 오로지 조국의 독립을 위해서였소. 그런데 지금 저들의 하는 짓거리를 보아서는 결코 앞날이 밝지 못하오."

목소리에는 실망이 가득했다.

"뭔가 결정을 내려야 할 것 같습니다. 이대로 있다가는 우리도 위험합니다."

안동만이 나선 것이었다. 그러자 이희도도 거들었다.

"맞습니다. 자칫 잘못하면 우리도 오해를 살 수 있어요. 저들이 무차별적으로 잡아들이고 있는 건 공산주의자들이지만 우리도 표적이 될 수 있어요."

"동의합니다. 조용한 곳으로 물러나 있는 것이 좋을 듯합니다. 광기든 망나니는 잠시 피하고 보는 게 상책이지요."

권준이 공감을 표하고 나섰다.

"토사구팽이란 말인가?"

김원봉은 눈살을 잔뜩 찌푸렸다.

"중원이 평정되었으니 이제 내부 경쟁자를 몰아내야겠다는 심산일 걸세. 저들에게 군벌보다 무서운 게 이념일 테고."

옆에서 듣고만 있던 유자명이 나선 것이었다. 그는 잠시 말을 끊고는 주위를 한번 둘러보았다. 그러고는 다시 말을 이었다.

"장개석 총사령은 오패부나 손전방을 치기 전부터 이미 염두에 두고 있던 일일세."

그러자 너도나도 광주를 떠나겠다고 아우성이었다.

"저는 떠나겠습니다."

"저도 권 동지와 함께하겠습니다."

이검운이 권준과 함께 가겠다고 나선 것이었다. 그러자 이동화도 가만있지 않았다.

"함께 가시죠. 저도 가겠습니다."

김원봉도 어쩔 수 없다는 듯 짧은 신음소리를 흘린 후 입을 열었다.

"길거리는 지금 어지럽습니다. 만에 하나 분노한 시민이나 공산주의자 색출에 혈안이 되어 있는 저들에게 걸리면 어떻게 될지 아무도 모릅니다."

진지한 목소리에 시선이 모두 그에게로 모아졌다.

"그러니 무리지어 다니는 것은 위험합니다. 두셋씩 나누어 가도록 하지요."

"좋은 생각일세. 지금 함부로 나다니다가는 흥분한 저들에게 어떻게 당할지 모르네. 의백(義伯)일랑 나와 함께 가세나!"

유자명이 김원봉에게 함께 가자고 제안한 것이었다. 그러자 김원봉이 고개를 끄덕였다.

"그러시죠. 제가 모시겠습니다."

"그럼 안 동지는 나와 함께 갑시다!"

이용이 안동만에게 건넨 말이었다. 안동만도 고개를 끄덕였다.

"저희는 무한으로 가서 기다리겠습니다."

이검운이 먼저 무한으로 가겠다고 행선지를 밝혔다. 그러자 김원봉이 받았다.

"나는 유 선배를 모시고 상해로 가겠네. 가서 상황을 보고 곧바로 연락하겠네."

"그럼 저희는 천진으로 가서 상황을 살펴보도록 하겠습니다."

이번에는 이용이 나선 것이었다.

"그럽시다. 어디든 우리가 같이 머물 만한 곳이 있게 되면 그때 서로 연락해 다시 모입시다."

"알겠습니다."

"상황이 좋지 않으니 빨리 떠나도록 합시다."

"그게 좋겠습니다. 그럼 몸 보중 잘 하십시오!"

이검운이 먼저 인사를 하고는 발길을 돌렸다. 그를 따라 권준과 이동화도 작별의 말을 남기고는 의열단 본부를 나섰다.

"그럼 저희도 떠나겠습니다. 가서 연락드리도록 하겠습니다. 몸조심하십시오!"

안동만과 이용이 인사를 건네자 김원봉이 다가가서 손을 잡았다.

"조심들 하시오!"

"알겠습니다, 의백."

"유 선배께서도 몸 보중 잘 하십시오!"

안동만의 작별인사에 유자명이 입가에 웃음꽃을 피워 물었다.

"걱정들 말게나. 다음에 또 보세!"

안동만과 이용은 정중히 고개 숙여 인사하고는 그대로 발길을 돌렸다. 이들이 문밖으로 나서자 맑은 햇살이 칙칙한 사무실 안으로 우 하고 몰려들었다.

"자네들은 어쩔 텐가?"

김원봉이 신태무와 이희도를 보고 물은 것이었다.

"의백을 모시겠습니다."

신태무가 주저없이 대답하자 앉아 있던 유자명이 손을 내저었다.

"위험하네. 자네들은 따로 가게나. 넷이서 함께 움직이는 건 위험해."

"그럴까요?"

이희도가 아쉽다는 듯 두 손을 비벼댔다.

"그렇게 하게."

김원봉이 입가에 웃음을 머금고는 고개를 끄덕였다.

"알겠습니다."

신태무가 대답하자 유자명이 다시 입을 열었다.

"상해에서 다시 보세."

"알겠습니다. 그렇게 하겠습니다."

대답을 마친 신태무는 이희도에게 눈짓을 했다. 그러고는 작별인사를 건넸다.

"그럼 상해에서 뵙겠습니다."

"알았네."

"조심들 하게!"

"조심하십시오!"

작별인사를 마친 신태무와 이희도는 몸을 돌렸다.

유자명도 자리에서 일어섰다.

"우리도 지금 떠나자고."

유자명이 코트를 걸치고 중절모를 집어 들었다.

"그러시죠."

대답을 마친 김원봉도 서둘러 길 떠날 채비를 했다. 이어 두 사람은 나란히 의열단 사무실을 나섰다. 그러고는 외진 길만을 택해 광주 외곽으로 향했다. 중앙로를 비롯한 대로는 국민당군이 설치고 있기 때문이었다. 곳곳에서 비명과 신음소리가 터져 나왔다. 모두 공산주의자로 몰린 사람이었다.

거리는 참혹했다. 피를 흘리며 쓰러져 죽은 사람, 거친 숨을 몰아쉬며 달아나는 자를 뒤쫓는 국민당군……. 시내 곳곳에는 공산주의자들을 몰아내자는 현수막이 가득했다. 광주는 아비규환의 지옥이었다.

"참으로 무섭군!"

유자명이 짙은 신음소리를 내뱉었다.

"일제 놈들도 이리 하지는 않았는데요."

"그러게 말일세."

곁눈질로 거리를 살펴가며 유자명과 김원봉은 걸음을 재촉했다.

"저기를 좀 보십시오!"

김원봉이 걸음을 멈추고 손을 들어 앞쪽을 가리켰다. 골목 입구의 우물 앞이었다.

"저럴 수가 있단 말인가?"

유자명은 입을 벌린 채 말을 잇지 못했다. 붉은 피가 우물 주변을 가득 메우고 있었기 때문이다.

"전쟁도 이렇지는 않은데……."

김원봉도 탄식을 쏟아냈다.

"동족끼리 이리 잔인할 이유가 있단 말인가?"

유자명은 고개까지 절레절레 흔들어댔다.

"전쟁보다 무서운 것이 이념다툼이라더니."

국민당군은 공산주의자들을 잔인하게 도륙했다. 우물가는 물론 우물 안까지도 검붉은 피로 가득했다. 총칼도 아니고 죽창으로 찔렸거나 도끼로 잘린 시체가 곳곳에 널브러져 있었다. 보기만 해도 끔찍했다.

"목불인견이라더니 이런 걸 두고 하는 말이었구먼."

유자명은 더 이상 못 보겠다는 듯 고개를 돌리고 말았다. 역겨움이 올라오고 구역질까지 나는 모양이었다.

"서두르시죠!"

김원봉이 재촉해 그 자리를 떴다. 역한 피비린내가 이들의 발길을 뒤쫓았다.

이들이 시내를 벗어나 부두에 다다를 즈음이었다. 어디에선가 여인의 날카로운 비명소리가 들려왔다.

"저깁니다!"

김원봉이 가리키는 곳에서 국민당군이 한 여인을 핍박하고 있는 모습이 눈에 들어왔다. 그들의 손에는 죽창이 들려 있었다.

"안 돼. 막아야 해!"

유자명이 먼저 달려갔다. 그를 따라 김원봉도 뛰었다.

"잠깐만!"

유자명이 외치자 막 여인을 죽창으로 내리찍으려던 국민당군이 고개를 돌렸다.

"뭐야?"

"그렇게 사람을 함부로 죽여서는 안 되오."

여인은 공포에 질려 있었다.

"살려주세요!"

"네놈들은 누군데 감히 공산주의자를 두둔하려 하느냐?"

옆에 있던 다른 사내가 나섰다.

"이놈들도 공산주의자인 모양일세."

그 사내는 이기죽거리며 유자명과 김원봉을 노려보았다. 그러자 김원봉이 나섰다.

"아니오. 우리는 조선의 의열단 단원이오. 국민당군을 도와 남창성 전투에 참가했던 그 의열단의 단원들이란 말이오."

국민당군은 주춤했다. 그러고는 진지한 자세로 김원봉을 훑어보았다. 이어 한 사내가 그러고 보니 알겠다는 듯이 고개를 끄덕였다.

"6군에서 본 듯하오."

그러자 다른 사내도 고개를 끄덕였다.

"맞아. 낯이 익소."

김원봉은 그제야 마음이 놓였다.

"그 처자는 황포군관학교의 곽선주가 아니오?"

김원봉의 물음에 여인이 놀라 고개를 쳐들었다.

"교관님!"

여인은 두려움에 휩싸인 나머지 김원봉을 제대로 쳐다보지도 못했던 것이다.

"맞소. 이제 안심하시오!"

안심하라는 말에 한 사내가 일순 표정을 바꿨다. 그럴 수는 없다는 얼굴이었다.

"이년은 공산주의자요. 마땅히 처형할 년이란 말이오!"

막무가내로 내뱉는 말에 김원봉은 난감했다. 그러나 함부로 맞설 수도 없는 노릇이었다. 어디에 이들의 동료들이 있을지 알 수가 없기 때문이었다.

"반공 청당운동의 처형 대상이기에 당신들이 어떠한 말을 할지라도 우리는 이년을 내놓을 수 없소. 그냥 가던 길이나 가시오!"

단호하기 그지없었다. 그렇다고 그냥 갈 수는 없었다. 마냥 시간을 지체할 수도 없었다. 말로는 안 될 상황이었던 것이다.

김원봉은 유자명을 돌아보았다. 눈빛이 서로 통했다. 순간 유자명이 죽창을 든 국민당군을 가격했다. 이어 김원봉이 바람같이 달려들어 다른 국민당군을 덮쳤다. 짧은 비명소리가 이들의 입에서 터져 나왔다. 그러고는 잠시 후 두 사내가 소리도 지르지 못하고 바닥에 널브러졌다.

"곽 동지, 따라 오시오!"

김원봉은 여인의 손을 잡고 서둘러 자리를 떴다. 다행히 더 이상의 국민당군은 없었다. 달리는 내내 역한 피비린내가 이들의 코를 찔러왔다. 목불인견의 광경도 끝없이 이어졌다.

부두에 다다른 세 사람은 서둘러 상해로 가는 기선(汽船)에 올랐다. 그러고서야 비로소 김원봉이 여인에게 물었다.

"어찌된 일이오?"

여인은 대답 대신 고맙다는 말을 먼저 꺼냈다.

"고맙습니다, 김 교관님."

여인의 입가에는 여전히 거친 숨소리가 맴돌고 있었다. 유자명도 마찬가지였다. 그만큼 다급했던 것이다.

"군관학교에서 많은 사람들이 잡혀 갔어요."

"어떤 사람들이?"

김원봉이 다그치듯 물었다.

"성시후 교관을 비롯해 사무를 보던 동료들 모두 다요."

김원봉은 눈에 선하다는 듯 아무 말도 하지 않고 눈만 끔벅였다. 곽선주의 말은 계속 이어졌다.

"난데없이 국민당군이 들이닥쳐서는 사무실에 있던 성 교관님과 우리를 다짜고짜로 끌어냈어요. 그러고는 성 교관님을 그 자리에서 잔인하게 처형하고……."

곽선주는 더 이상 말을 잇지 못했다. 김원봉은 주먹으로 기선의 난간을 내리쳤다.

"죽일 놈들. 진짜 죽여야 할 놈들은 죽이지 못하고."

"잔인한 세상일세!"

유자명도 탄식을 터뜨렸다.

"그럼 다른 동지들은?"

"모르겠어요. 그 후 저희는 따로따로 끌려다녔고, 그러다가 저는 교관님을 만나게 되었던 거예요."

말끝에 곽선주는 눈물을 왈칵 쏟아내고 말았다. 김원봉의 눈에도 눈물이 고였다. 유자명은 눈시울이 붉어지는지 고개를 돌리고 말았다. 푸른 바다가 유난히도 짙은 오월이었다. 바다도 광주의 눈물을 알고 있는 모양이었다.

기선은 우렁찬 소리와 함께 움직였다. 부두를 떠난 것이었다.

선실에 몸을 누인 김원봉은 이런저런 상념에 사로잡혔다. 이제 어떻게 독립투쟁을 해나가야 할 것인지, 또 동지들은 어떻게 돌봐야 할 것인지……. 머릿속이 복잡했다. 대륙은 이제 군벌 타도가 아니라 공산주의 타도의 구호로 시끌시끌했다. 장개석이 총구를 그렇게 돌렸던 것이다. 이념다툼에 사로잡혀 엉뚱한 곳으로 총부리를 겨눴던 것이다.

'좋지 않다. 예감이 좋지 않아.'

김원봉은 혼잣말을 되뇌며 눈살을 찌푸렸다. 이념다툼은 위험한 것이다. 자칫 잘못하면 일제와 싸우다 흘린 피보다도 더 많은 피를 이념다툼 속에서 흘릴 수도 있다. 광주에서 겪은 일이 몸서리를 치게 했다. 흔들리는 선실에 누운 김원봉은 깊은 고뇌에 잠겼다. 지난 일들이 주마등처럼 머릿속을 지나갔다.

＊＊＊

약산 김원봉은 진려와 함께 광주의 변두리 거리를 걸어가고 있었다.

진려의 긴 머리카락이 도심의 황량한 바람에 흩날렸다. 아직은 차가운 계절이었다. 봄이라고는 하지만 메마른 찬바람이 옷깃을 저절로 여미게 했다.

"의백께서는 조선의 영웅이시니 주 동지께서도 환영하실 겁니다."

영웅이라는 말에 김원봉은 즉시 손사래를 쳤다.

"지나친 말씀이시오. 저 같은 사람이 어찌 그런 소릴 들을 수 있겠소."

"겸손이십니다. 의열단의 활약은 이미 만천하가 다 알고 있습니다.

그런 의열단을 이끌고 계시니 의백께서는 당연히 조선의 영웅이십니다."

김원봉은 이번에도 재빨리 말을 가로챘다.

"단재 선생도 계시고 우당 선생, 심산 선생, 게다가 만주의 백야 장군, 여천 장군까지 그야말로 쟁쟁한 조선의 독립투사들이 계십니다."

김원봉은 잠시 말을 끊었다가 다시 이었다.

"그런 분들에게 이런 이야기가 전해지면 참으로 부끄럽고 우스운 일이 됩니다."

당황해 하는 김원봉의 어조를 느낀 진려가 입가에 미소를 머금었다. 그러고는 고개를 돌려 김원봉을 빤히 바라보았다.

"참으로 부럽습니다."

"뭐가 부럽단 말이오?"

"작은 나라에 어찌 그리도 인물이 많은지요."

진려는 한숨을 몰아쉬고는 발걸음을 다시 옮겨놓았다.

"우리 대륙에는 사람이 많지요. 그렇다면 조선보다 대륙에서 더 많은 인물이 나야 하는데, 정말 안타깝습니다."

"대륙에 인물이 없는 것은 아니지요. 아직 드러나지 않았을 뿐이지."

"그럴까요?"

"그럼요. 우리 조선이야 나라를 잃었으니 난세에 인물이 난다는 말대로 되는 것이 어쩌면 당연한 일이지만, 대륙이야 그런 일은 없지 않습니까?"

"지금 정세로 보면 마냥 긍정적이지만은 않습니다. 군벌들은 탐욕에만 휩싸여 민중을 거들떠보지도 않고, 민족주의 계열은 군벌 타도에만 몰입하고 있어요. 게다가 일부 사람들은 공산주의자가 되어 민족주의 계열을 시기하고 있으니…….”

"분열은 힘을 약화시킵니다. 잘 보셨습니다. 허나 더 어려운 상황에 처하게 되면 대륙도 반드시 하나로 뭉칠 겁니다. 위기가 분열을 극복하게 하는 법이지요.”

두 사람이 진지한 대화를 나누는 사이 황포군관학교가 눈에 들어왔다. 황량한 도시 외곽에 위치한 군관학교는 듣기보다 규모가 컸다. 반듯한 교사와 그것을 둘러싼 막사, 그리고 군관학교 전체를 두르고 있는 키 큰 나무들이 퍽 인상적이었다.

"대륙을 이끌 인재들이 있는 곳이지요. 황포군관학교입니다.”

"말로만 듣던 그곳이로군요.”

김원봉은 주의 깊게 둘러보았다. 연병장에서는 학생들이 군사훈련에 몰입하고 있었다. 총을 들고 폭발탄을 던지고 하는 그들의 일사불란한 모습에 김원봉은 자신의 신흥무관학교 시절을 떠올렸다. 참으로 그리운 시절이었다. 이회영, 이시영 형제를 비롯해 이동녕과 김동삼 등 조국을 위해 몸을 사르던 투사들의 모습이 눈에 선하게 떠올랐다. 이제는 자신이 그들의 몫을 이어받아야 한다. 막중한 책임감이 어깨를 짓눌러왔다.

진려는 군관학교 정문에 서 있는 초병에게로 다가갔다.

"주은래 선생을 뵈러 왔어요.”

진려의 말에 초병은 깍듯이 경례를 올려붙였다.

"잠시만 기다리십시오!"

초병은 안으로 연락을 넣었다. 그리고 잠시 후 안으로 들어가도 좋다며 친절하게 안내하는 말까지 해주었다.

"3교관실로 가십시오! 현관 왼쪽 두 번째 방입니다."

진려는 감사하다는 말을 건네고는 연병장 안으로 발을 들여놓았다.

"진지하군요."

김원봉이 훈련에 몰입하고 있는 학생들을 두고 한 소리였다.

"대륙의 앞날을 짊어질 사람들인 걸요."

허허벌판에 선 군관학교는 바람도 거셌다. 그러나 훈련에 몰입하고 있는 학생들의 얼굴에는 땀방울이 송골송골 맺혀 있었다.

"이게 누구야? 진 동지 아니오?"

현관 앞에 훤칠한 사내가 나와 있다가 반가운 얼굴로 맞이해주었다.

"주 동지, 잘 지냈어요?"

"나야 뭐 늘 그렇지."

사내는 대답을 하면서 눈짓으로 김원봉을 가리켰다. 누구냐는 것이었다.

"아! 조선의 의열단 의백이신 약산 김원봉 선생이에요. 인사하세요."

이어 김원봉에게 주은래를 소개했다.

"오늘 뵈러온 주은래 선생이에요."

"반갑습니다. 황포군관학교 교관으로 있는 주은래입니다."

주은래가 먼저 인사를 건네왔다.

"김원봉입니다."

간단한 인사에 주은래는 얄궂은 얼굴로 한마디 보탰다.

"잘 어울리십니다. 진 동지는 좋은 여자예요."

난데없는 말에 김원봉은 난처한 표정으로 진려를 돌아보았다. 그녀는 이미 얼굴이 홍당무가 되어 있었다.

"무슨 소리야. 초면에 결례를 해도 유분수지."

쏘아붙이는 진려의 모습에 당황한 것은 주은래였다. 그는 멋쩍은 표정으로 김원봉을 돌아보았다.

"난 또 진 동지가 신랑감을 데리고 온 줄 알았지."

말끝에 짓궂은 웃음이 실려 있었다. 김원봉은 미소로 맞받을 수밖에 없었다.

"의열단의 맹활약은 참으로 후련한 일입니다. 경이로운 일이기도 하고요."

주은래가 의열단의 활약을 치켜세우자 김원봉은 고개를 숙여 화답했다.

"부끄럽습니다. 그렇게 말씀해주시니."

겸양의 말에 주은래가 펄쩍 뛰었다. 손사래까지 쳐댔다.

"아닙니다. 겸손해 하실 일이 아닙니다. 의열단이 하는 일들은 우리가 감히 생각하지도 못한 일이었습니다. 훌륭합니다."

거듭되는 칭찬의 말에 김원봉은 아쉽다는 표정으로 다시 입을 열었다.

"우리에게 좋은 폭발탄만 있었다면 더 큰 성과를 거둘 수도 있었는데. 그것이 늘 안타깝습니다."

"괜찮다면 우리가 돕겠습니다. 성능이 좋은 폭발탄은 얼마든지 있습니다. 미국에서 들여온 것도 있고 독일에서 들여온 것도 있고."

주은래의 말에 김원봉의 얼굴이 환해졌다.

"그렇게만 해주신다면 저희로서는 더할 나위 없이 좋은 일이지요. 감사한 일입니다."

김원봉의 진심 어린 말에 주은래는 얼굴 가득 미소를 담아냈다.

"이렇게 좋아하시는 것을 보니 과연 의백께서는 의로운 분임에 틀림없습니다. 진정으로 조국을 위해 애쓰시는 마음이 느껴집니다. 조선은 참으로 행복한 나라입니다. 이리도 훌륭한 투사가 있으니."

"그만 들어가죠!"

잠시 듣고만 있던 진려가 두 사람 사이에 끼어들었다. 그제야 주은래는 잊고 있었다는 듯 겸연쩍은 얼굴로 대답했다.

"아! 그렇지. 손님을 맞아 놓고는 밖에서 이러고 있었네. 안으로 드시지요!"

주은래는 김원봉을 안으로 안내했다.

현관을 지나 실내로 들어서자 죽 늘어선 교관실의 팻말이 먼저 눈에 들어왔다. 붉은 바탕에 흰 글씨가 쓰인 팻말은 현관을 중심으로 양쪽에 여섯 개씩 있었다. 제1교관실부터 제12교관실까지 모두 12개가 있었던 것이다.

주은래는 왼쪽의 세 번째인 제3교관실로 진려와 김원봉을 안내했다.

교관실에 들어서자 잘 정돈된 책상이 먼저 보였다. 가지런한 책들과 벽면에 늘어서 있는 총과 무기들……. 군관학교다운 모습이었다.

"앉으시죠."

주은래는 김원봉과 진려에게 앉기를 권했다. 그러고는 한쪽 벽면으로 가더니 따뜻한 차를 내왔다.

"그래, 여기까지 불쑥 찾아온 이유가 뭔가?"

주은래는 진려에게 던지듯 물었다. 그러자 기다리고 있었다는 듯 진려가 대답했다.

"의백께 손문 선생을 좀 소개해드렸으면 해서."

"중산 선생을?"

"그렇습니다. 이번에 흑기연맹에서 '동방잡지'라는 기관지를 발간하기로 했는데 그 창간호에 손문 선생과의 대담을 좀 실었으면 해서 이렇게 찾아뵙게 된 것입니다."

김원봉의 말에 주은래는 흔쾌히 대답했다.

"좋습니다. 도와드려야지요. 일단 장 교장께 말씀드리겠습니다. 그러면 장 교장께서 중산 선생을 소개시켜드릴 겁니다."

"감사합니다."

"아닙니다. 우리와 뜻을 함께하는 의백 같은 분들을 돕는 것은 당연한 일입니다. 더구나 흑기연맹이라니 더욱 반갑습니다."

"이번에 의백께서도 우리와 함께하기로 했어요. 그 첫 번째 임무로 손문 선생과의 대담을 추진하는 일이 주어졌고요."

진려의 보충설명에 주은래는 고개를 끄덕였다.

"좋은 일일세. 아무튼 훌륭한 인재를 많이 모아야 해. 그래야 세상이 좋아질 수 있거든."

"주 교관!"

밖에서 주은래를 부르는 낭랑한 목소리가 들려왔다. 이어 훤칠한 사내가 교관실 문을 열고 들어섰다.

"아! 교장님."

불쑥 들어선 사내는 손님이 와 있음을 알고는 실례했다는 듯 살짝 고개를 숙였다.

"교장님을 뵈러 오신 분입니다. 조선인 김원봉이라고. 의열단 의백입니다."

주은래의 소개에 장 교장은 반가운 얼굴로 손부터 내밀었다.

"나, 장개석이오. 반갑소!"

장개석이라는 말에 김원봉은 자리에서 벌떡 일어섰다.

"영광입니다, 선생님."

"헌데 어쩐 일로 나를?"

장개석이 묻자 주은래가 나서서 자초지종을 설명했다. 그러자 장개석이 걱정하지 말라는 듯 손까지 흔들었다.

"잘되었소. 마침 중산 선생이 오시기로 되어있는데."

"아! 그런가요. 가는 날이 장날이라더니."

"가는 날이 장날이라니요?"

이번에는 진려가 나서서 물었다. 그러자 김원봉이 설명했다.

"조선의 속담이오. 마침 일이 잘 맞물려 맞아떨어질 때 쓰는 말이지요."

"아! 그렇군요. 아무튼 잘되었습니다."

누군가를 기다리는 듯 연신 창밖을 흘끔거리며 내다보던 장개석이 짧게 소리를 질렀다.

"오셨소!"

이어 그는 문을 박차고 뛰쳐나갔다. 김원봉이 고개를 돌려보니 정문으로 차가 들어오고 있었다. 주은래도 부랴부랴 뛰어나갔다.

"가시죠!"

진려도 김원봉을 재촉해 밖으로 나갔다.

현관으로 나가 보니 연병장 가운데 차가 멈춰 서있고 누군가가 차에서 막 내리고 있었다. 노년의 신사였다. 이어 훈련에 열중하고 있던 학생들이 그의 주위로 모여들었다.

"섬나라 도적이 제국주의로 일어서서는 조선을 집어삼켰다. 저들이 넘보는 다음 차례 표적은 우리가 될 것이다. 무도한 도적으로부터 나라를 온전히 보전하기 위해서는 조국을 하나로 만들어야 한다. 그런데도 불행히 이 땅은 군벌의 난립으로 갈가리 찢긴 상태에 놓이고 말았다. 안 될 일이다. 우리는 우선 군벌을 타도하여 하나의 조국을 만드는 일에 몰두해야 할 것이다. 그런 다음 제국주의 일본의 야욕을 잠재워야 할 것이다. 그러기 위해서는 강력한 힘이 필요하다. 그것만이 우리를 하나로 통일하고 제국주의로부터 지켜낼 수 있는 길이다. 여러분의 피나는 분투만이 바로 그 힘의 원천이 될 것이다."

강렬한 연설에 학생들은 환호했다. 무언가에 홀린 듯이 노신사의 연설에 매료되었던 것이다. 연설을 멀리서 듣고 있던 김원봉의 가슴도 불타올랐다.

"하나로 뭉치자! 하나의 조국만이 살 길이다. 그러기 위해서는 힘을 길러야 한다. 힘을 기르자!"

연설을 마친 중산 손문은 일일이 학생들의 손을 맞잡고 격려했다. 학생 중에는 감격한 나머지 눈물을 흘리는 이들도 있었다.

장개석과 주은래는 부리나케 연병장으로 달려가 손문을 맞았다.

"날씨가 아직 차갑습니다. 들어가시지요."

장개석의 말에 손문은 고개를 끄덕였다. 이어 걸음을 옮겨 놓았다.

"동지들의 수고가 많소."

장개석이 허리를 굽실거렸다.

"모두 조국의 앞날을 위한 일입니다."

"맞소. 그래서 더욱 마음이 짠하오."

손문의 말에 장개석도 주은래도 고개를 끄덕였다. 손문이 현관으로 올라서자 장개석이 김원봉을 소개했다.

"이분은 조선 의열단의 김원봉입니다."

"김원봉이라고 합니다."

김원봉의 정중한 인사에 손문은 고개를 끄덕였다.

"많이 들었소. 동지와 같은 혁명가가 이끈다면 조선은 분명 제국주의 일본을 몰아낼 수 있을 것이오. 조선이 편안해야 우리도 편안하오. 역사를 보더라도 우리 중국과 조선은 늘 운명을 함께하는 동지였소. 서로 도와가며 살았지. 동지도 잘 알 것이오."

손문의 말에 김원봉은 고개를 끄덕이며 대답했다.

"맞습니다. 임란을 비롯해 수많은 전란에서 대륙은 우리를 도왔습니다. 우리 또한 중국을 도왔고요."

김원봉은 임진왜란을 이야기함으로써 도와주기를 간절히 바라는 마음을 다시 한 번 전했다.

"선생의 말처럼 조선 다음은 중국입니다. 놈들의 분에 넘치는 야욕은 이 대륙마저도 그냥 두지 않을 겁니다. 놈들의 마수가 이미 만주 쪽에 뻗쳐있고 조만간 천진, 상해, 광주에도 뻗쳐올 것입니다."

김원봉의 말에 장개석은 고개를 끄덕였다. 손문은 지그시 눈을 감기도 했다.

"막강한 힘을 가진 저들이 작정하고 움직인다면 파죽지세로 대륙을 무너뜨릴 것입니다. 철저히 대비해야 합니다. 지금처럼 대륙 내부의 문제로 힘을 낭비한다면 갈수록 더 어려워질 것입니다. 따라서 저는 선생이 주장하는 하나의 중국을 적극 지지합니다."

장개석은 박수를 쳤다. 주은래도 진려도 따라서 함께 박수를 쳤다. 손문의 입가에 흐뭇한 미소가 번졌다.

"좋은 말씀이오. 역시 의열단의 의백다운 기개가 돋보입니다 그려."

손문은 허리를 펴며 진지하게 김원봉을 바라보았다. 그러고는 신중하게 입을 열었다.

"우리는 그대와 같은 인재가 필요하오. 지혜와 용기를 갖춘 인재 말이오. 우리 황포군관학교에 입교하는 것이 어떻소?"

뜻밖의 제안에 김원봉은 주춤했다. 손문의 말이 계속 이어졌다.

"방금 밖에서도 내가 연설을 했지만, 우리는 힘을 길러야 하오. 힘을 기르지 않으면 모두 소용없는 일이오. 힘 없이 어찌 적을 막아낼 수 있겠소."

"맞는 말씀입니다."

"힘이라 하면 개인의 전투력만을 말하는 게 아니오. 군사를 움직이고 전략을 운용할 수 있는 지도력도 필요한 법이오. 이것이 바로 지금의 조선에 특히 필요한 것이라고 생각되오. 뜻있는 젊은이들은 많지만 그들을 이끌 지도자가 턱없이 부족한 것이 조선의 현실 아니오?"

손문의 말에 김원봉은 뒤통수를 한 대 얻어맞은 듯했다.

"동지와 같은 지사들이 군사를 운용할 수 있는 능력을 갖출 때 비로소 조선도 제대로 된 독립운동을 할 수 있다는 말이오."

"무슨 말씀인지 잘 알겠습니다."

"이 모든 것은 내가 경험한 바에 근거해 하는 말이오. 군사지식 없이는 큰일을 해낼 수가 없소. 나는 북벌을 통해 이것을 깨달았소. 조선의 독립운동도 마찬가지일 게요."

짧은 만남이었지만 김원봉은 손문에게서 큰 영향을 받았다. 황포군관학교 입교를 제의받고 이를 진지하게 생각하게 되었다.

* * *

김원봉은 긴 회상에서 벗어나며 다시 한 번 자신의 앞날에 대해 생각했다.

'대륙의 이념갈등은 경계해야 한다. 우리 동지들까지 희생시킬 수는 없다. 어떻게 해야 한단 말인가?'

김원봉은 의열단의 행로까지 염두에 두고 고민했다. 이제 폭렬투쟁은 더 이상 어려운 일이 되고 말았다. 다른 길을 모색해야 했다.

'무장투쟁이다! 어찌 됐든 무장투쟁뿐이다.'

김원봉이 무장투쟁을 위한 방안을 생각하고 있을 때 난데없는 총소리가 기선을 울렸다. 김원봉은 본능적으로 몸을 일으켜 세웠다.

"뭐야?"

재빨리 침대에서 내려선 김원봉은 문을 박차고 뛰쳐나갔다. 밖은 이미 아수라장이었다.

"꼼짝 마라!"

"움직이는 놈들은 그대로 황천길이다."

머리에 두건을 둘러 쓴 해적이었다. 기선 옆으로 작은 배들이 따라붙어 있었다.

"자! 모두 머리에 손을 얹어라! 말을 듣지 않는 놈들은 그대로 쏴버린다."

해적들의 위협에 김원봉도 손을 들지 않을 수 없었다. 상황은 이미 종료된 듯했다. 기선은 멈춰 섰고, 이어 선원들도 모두 제압되었다.

해적들은 선실을 돌아다니며 선객들을 감시했다. 그때 또다시 총성이 울렸다. 기선을 공포로 몰아넣는 총소리였다.

"움직이지 말라고 했다."

이어 짙은 신음소리가 선실 밖으로 새어나왔다. 김원봉은 화들짝 놀랐다. 유자명이 있는 선실이었기 때문이다. 더구나 신음소리도 그의 것처럼 들렸다. 김원봉은 부리나케 선실로 뛰어갔다.

"서라!"

해적의 외침과 함께 또다시 총소리가 울려 퍼졌다. 김원봉은 몸을 잔뜩 움츠렸다. 섬뜩한 소리가 귓전을 스치고 지나갔기 때문이다. 고개를 돌려보니 수염이 덥수룩한 해적이 총을 겨눈 채 노려보고 있었다.

"말을 듣지 않으면 머리통을 박살낸다."

"동지가 맞았소!"

김원봉은 두 손을 든 채 간절한 목소리로 양해를 구했다.

"살펴보게 해주시오!"

그러나 해적은 막무가내였다. 꼼짝하지 말라는 것이었다.

"제발, 사람이 죽소!"

김원봉의 간절함에 그제야 해적은 고개를 끄덕였다. 들어가 보라는 것이었다. 김원봉은 두 손을 모아 감사를 표하고는 잽싸게 선실로 뛰어

들어갔다.

"유 선배!"

선실에는 역시 해적이 총을 겨눈 채 유자명을 노려보고 있었다. 유자명은 침대에 앉아 꼼짝 않고 있었다. 두 손은 이불 속에 넣은 채로였다.

"괜찮습니까?"

김원봉이 조심스레 다가갔다. 상황을 눈치 챈 해적도 총을 겨눈 채 바라보고만 있었다.

"괜찮네."

말은 그렇게 했지만 표정은 좋지 않았다. 이불 속으로 넣은 손이 부르르 떨리고 있었다. 김원봉은 재빨리 이불을 걷어 치웠다.

"이럴 수가!"

선혈이 낭자했다. 왼쪽 무릎 아래였다.

"괜찮네."

유자명이 괜찮다며 먼저 위로의 말을 건네왔다.

"이러고도 괜찮다니요?"

김원봉은 재빨리 이불을 찢었다. 그러고는 지혈을 했다. 이내 흰 광목이 붉게 물들었다.

기선은 해변으로 끌려갔다. 해적들이 선장을 위협해 해변으로 유도했던 것이다.

"여기가 어디요?"

김원봉이 묻자 해적이 대답했다.

"산두요."

산두라는 말에 김원봉이 조심스레 입을 떼었다.

"그럼 병원으로 모셔야겠소."

병원이라는 말에 해적은 실실 웃음을 흘렸다.

"그건 너희 사정이고."

말을 끊은 해적은 다른 해적들과 함께 선실의 선객들을 겁박해대기 시작했다.

"돈이든 금덩이든 가진 것을 모두 내놓아라!"

"내놓지 않고 숨기는 놈은 저 바다에 수장해버리고 말 것이다."

해적들의 협박에 여기저기에서 선객들이 금전과 귀중품을 내놓았다. 해적들은 돌아다니며 그것들을 가방에 쓸어담았다. 유자명은 피를 많이 흘린 탓에 힘겨워했다.

"조금만 참으십시오! 곧 병원으로 모시겠습니다."

김원봉의 말에 유자명은 고개를 끄덕였다. 이어 요란한 호각소리가 선실을 울렸다.

"가세!"

해적들은 호각소리를 신호 삼아 선실을 빠져나가기 시작했다. 이어 총소리가 또다시 울려 퍼졌다.

"꼼짝하지 말고 있어라! 밖으로 나오는 놈은 그냥 쏴버릴 테다."

해적들은 또 한 차례 겁박을 해대고는 기선을 빠져나갔다.

해적들이 모두 사라지고 나자 그제야 선객들은 웅성웅성대며 밖으로 나왔다. 유자명을 향해 많은 동지들이 몰려들었다.

"동지, 괜찮습니까?"

중국인 동지인 대호선이 물은 것이었다. 유자명은 힘없이 고개만 끄덕였다.

"빨리 병원으로 모셔야 하오."

김원봉은 다급히 유자명을 부축해 일으켰다. 대호선도 옆에서 거들었다.

"여기서 시내가 얼마나 됩니까?"

김원봉의 물음에 역시 중국인 동지인 선규가 대답했다.

"그리 멀지는 않습니다. 저기 보이는 고개만 넘으면 됩니다."

그가 가리키는 곳으로 고개라고 하기에도 민망한 언덕이 눈에 들어왔다.

"서두릅시다!"

김원봉은 중국인 동지들의 도움을 받아 유자명을 배에서 내리게 했다. 그러고는 들것을 만들어 유자명을 거기에 싣고 산두 시내로 향했다. 다행히 산두에는 병원이 있었고, 유자명은 무사히 치료를 받을 수 있었다. 그러나 당분간 움직이지는 못할 것 같았다. 총탄으로 인한 상처가 깊었기 때문이다.

유자명의 입가로 허탈한 웃음이 배어나왔다.

"이런 부끄러운 일이······."

김원봉은 유자명의 마음이 이해되었다. 그래서 고개를 끄덕여주었다.

"그러실 필요 없습니다."

김원봉의 입가에 미소가 머금어졌다.

"총탄이 빗발치는 전장에서도 이런 일은 없었는데, 겨우 해적 놈들에게 당해 이런 꼴이 되다니."

"유 동지의 명성이야 이미 장 총사령도 인정한 것입니다. 부끄러워할 일이 아닙니다."

선규의 말에 유자명은 고개까지 절레절레 흔들었다. 그러고는 다시 입을 열었다.

"먼저들 가게! 나는 어차피 여기서 지체하게 되었으니."

김원봉은 고개를 가로저었다.

"아닙니다. 유 선배를 두고 어찌 가겠습니까?"

그러자 유자명이 이번에는 손까지 내저었다.

"약산 자네는 혼자 몸이 아닐세. 의백일세. 동지들을 보살펴야지."

김원봉은 잠시 주저하다가 마지못해 고개를 끄덕이며 말했다.

"가게! 빨리 가서 동지들을 규합해야지. 상황이 어떻게 돌아갈지 몰라."

"허면 가서 연락드리겠습니다."

말을 마친 김원봉은 모자를 벗어 정중히 인사하고는 발길을 돌렸다. 그를 따라 중국인 동지들도 발길을 돌렸다.

"사람들을 너무 믿지 말게. 어지러운 시절에는 의심도 좋은 약이 될 수 있어."

"알겠습니다."

김원봉은 입가에 웃음을 베어 물고는 병원을 나섰다. 그의 뒤로 유자명의 하얀 미소가 뒤따랐다.

7. 만났다 헤어지고

김원봉은 상해에서 신태무와 이희도를 다시 만났다. 거리는 그야말로 유혈이 낭자한 모습 그대로였다. 상해도 별반 다르지 않았던 것이다.

"큰일입니다. 이렇게 반목들을 해서야."

이희도가 탄식을 흘렸다. 그러자 신태무가 맞받았다.

"군벌을 타도하기도 전에 내분으로 망하겠습니다."

"내분은 적을 불러들일 걸세."

김원봉이 검붉은 피로 휩싸인 시체더미를 보며 말을 흘리듯 던졌다. 그러자 신태무가 물었다.

"적이라니요?"

"일본 말입니까?"

이희도도 김원봉을 돌아보며 물었다.

"놈들은 대륙을 노리고 있어. 곧 들이닥칠 걸세."

"설마? 아무리 그래도 대륙까지야······."

신태무는 믿지 못하겠다는 듯 말끝을 흐렸다.

"놈들은 제국주의를 표방하고 있네. 임진란 때 놈들이 조선을 친 이유를 아직도 모르고 있는가?"

그제야 이희도도 고개를 끄덕였다.

"하긴 놈들의 하는 짓거리로 봐서는 그럴 만도 하지요."

신태무는 그래도 미심쩍다는 표정이었다.

"놈들의 최종 목적은 대륙일세. 독일, 이탈리아와 함께 세계를 나눠 먹겠다는 심산이지. 그런데도 국민당은 공산주의를 핑계로 패권만을 노리고 있으니 한심하기 짝이 없네."

"맞습니다. 또 다른 패권입니다. 군벌을 타도하겠다는 것도 어찌 보면 자기들만의 제국을 세워보겠다는 야심에서 비롯된 것이라 할 수 있습니다."

이희도도 불만을 쏟아냈다.

"보게나. 이게 말이나 되는가?"

"눈 뜨고 못 볼 광경이라더니."

신태무는 고개를 돌리고 말았다.

거리는 참혹했다. 불타는 가옥과 건물들, 그 사이로 널브러진 시신들……. 아비규환의 지옥이 따로 없었다. 김원봉과 신태무, 그리고 이희도는 연이어 탄식을 흘려댔다.

"지옥이 따로 없구먼!"

"생지옥이란 이런 것을 두고 하는 말일 겁니다."

참혹한 광경은 상해 중심부까지 이어져 있었다.

"공산주의자 놈들을 잡아라!"

"공산주의는 마약과 같은 것이다. 철저히 색출해내라!"

구호가 연이었다. 거리 곳곳에서 국민당군이 총을 든 채 날뛰고 있었다.

"조심해야겠습니다. 괜한 오해를 사는 날에는 우리까지 어찌 될지 모르겠습니다."

이희도가 조심스레 던진 말이었다.

텅 빈 거리는 그야말로 황량하다 못해 괴기스럽기까지 했다. 스치는 바람마저 스산하기 그지없었다.

"여기도 있을 곳이 못 되네. 무한으로 가세!"

김원봉의 말에 이희도와 신태무는 고개를 끄덕였다.

"그게 좋겠습니다."

"광주도 상해도 이런 상황이라면 무한도 무사하지는 못할 것 같은데요."

신태무의 말에 이희도가 맞받았다.

"그래도 무한은 내륙이니 아직 그곳까지야."

"무한이야말로 국민당의 본거지가 아니겠나."

"하지만 공산주의자들이 아직은 무한까지 퍼지지는 않았을 것이네."

"하긴 그렇겠군요."

김원봉의 말에 그제야 신태무도 고개를 끄덕였다.

세 사람은 상해에서 기차를 타고 무한으로 향했다. 가는 도중 곳곳에서 국민당군의 검열을 받기도 했다. 하나같이 공산주의자를 색출한다는 명분이었다. 김원봉은 불안하기만 했다. 믿었던 대륙마저 혼란에 빠져들고 있기 때문이었다.

'조국의 앞날이 걱정이로구나!'

불안한 마음이 한숨을 자아내게 했다.

차창 밖으로는 봄날의 신록이 펼쳐지고 있었다. 그러나 하늘은 뿌옇게 흐려있었다. 기차는 무사히 이들을 무한에 내려놓았다. 예상했던 대로 무한은 그리 혼란하지 않았다.

어떻게 알았는지 무한역에 동지들이 나와 기다리고 있었다.

"아니, 어떻게 알고······."

말을 마치기도 전에 이검운이 환한 미소를 던졌다.

"산두로부터 유 선배의 연락을 받았습니다. 상해로 갔으나 결국은 무한으로 갈 것 같다고 하시더군요."

"선배님도 참······."

이희도가 말을 잇지 못하자 이번에는 권준이 나섰다.

"그제부터 기다리고 있었네."

"그제부터요?"

신태무가 놀란 눈으로 묻자 권준이 입가에 웃음을 머금고 대답했다.

"언제 올지 알아야지. 그래서 무작정 나와 기다리고 있던 참이네."

"사람들 하고는. 아무튼 수고들 했네!"

7. 만났다 헤어지고 131

김원봉이 말을 마치기가 무섭게 이번에는 이검운이 물었다.

"소식은 들으셨는지요?"

"무슨 소식 말이오?"

김원봉이 되레 물었다. 그러자 권준이 나섰다.

"주은래 사령이 남창을 접수했다고 합니다."

권준의 대답에 김원봉은 소스라치게 놀랐다. 신태무와 이희도도 마찬가지였다.

"접수하다니?"

"공산당이 봉기를 한 것이지요."

이검운이 다시 대답하자 김원봉은 손까지 비벼대며 무언가 서둘러 생각하는 듯했다.

"북벌군 삼만 명을 거느리고 있다고 합니다."

"그렇다면 혁명부대를 창립했다는 말이오?"

"그렇습니다. 혁명위원회도 설립하고 정강까지 발표했다고 합니다."

"이제야 뭔가 일이 일어날 것 같구먼."

신태무는 흥분한 얼굴로 혼잣말처럼 중얼거렸다.

"유 선배는 어떻다고 합니까?"

김원봉이 유자명의 안부를 물었다. 그러자 권준이 대답했다.

"곧 여기로 오실 것 같습니다."

"벌써?"

"움직일 수 있다고 하니 그렇게 하실 것 같습니다."

이검운의 대답에 김원봉은 피식 웃고 말았다.

"성미하고는."

"그건 그렇고, 의백께서는 어떻게 할 참이십니까?"

권준이 묻자 김원봉은 잠시 망설였다. 그러다가는 흘리듯 말을 던졌다.

"그렇다면 우리도 함께해야 하지 않을까요? 국민당은 뭔가 잘못된 길로 가고 있는 것 같습니다. 협력이 아닌 폭력의 길을 가고 있어요. 우리에게 은근히 핍박을 가하기도 하고."

"안동만 동지는 이미 남경으로 몸을 피했습니다."

"남경으로요?"

"예, 국민당군이 안 동지를 체포하려 했습니다. 주은래와 내통했다는 혐의를 뒤집어 씌워서요. 저희에게도 조만간 무슨 조치가 있을 것 같고요."

김원봉은 까칠한 수염을 만지작거리며 골똘히 생각에 잠겼다. 며칠간 수염도 깍지 못할 정도로 바쁘게 움직였던 것이다.

"우리도 그들과 함께해야 합니다. 그 길이 우리가 조국을 되찾는 길에 가깝습니다."

권준은 다시 한번 김원봉의 마음을 흔들었다.

"저희가 남창으로 가보겠습니다."

듣고만 있던 이희도가 나선 것이었다.

"함께 가지?"

함께 가자는 말에 신태무가 선뜻 대답했다.

"물론이지."

"일단 유 선배와 상의해보겠네. 두 동지는 지금 당장 남창으로 가겠다는 말인가?"

김원봉의 물음에 이희도는 서슴없이 대답했다.

"예. 저희가 주은래 사령을 만나보고 사정을 말해보겠습니다. 가서 동지들을 기다리지요."

그때 무한역 앞으로 일단의 국민당군이 몰려들었다.

"가시죠! 위험합니다."

"그럼, 남창에서 뵙겠습니다."

이희도와 신태무는 급히 작별인사를 하고는 몸을 돌렸다. 다시 무한역으로 들어가기 위해서였다.

"조심들 하게나!"

돌아선 두 사람을 향해 작별인사를 던진 김원봉도 앞선 이검운을 따라 발걸음을 옮겨놓았다.

무한역 광장은 살벌한 분위기로 급변했다. 국민당군이 지나가는 사람들을 마구잡이로 붙잡아 심문했기 때문이다. 공산주의자를 색출한다는 명분에서였다.

"어디에서 오는 길이냐?"

다짜고짜 묻는 말에 무한역을 막 나서려던 사람들은 당황하지 않을 수 없었다.

"상해에서 오는 길입니다."

"무한에는 뭐 하러 왔느냐?"

"뭐 하러 오다니요?"

어안이 벙벙한 표정으로 되묻자 국민당군은 총부리로 하차객의 배를 쿡쿡 찔러댔다. 위협하기까지 했던 것이다.

"상해에서 도망쳐온 공산주의자 아니냐?"

공산주의자란 말에 사내는 기가 차다는 듯 국민당군을 빤히 쳐다보았다.

"공산주의가 뭔지도 모르는 사람입니다."

사내의 말대꾸에 국민당군은 약이 오르는 듯 표정을 굳혔다.

"어디다 대고 꼬박꼬박 말대꾸야!"

국민당군은 사내를 향해 총구를 겨눴다. 당장이라도 방아쇠를 당길 기세였다. 그제야 사내는 분위기가 심상치 않음을 알고는 고분고분해졌다.

"그런 것이 아닙니다. 저는 무한에 볼 일이 있어 들른 것입니다. 정말로 공산주의자가 아닙니다."

"왜 그래?"

그때 다른 국민당군이 지나가다가 이들에게 다가왔다.

"글쎄 이놈이 상해에서 왔다고 하면서 공산주의가 뭔지도 모른다고 하지 않는가?"

국민당군은 이기죽거리며 사내에게로 가까이 다가섰다.

"시치미 떼긴, 상해에서 왔으면 뻔하지. 공산주의 냄새가 폴폴 풍기는구먼."

사내는 얼굴이 사색이 되었다. 순식간에 생각해보지도 못한 공산주의자가 되었기 때문이다.

"정말입니다. 저는 공산주의가 뭔지도 모릅니다."

"그건 가보면 알고. 일단 우리와 함께 가자!"

국민당군은 사내의 등에 총부리를 댄 채 위협했다. 그러자 사내는 두려운 나머지 무한역 광장을 향해 무작정 달려 나갔다.

"서라!"

외침과 함께 총소리가 울려 퍼졌다. 이어 사내가 광장 바닥에 널브러졌다.

"미련한 놈!"

무한역 광장에 일순 정적이 감돌았다. 지나던 사람들이 공포에 휩싸였다. 하얀 화강석 바닥에 붉은 피가 배어났.

총소리에 놀란 김원봉 일행도 발걸음을 멈춰 세웠다. 무한역 광장을 막 벗어날 무렵이었다.

"서라! 어디에서 오는 길이냐?"

또 다른 국민당군이 이번에는 김원봉 일행의 앞을 막아섰다. 총부리를 앞세운 국민당군을 보고 이검운은 손부터 들었다.

"조선의 독립투사들로, 나는 6군 소속 포병영 영장이오."

포병영 영장이라는 말에 국민당군은 피식 웃음을 흘렸다.

"그렇다면 정잠 사령 휘하인데 왜 여기에서 얼쩡거리고 있나?"

빈정거리며 묻는 말에 이검운은 선뜻 대답을 하지 못했다. 김원봉은 아차 싶었다. 재빨리 나섰다.

"우리는 의열단 소속 조선독립군이오."

의열단이라는 말에 국민당군은 고개를 끄덕였다.

"그럼 몇 군 소속이냐?"

권준이 나서려 하자 이번에도 김원봉이 막아서며 나섰다.

"우리는 국민당군이 아니오. 조선독립군으로서 일제 놈들을 찾고 있는 중이오."

그러자 고개를 갸웃하며 국민당군이 다시 물었다.

"이자는 분명 6군 소속 포병영 영장이라고 했다."

그제야 눈치를 챈 이검운이 재빨리 나섰다.

"맞소. 나만 그렇고 이분들은 상해 의열단 본부에서 이제 막 올라온 분들이오."

"그럼 우리 국민당군과는 아무런 관련이 없단 말인가?"

"그렇소."

"공산주의자들도 아니고?"

거듭 묻는 말에 김원봉이 고개를 끄덕였다.

"우리는 조선의 독립을 위해 싸울 뿐 공산주의가 뭔지도 모르오. 관심도 없고."

딱 잘라 하는 말에 국민당군은 고개를 끄덕였다.

"그럼 당신은 우리와 함께 가주어야겠소."

이검운에게 한 말이었다. 그러자 권준이 발끈하고 나섰다.

"함께 가다니?"

권준의 반발에 국민당군은 총부리부터 앞세웠다. 사태가 심각하게 돌아가자 이검운이 재빨리 나섰다.

"권 동지, 함께 사는 길이오. 참으시오!"

권준을 달랜 이검운이 순순히 앞으로 나섰다.

"알았소. 내 함께 가겠소."

김원봉도 제지했다.

"안 되오. 가면 어떻게 될지 모르오."

"아닙니다. 빨리 피하십시오!"

말을 마친 이검운은 스스로 앞장서 걸어갔다. 김원봉과 권준만이라도 무사히 보내기 위해서였다.

"갑시다!"

국민당군은 김원봉과 권준을 향해 총부리를 겨눈 채 이검운을 뒤따랐다.

"이 동지!"

권준이 부르자 이검운은 손을 흔들어 보였다.

"걱정 마시오! 별일이야 있겠소. 같은 국민당군인데."

그러고는 다시 채근했다.

"의백은 빨리 여길 떠나십시오! 여기에 계속 있다가는 어떻게 될지 모릅니다."

이검운의 말에 김원봉도 어쩔 수 없었다.

"조심하시오!"

이검운이 국민당군에 끌려가고 나자 김원봉이 권준을 돌아보았다.

"우리도 서둘러 떠나야 할 것 같소."

"그래야 할 것 같습니다. 분위기가 아무래도 심상치 않습니다."

거리는 스산했다. 곳곳에서 호각소리와 함께 사람들의 아우성치는 소리가 들려왔다. 국민당군이 공산주의자들을 색출하기 위해 혈안이 되어있었던 것이다.

"동지는 어디로 갈 작정이오?"

김원봉이 묻자 권준은 잠시 망설였다. 얼른 대답을 하지 못했다.

"난 구강으로 갈 것이오."

구강이란 말에 권준이 그제야 맞받았다.

"그럼 전 호남으로 가겠습니다. 가서 동지들을 규합해보겠습니다."

"호남이라면 여기서 기차를 타야 하지 않소?"

"예, 의백. 다음에 뵙지요."

"알겠소. 몸조심하고 연락하오. 난 구강으로 가서 하룡 사령관을 만날 작정이오. 가서 기반을 마련하리다."

"예. 저도 동지들을 모아 의백께서 준비가 되면 합류하겠습니다."

"좋소. 그렇게 합시다!"

김원봉은 권준을 보내고는 발길을 돌렸다. 무한역을 벗어났던 것이다.

거리는 아수라장을 방불케 할 정도로 어지럽기만 했다. 국민당군의 횡포가 극에 달하고 있었던 것이다.

***

"유 선배, 몸은 좀 어떻습니까?"

김원봉은 반가운 얼굴로 유자명의 두 손을 덥석 잡았다. 그의 두 손에서 따뜻한 동지애가 느껴졌다.

"덕분에 괜찮네."

그러나 절룩이는 걸음걸이에서 괜찮지 않음을 곧 알 수 있었다. 김원봉은 그런 그의 모습이 안쓰럽기만 했다.

"좀 더 쉬다가 천천히 오시지 않고요."

"천성이 그리 느긋하지를 못하네. 의백이 더 잘 알지 않는가?"

말끝에 너털웃음까지 흘렸다. 김원봉은 고개를 끄덕이고는 입가에 웃음을 베어 물었다.

"산두에서 예까지 오는 동안 참으로 못 볼 꼴을 많이도 보았네. 국민당군이 저렇게 변하다니."

혀를 차대는 얼굴에는 씁쓸함이 가득했다.

"국민당군에는 희망이 없어 보이네. 저들은 권력에만 욕심이 있어."

"저도 그렇게 보았습니다. 우리가 조국을 되찾는 길과는 거리가 먼 자들입니다. 민중을 저렇게 핍박하고 무자비하게 몰아대는 자들이 어찌 이웃나라의 아픔을 알겠습니까?"

"그러게 권력을 차지하겠다는 욕망에 사로잡힌 자들의 근본은 도대체가 믿을 수가 없어."

유자명은 고개를 절레절레 흔들어댔다. 실망한 눈빛이 역력했다.

"아무래도 우리가 조국을 되찾기 위해서는 민중과 함께하고 있는 공산주의자들과 협력하는 게 낫겠지요?"

김원봉의 물음에 유자명이 고개를 끄덕였다.

"포악한 국민당보다는 그래도 그들에게 희망을 거는 게 낫겠지."

"그럼 저도 남창으로 가겠습니다."

김원봉의 말에 유자명이 또다시 고개를 끄덕였다.

"신 동지와 이 동지가 이미 남창에 가 있습니다."

"나도 몸이 추슬러지면 곧 뒤따라가겠네."

"알겠습니다. 그럼 먼저 가서 기다리고 있겠습니다."

"하룡은 뭐라고 하던가?"

유자명은 잊고 있었다는 듯 하룡에 대해 물었다. 그러자 김원봉의 두 눈이 반짝 빛을 발했다. 희망의 눈빛이었다.

"남창에서 크게 일어설 것이라 했습니다. 엽정 사령도 함께 한다고 했습니다."

유자명의 눈이 가늘어졌다.

"그들이라면 가능성이 있네."

그리고는 저물어가는 서녘 하늘을 먼산바라기 하듯 바라보았다. 붉은 노을이 타는 듯했다.

"엽정뿐만이 아닙니다. 주덕과 주사제까지 함께한답니다."

유자명은 짧게 한숨을 몰아쉬었다.

"대륙에도 큰 피바람이 일겠구나!"

"피할 수 없는 일이지요."

김원봉이 시큰둥하게 맞받았다.

얼마 후 김원봉은 유자명과 작별인사를 나눴다. 그러고는 남창을 향해 길을 떠났다. 하룡 부대에 합류하기 위해서였다.

8. 혁명

남창은 고요했다. 시내도 외곽도 스산할 정도였다. 김원봉은 남창 외곽에 설치된 막사에서 사령관 하룡을 만났다.

"김 동지, 잘 오셨소!"

하룡은 김원봉을 크게 반겼다.

"잘 지내셨는지요?"

김원봉도 웃음으로 반가움을 표시했다.

"조선의 투사들이 함께해준다는 것만으로도 우리에게는 큰 힘이 될 것이오."

하룡의 말에 김원봉은 가슴속으로부터 무언가가 들끓어오름을 느꼈다.

"사령관의 큰 뜻이 대륙의 통일에는 물론이고 조선의 독립에도 큰 역할을 할 것입니다. 반드시 성공하십시오!"

"고맙소. 이번에도 큰 힘이 되어주오!"

"여부가 있겠습니까, 작은 힘이나마 보태도록 하겠습니다."

김원봉의 대답에 하룡이 주저주저했다. 무언가 긴히 할 말이 있는 듯했다. 이를 눈치 챈 김원봉이 먼저 입을 열었다.

"더불어 우리 의열단도 혁명에 일임했으면 합니다만……."

김원봉의 말이 채 끝나기도 전에 하룡의 입이 벌어졌다.

"그렇게만 해준다면 이 하룡의 영광이지요. 지난번 북벌에서 보여준 의열단 동지들의 활약은 그야말로 불꽃과도 같은 것이었습니다."

하룡의 반김에 김원봉은 흐뭇했다.

"의열단 동지들이 합류만 해준다면 내가 모든 지원을 아끼지 않겠소. 약속하오!"

하룡은 거듭 지원을 약속함으로써 의열단에 대한 신뢰를 나타냈다.

김원봉은 의열단을 이끌고 하룡부대에 들어가 남창봉기에 참여하기로 했다. 이들뿐만이 아니었다. 혁명가 김산과 금강산의 붉은 승려라 불리는 김규광도 있었다. 이들도 동지들을 이끌고 하룡부대에 합류하기로 했던 것이다.

* * *

짙은 어둠. 시내에는 삼엄한 경계가 펼쳐져 있었다. 거리마다 하룡부대와 엽정부대의 초병들로 가득 찼다.

"강산통일!"

구호도 들려왔다.

"혁명완수!"

스치는 바람에 길게 여운을 남기며 연신 암구호가 오갔다.

"이 동지, 고향의 별빛도 저리 맑겠지요?"

"아무렴요. 누이도 지금쯤 저 별빛을 보고 있겠지."

신태무의 물음에 이희도가 탄식을 흘리며 맞받은 것이었다.

"어머님은 여전히 정화수 한 그릇 떠놓고 이놈을 걱정하고 계실 텐데."

김쾌준은 하늘을 올려다보고는 말을 다 잇지 못했다. 이희도도 곁에서 한숨을 길게 내쉬었다. 이들의 목에는 하나같이 붉은 넥타이가 매여 있었고, 팔에는 흰 수건이 둘려 있었다.

"이제 곧 명령이 떨어질 걸세. 그 전에 잠시 눈이라도 좀 붙이게."

김원봉은 단원들의 무리한 출정이 염려되었다. 피로가 겹쳐있기 때문이었다. 벌써 사흘째 긴장한 상태로 이렇게 대기하고 있었던 것이다.

"조국을 되찾을 수만 있다면 이까짓 어려움쯤이야 대수이겠습니까?"

강석필이 남포등을 끌어당기며 설핏 웃음을 흘렸다. 흐린 불빛 아래 김원봉의 입가에도 미소가 어렸다.

하늘은 맑기만 했다. 총총한 별빛이 쏟아져내릴 듯했다. 김원봉은 팔베개를 하고 누워 그 별빛을 올려다보았다. 아련했다. 고향의 별빛이었다. 북두칠성, 북극성을 헤아리던 시절이 떠올랐다. 눈이 저절로 감겼다. 입에서는 짧은 한숨이 새어 나왔다.

'저기 밝은 별이 있지? 저게 북극성이란다. 항상 북쪽을 가리키고

있지.'

고사리 같은 손을 잡고 별 이름을 알려주시던 할아버지였다. 늘 사람의 도리를 말씀하시던 분이었다.

'세상에는 천리라는 것이 있다. 그걸 어기면 하늘이 벌을 내리는 게야.'

어린 김원봉은 그게 무슨 말인지 몰랐다. 나중에 성장해서야 알았다. 그리고 그 천리는 사람이 만들어가는 것임도 깨달았다. 일제가 천리를 어겼으니 자신이 일제에 그 죗값을 내리기로 작정했던 것이다. 그 길이 대륙에까지 이르게 했다. 그러나 조국의 아픔과 슬픔은 여전하기만 했다. 가슴이 먹먹했다. 언제나 그 천리를 되찾을 수 있을는지.

김원봉은 눈은 감았으나 귀는 열어두고 있었다. 주변의 수군거리는 소리가 끊임없이 귓속으로 파고들었다. 하나같이 조국을 그리워하는 넋두리였다.

"눈만 감으면 떠오른다네. 초가지붕과 감나무……. 가을이면 참 풍요로웠지. 지붕 위의 하얀 박도 그렇고, 감나무 가지에 주렁주렁 달린 빨간 감도 그렇고."

강석필의 목소리였다.

"산모퉁이만 돌면 우리집인데 반가워서 눈을 뜨면 꿈이야. 젠장할."

김쾌준의 푸념도 이어졌다.

"이게 다 일제 놈들 때문일세. 죽일 놈들."

이희도는 분노의 음성까지 토해냈다. 김원봉도 울분이 치솟았다. 동지들의 슬픔은 곧 자신의 아픔이기 때문이었다. 순간 눈을 번쩍 떴다.

총소리가 울렸기 때문이다. 자정이 훌쩍 넘은 시각이었다.

"시작이다!"

김쾌준이 벌떡 일어섰다. 어둠 속에서 그의 그림자가 일렁였다. 김원봉도 본능적으로 몸을 일으켜세웠다. 그러고는 총소리가 난 곳으로 눈을 돌렸다. 불빛이 요란하게 튀어오르고 있었다. 콩을 볶는 듯 요란한 총소리가 귀를 찢기도 했다.

"돌격!"

총성이 밤하늘을 진동시키는 가운데 김원봉은 이를 악물고 달려 나갔다. 그의 앞으로 김쾌준이 쏜살같이 달려가고 있었다.

총탄이 빗발쳤다. 어둠이 짙어 어디에서 날아오는 건지 분간도 되질 않았다. 길 잃은 총탄에 그대로 불귀의 객이 될 수도 있었다. 그러나 의열단 단원들은 아랑곳하지 않은 채 앞을 향해 뛰었다. 혁명을 완수하기 위해서였다. 혁명의 완수는 곧 조국을 되찾는 길이기 때문이었다.

남창성은 이내 전장으로 돌변했다. 혁명군과 국민당군의 총격전으로 대낮을 방불케 했다.

남창성의 국민당군 사령관은 주배덕이었다. 그는 5군 사령관으로 만여 명의 군사를 거느리고 있었다. 5군 총지휘부와 경비단을 지휘하고 있었던 것이다. 이에 비해 혁명군은 김원봉이 소속한 하룡부대를 비롯해 엽정부대와 주덕이 거느린 군관교육단의 군사들, 그리고 남창 부근 회마령에 주둔하고 있던 주사제의 부대까지 모두 삼만팔천여 명에 이르렀다.

수적으로도 우세했지만 혁명군은 치밀한 전략을 세웠다. 각자의 목표가 주어졌고, 각자가 그 목표를 향해 충실히 움직였다.

하룡부대는 장강로 입구에 위치한 주배덕의 본부를 목표로 삼았다.

주배덕은 유리한 위치 선점으로 혁명군을 막으려 했다. 무려 12미터나 되는 높은 고루(鼓樓)에 정예 군사들을 배치하는가 하면 혁명군이 내려다보이는 언덕에 군사들을 나누어 배치했던 것이다.

"놈들을 쓸어버려라! 한 놈도 살려두지 마라!"

주배덕은 악에 받쳐 있었다. 배신자들인 혁명군과 대적하고 있기도 했지만, 자기네 쪽이 수적으로 불리하다는 데서 오는 불안감이 그로 하여금 더욱 발악하게 했다.

깜깜한 밤인데다 위에서 내리쏘는 총탄에 하룡은 속수무책이었다. 함께 국민당군 본부 점령의 임무를 맡은 유백승도 마찬가지였다. 곤란한 지경에 빠져있었던 것이다.

"고루를 점령해야 합니다. 놈들이 우리 혁명군 진영을 쑥대밭으로 만들고 있어요."

유백승의 분노에 하룡도 탄식을 터뜨렸다.

"그러게 말입니다. 무슨 방도가 없겠습니까?"

오히려 되묻는 말에는 대답할 말이 없었다. 그저 난감할 뿐이었다.

어둠 속에서 하룡과 유백승은 총탄이 퍼부어오는 전방을 주시했다. 불꽃놀이라도 하는 듯 전장은 화려하기만 했다.

"그렇지. 고지는 고지로 제압할 수밖에요."

하룡의 말에 유백승이 고개를 돌렸다.

"고지라니요?"

"성루를 점령하는 겁니다. 그러면 고루를 내려다볼 수 있지 않겠습니까?"

하룡의 말에 유백승은 고개를 갸웃했다. 그게 가능하겠느냐는 표정이었다.

"뒤쪽에 있는 성루를 무슨 수로 점령한답니까?"

"옆으로 돌면 됩니다. 정면에서 대적하는 척하면서 일부 부대를 뒤로 빼돌리면 됩니다."

하룡의 진지한 설명에도 유백승은 여전히 의구심이 가득한 얼굴이었다. 불가능하리라는 것이었다.

"제게 좋은 방안이 있습니다."

말을 마친 하룡은 곧 부관 형조에게 명을 내렸다.

"조선인 전사들을 데려와라!"

"알겠습니다, 사령관님."

형조는 바람같이 지휘본부를 빠져나갔다. 그리고 얼마 안 있어 최전방에서 치열하게 총격전을 벌이던 조선인 독립투사들을 데리고 들어왔다. 강석필을 비롯해 신태무, 이희도 등이었다.

"부르셨습니까?"

강석필의 얼굴에 땀이 비 오듯 했다.

"그렇소. 우리 부대에서 그래도 믿을 만한 전사는 그대들뿐이오."

난데없는 칭찬의 말에 신태무의 얼굴이 굳어졌다.

"저희가 해야 할 다른 일이라도 있습니까?"

조심스레 묻는 말에 하룡이 미소를 베어 물었다.

"그렇소. 성루를 점령해야 하오."

성루라는 말에 강석필이 되물었다.

"고루 뒤에 있는 성루 말입니까?"

"그렇소. 고루를 무너뜨려야만 주배덕을 잡을 수 있소. 보다시피 고루가 우리에게는 백만 대군의 적과도 같소."

"맞습니다. 하지만 성루는 이미 놈들이……."

이희도가 말을 마치기도 전에 하룡이 끊고 나섰다.

"우회하시오! 옆으로 돌면 놈들도 눈치 채지 못할 것이오."

그제야 강석필이 고개를 끄덕였다.

"무슨 말씀이신지 알겠습니다. 성동격서 전법을 쓰겠다는 말씀이시군요."

"역시 훈춘유격대 대장답소!"

"그러자면 사다리도 준비해야 하고, 준비할 것이 많습니다."

"최대한 지원하겠소. 우리 정예 부대원도 딸려보낼 것이오."

"알겠습니다. 해보지요."

시원시원한 대답에 하룡은 매우 흡족해 했다. 유백승은 하룡과 강석필 일행의 대화를 엿듣고만 있을 따름이었다.

"부관은 함께 가서 도와주게. 필요한 것은 뭐든 지원을 아끼지 말고."

"예 알겠습니다, 사령관님."

부관 형조는 강석필을 따라 지휘본부를 나갔다. 밖은 여전히 총소리로 요란했다.

"잘 해낼 수 있을까?"

유백승은 여전히 회의적이었다. 그러나 하룽은 믿는 구석이 있는지 여유만만하기만 했다. 아니, 조선인 전사들을 전적으로 신임하고 있었다.

"그동안 저들이 세운 공을 생각해보면 이번에도 틀림없습니다. 믿을 만한 친구들이지요."

"하긴, 우리가 불가능하다고 생각했던 일들을 저들은 해낸 적이 많았지."

그제야 유백승도 혼잣말처럼 중얼거리며 고개를 끄덕였다.

"아군의 피해를 최소한으로 해야 하는데."

유백승은 거듭 한숨을 몰아쉬었다. 고루 부근에서 너무 많은 희생을 치르고 있기 때문이었다.

"이제 곧 전세가 뒤집힐 겁니다. 더구나 수적으로 우리가 우세해요."

입술을 굳게 다문 하룽의 얼굴로 굳은 의지가 배어났다.

* * *

강석필은 곧 조선인 전사들을 중심으로 부대를 구성했다.

"의백께서는 이번에 빠지십시오. 너무 위험합니다."

8. 혁명 151

이희도가 간곡히 만류했다. 신태무도 거들었다.

"맞습니다. 의백께서 나설 일은 따로 있습니다. 이런 일이 아닙니다."

강석필도 입가에 엷은 미소를 머금은 채 고개를 끄덕였다.

"잠시면 됩니다. 저까짓 성루쯤이야."

듣고만 있던 김원봉은 무어라 말을 하려다 말았다. 강석필의 우레와도 같은 명령이 떨어졌기 때문이다.

"출발한다!"

이어 강석필의 부대원은 하룡의 정예 부대원과 함께 어둠 속으로 사라져갔다.

"조심들 하게나!"

김원봉은 험지로 떠나는 동지들을 향해 큰 소리로 외쳤다. 그러고는 다시 총을 들고 전장으로 향했다.

강석필은 먼저 지세부터 살폈다. 그러고는 간간이 들려오는 총소리로 적의 위치를 가늠하며 공략할 지점을 정했다. 성루 끝자락이었다.

"저기가 좋겠소. 다행히 놈들의 방비가 허술한 듯하오."

강석필이 가리키는 곳으로 신태무가 동지들과 함께 사다리를 들고 갔다. 십 미터가 넘는 긴 사다리였다. 이희도도 그 옆으로 사다리를 댔다. 그 순간 성벽 위에서 주배덕의 군사들이 고개를 내밀었다.

"적이다!"

외침과 함께 총탄이 쏟아졌다. 이어 성루 아래에서도 응사했다. 성루의 위와 아래에서 연이어 군사들이 쓰러졌다. 마침내 강석필의 명령이 떨어졌다.

"사다리를 올라라!"

명령과 함께 바람같이 강석필의 부대원들이 사다리를 오르기 시작했다. 엄호사격하는 총탄도 빗발치듯 했다. 성루 위에서 당황한 목소리가 튀어나왔다.

"적이 성루로 올라온다. 막아라!"

그러면서 한편으로는 지원을 요청하기도 했다.

"병력을 보내라! 역부족이다."

이희도를 필두로 조선의 독립투사들이 성루로 올라서기 시작했다.

"서둘러라! 놈들은 얼마 없다."

성루 위에서 쏟아지는 총탄의 양을 헤아려보고 적이 얼마 없음을 간파한 강석필은 사다리를 오르며 부대원들을 독려했다. 지원군이 오기 전에 일을 마무리지으려는 것이었다.

하룡의 정예 부대원들도 사다리에 올라서기 시작했다.

"힘을 내라!"

성루에 올라 선 이희도는 야수처럼 적을 쓸어버렸다. 그가 방아쇠를 당길 때마다 주배덕의 군사들이 낙엽처럼 흩날렸다. 이희도의 뒤를 이어 신태무도 성루로 올라섰다. 그 역시 경기관총 방아쇠를 당기며 이희도와 호흡을 맞췄다.

"물러나라!"

주배덕의 군사들은 더 이상 견디지 못하고 등을 보인 채 성루에서 내려갔다. 이희도와 신태무는 놓칠세라 이들의 뒤를 쫓았다. 이어 하룡의 정예 부대원들도 모두 성루로 올라섰다. 매캐한 화약냄새가 코를 찔렀다. 흰 연기도 성루 위를 뒤덮었다.

"성루를 점령했다. 층집 지붕도 확보하라!"

강석필의 명령에 소대원들은 지체 없이 성루를 내려갔다. 그러고는 이층과 삼층으로 된 가옥들의 지붕으로 올라갔다. 고지를 확보하기 위해서였다.

"고루를 목표로 삼아라! 우리의 최종 목표다."

강석필의 명령에 성루와 층집에서 동시에 불이 뿜어졌다.

"놈들을 막아라! 고루는 반드시 사수해야 한다."

주배덕의 명령에 고루에서도 일제히 총탄이 날아오기 시작했다. 검은 어둠을 뚫고 번개 같은 빗살들이 오고 갔다. 비명이 쏟아지고 쓰러지는 병사들이 속출했다. 전투는 그야말로 치열했다.

고루에서 쏘는 총탄이 성루와 층집으로 분산되는 사이 하룡의 정예 부대원들도 집중사격을 가하기 시작했다. 고루에 가까이 다가가는 병사들도 생겨났다. 이어 고루 위에서 주배덕의 병사들이 떨어져 내리기 시작했다.

주배덕은 사면초가의 신세가 되고 말았다. 앞에도 적, 옆에도 적이었다. 게다가 뒤에서의 공격도 더욱 거세어졌다. 고루를 놓고 공방이 벌어진 것을 안 하룡과 유백승이 총공세를 펼쳐왔던 것이다.

"포위되었습니다."

부관 엄충의 말에 주배덕은 이를 악물었다.

"사령관님, 적에게 투항하는 놈들도 생겨나고 있습니다."

연이은 악재에 주배덕은 결정을 내려야 했다. 그리고 그 결정은 신속했다.

"일단 후퇴다. 조용히 가자!"

말을 마친 주배덕은 엄충과 함께 몰래 고루에서 빠져나갔다. 남은 병사들은 그것도 모른 채 목숨을 걸고 주배덕을 위해 싸웠다. 그러나 그도 잠시, 주배덕이 달아났다는 것을 안 병사들은 욕설과 함께 총을 내려놓고 말았다.

"뭐야? 저희들만 살겠다는 거야?"

"그런 놈을 믿고 목숨을 걸었다니."

병사들은 하나같이 배신감에 치를 떨었다. 분노의 말도 쏟아냈다. 그러고는 주저하지 않고 항복을 선택했다.

"쏘지 마시오! 항복이오."

"사격을 멈추시오!"

연이은 외침에 하룡이 명령을 내렸다.

"사격을 중지해라!"

하룡부대에서 먼저 총성이 멎고 이어 강석필 소대의 경기관총 소리가 그쳤다.

"주배덕이 도망쳤소. 우리는 모두 항복이오!"

고루에서 항복을 외치자 곳곳에서 두 손을 들고 나오는 병사들이 넘쳐났다.

총소리가 멎고 매캐한 화약냄새만이 어둠 속에 맴돌았다. 하얀 연기도 스산하게 스멀거리며 떠돌았다.

* * *

송백항에 배치되어 있던 국민당군은 천주교회당을 거점으로 삼아 엽정부대의 맹렬한 공격을 막아내고 있었다.

교회당 건물은 4층 높이로 가운데에는 아치형의 문이 있었다. 그리고 그 문 위로 큰 창문이 있는데 그곳에 중기관총이 거치되어 있었다. 높은 곳에서 아래를 내려다보며 사정없이 총탄을 날리자 엽정부대는 그야말로 속수무책이었다. 그뿐만이 아니었다. 옆의 작은 창에는 경기관총 사수들이 배치되어 있었다. 교회당 건물 앞뒤로 창문이 있는 곳에는 모두 경기관총 사수들이 배치되어 있었던 것이다.

교회당을 물샐틈없이 둘러싼 엽정은 죽음을 무릅쓰고 몇 번이나 공격을 시도했다. 그러나 모두 다 실패하고 말았다. 아까운 병사들만 희생됐던 것이다.

사령관 엽정은 주먹을 부르쥐고는 발까지 동동 굴러댔다.

"공원 쪽은 어떤가?"

엽정이 초조하게 묻자 참모 한덕이 대답했다.

"접전 중이랍니다."

짧은 대답에 엽정은 눈살을 찌푸렸다. 멀리서 총소리가 간간이 들려왔다. 공원 쪽이었다.

"공원보다는 여기를 먼저 점령해야 한다. 놈들의 주력 화기가 여기에 있다."

많은 병사를 배치하고도 교회당을 쉽게 점령하지 못하고 있는 자신을 질책하는 소리이기도 했다.

"후속부대가 곧 도착한다고 합니다."

한덕이 말을 마치기가 무섭게 멀리서 불빛이 어른거렸다. 발자국소리도 들려왔다.

"왔습니다. 제갈신현중대입니다."

잠시 후 중대장 제갈신현이 막사에 모습을 드러냈다.

"진예후는 공원으로 곧장 갔습니다. 공격을 할까요?"

제갈신현의 물음에 엽정은 고개만 끄덕였다.

절도 있게 경례를 올려붙인 제갈신현은 중대원을 이끌고는 자신만만하게 교회당 앞으로 갔다. 그러고는 곧 병사들을 배치하기 시작했다.

잠시 후 교회당 앞마당에서 또다시 총소리가 요란하게 울려 퍼지기 시작했다. 제갈신현중대가 총탄을 퍼부었던 것이다. 그러나 교회당 안에서 쏟아져나오는 총탄 세례에 제갈신현도 아연실색하지 않을 수 없었다. 고개마저도 들 수 없었다.

"화력이 너무 세다. 저것을 잡아야 하는데……."

뒤에서 지켜보고 있던 엽정은 말을 잇지 못했다. 그러자 부관 함선이 나섰다.

"방법은 결사대뿐입니다."

"결사대라?"

"그렇습니다. 결사대를 조직해 교회당 안으로 침투시키는 겁니다."

함선의 말에 엽정은 고개를 끄덕였다.

"허면 어떻게 조직할 것인가?"

엽정의 물음에 함선은 잠시 침묵을 지켰다. 그때 엽정이 무릎을 쳤다.

"그렇지! 조선인들이 있었지."

조선인이라는 말에 함선도 맞장구를 쳤다.

"그들이라면 해낼 수 있을 겁니다."

"우리 부대에 남은 조선인 투사들이 있는가? 김원봉을 따르는 조선인 투사들은 대부분 하룡을 따라 고루 쪽으로 갔는데."

"그랬지요, 이런."

함선도 난감한 표정을 지었다. 짧은 탄식도 함께 흘려냈다.

"제가 알아보겠습니다. 남은 동지들이 있을 겁니다."

말을 마친 함선은 득달같이 달려갔다.

교회당에서는 총탄이 여전히 빗발처럼 쏟아져 내리고 있었다.

"제기랄!"

시간은 이미 자정을 훌쩍 넘어 있었다. 고루 쪽에서도 총소리가 요란하게 들려왔다. 치열한 공방전이 계속되고 있는 모양이었다.

잠시 후 부관 함선이 남루한 차림의 사내들을 데리고 나타났다. 너덜

너덜 헤진 옷이 그들의 치열한 투지를 말해주고 있었다.

"사령관님! 마침 조선인 투사들이 막 도착했습니다. 여한장중대 소속이라고 합니다."

말을 마치기가 무섭게 뒤에 서 있던 사내가 앞으로 나서서 고개를 숙였다. 사각턱에 부리부리한 눈이 매우 강인한 인상을 주는 사내였다.

"방월성이라고 합니다. 만주에서 왔습니다."

조선인이라는 말에 엽정의 얼굴빛이 달라졌다.

"환영하오!"

"영광입니다, 사령관님."

대답도 생긴 모습만큼이나 시원시원했다. 그런 모습에 엽정은 더욱 흡족해 했다.

"대단한 투사들입니다. 만주 대한독립군 출신이랍니다."

함선의 소개에 엽정은 놀란 눈으로 확인이라도 하려는 듯이 물었다.

"대한독립군이라면 봉오동전투에서 대승을 거둔 그 홍범도 휘하의 인물들이란 말인가?"

엽정의 물음에 방월성은 고개를 끄덕여 대답했다. 입가에는 엷은 미소도 묻어나 있었다.

"그렇습니다. 여천 장군 밑에 있었습니다."

엽정은 흡족한 웃음과 함께 다시 한 번 고개를 끄덕였다. 그러고는 그의 뒤에 서 있는 투사들도 하나씩 훑어보았다.

"하나같이 믿음직스럽군!"

말을 마친 엽정은 다시금 심각한 어조로 방월성을 쳐다보았다.

"우리가 영장을 부른 이유는 알고 있는가?"

"오면서 대충 얘기는 들었습니다."

방월성의 자신만만한 대답에 엽정은 미안하다는 듯 말을 주저했다. 그러자 함선이 나섰다.

"다시 말하지만 교회당 하나 어쩌지 못해 이리 쩔쩔매고 있다는 소문이라도 나면 사령관님의 체면이 어떻게 되겠는가?"

"알고 있습니다. 저희가 해보겠습니다. 봉오동에서도 그랬고 만주에서도 그랬습니다. 안 되는 것도 되게 하는 것이 우리가 늘 하는 일이었습니다."

자신감 넘치는 목소리에 엽정은 얼굴빛이 밝아졌다. 환호라도 지를 기세였다.

"역시 조선인 투사들의 열정은 우리 대륙인들이 배워야 할 것이네."

"저희만 믿으십시오! 당장 털어버리겠습니다."

"고맙네. 자네들만 믿겠네!"

"엄호를 부탁드립니다. 교회당 안으로 들어가기 전까지는 엄호가 필요합니다."

"당연한 일이지. 자네들은 병사를 총동원해서 방 영장의 결사대를 보호하게."

엽정의 명령에 부관 함선과 제갈신현 중대장이 동시에 대답했다.

"알겠습니다, 사령관님."

방월성은 즉시 결사대를 구성했다. 만주에서 온 곽도선을 비롯해 권동삼과 김시후 등 모두 조선인 투사들이었다.

"죽음을 두려워하면 죽는다! 우리는 살아남아야 하지 않겠는가? 대륙까지 와서 이리 고생을 하는 것도 모두 다 조국을 위해서다. 헌데 그 조국을 되찾기도 전에 만리타향에서 목숨을 버려서야 되겠는가? 죽기를 각오하면 살 것이다. 교회당 안으로 들어가자!"

방월성이 독려의 말을 마치기가 무섭게 결사대는 일제히 환호성으로 화답했다.

결사대는 경기관총을 들고 교회당 앞으로 나아갔다. 그러고는 담장과 나무에 의지한 채 앞을 살폈다. 총탄이 빗발처럼 쏟아져 내리고 있었다.

"이제 엄호가 시작될 것이다. 순서는 없다. 가장 적절한 때라고 판단되면 교회당 안으로 뛰어 들어간다."

방월성의 외침이 끝나자마자 교회당 좌측에서 총탄이 빗발처럼 날아가기 시작했다. 마치 비보라가 치듯 교회당 앞으로 총탄의 장막이 드리워졌다. 틈이 보이질 않았다. 잠시 후 교회당 안에서 쏟아져 나오던 총탄이 기세에 밀린 듯 멈칫했다. 그리고 때를 놓칠세라 방월성이 먼저 몸을 날렸다. 그를 따라 박효린과 곽도선도 몸을 날렸다. 세 사람은 바람같이 교회당 앞마당을 가로질렀다. 그러고는 눈 깜짝할 사이 교회당 문 앞에 다다랐다.

"놈들을 막아라!"

"안으로 들여서는 안 된다."

이어 총탄이 또다시 쏟아져 나왔다. 그리고 교회당 아래에 막 당도한 박효린이 비틀거렸다.

"동지!"

미처 출발하지 못한 조선인 투사들의 입에서 박효린을 부르는 소리가 터져 나왔다. 방월성과 곽도선은 이미 교회당 문 앞에 당도해 있었다. 두 사람은 현관 기둥에 의지한 채 총탄을 피하며 박효린을 쳐다보았다. 이미 그의 몸은 만신창이로 변해 있었다. 핏물이 벌겋게 흙바닥을 적시고 있었다.

"박 동지!"

방월성은 이를 악물고 방아쇠를 당겼다. 교회당 안으로 사격을 가한 것이다. 곽도선도 맞은편에서 총격을 가했다.

"박 동지의 원수를 갚으리라."

교회당 안으로 진입하는 데 성공한 방월성과 곽도선은 몸을 낮춘 채 한 걸음 한 걸음 앞으로 나아갔다. 치열한 총격전이 다시 전개되고 국민당 6군의 병사들이 하나 둘 쓰러졌다. 이어 혼란한 틈을 타 조선인 투사들이 대거 교회당 안으로 들어섰다. 그러자 교회당 위에서 쏟아져 내리던 총탄이 점점 잦아들었다.

"아래층을 점령했다. 위층으로 올라간다. 조심해라!"

방월성이 소리치고는 앞장섰다. 그러자 곽도선과 권동삼이 그의 뒤를 바짝 따랐다.

"나머지는 기다려라! 뒤에서 엄호하라!"

방월성과 곽도선, 그리고 권동삼이 앞장서자 나머지 결사대원들이 아래층에서 총을 겨눈 채 위를 감시했다. 여차하면 방아쇠를 당길 기세였다. 그러나 계단에 가려 위층의 상황은 보이질 않았다. 긴장된 순간 총탄이 날아들었다. 방월성은 급히 몸을 낮췄다. 그의 귓가로 예리한 금속성 소음이 스쳐 지나갔다. 섬뜩하게 기분 나쁜 소리였다. 이어 기다렸다는 듯이 콩을 볶는 듯한 총성이 다시 귀를 찢었다. 뒤에서 대기하고 있던 결사대원들이 동시에 방아쇠를 당겼던 것이다. 방월성과 곽도선, 그리고 권동삼은 계단 벽에 바짝 붙었다. 날아가는 총탄 소리에 머리가 다 어지러울 지경이었다. 두렵다는 생각도 들었다. 하지만 살아남아야 했다. 정신을 놓는 순간 죽는다는 것을 잘 아는 세 사람은 계단에 바짝 엎드린 채 기었다. 머리만 든 채 눈은 위로 향해 있었다. 그리고 계단 모퉁이를 도는 순간 적의 머리가 눈에 들어왔다. 방월성의 총구에서 불이 뿜어졌다. 그리고 피가 튀었다. 국민당군이 고꾸라졌다. 이어 계단을 울리는 발자국소리가 들려왔다. 점점 멀어지는 소리로 미루어 국민당군이 달아나는 모양이었다. 상황을 짐작한 방월성은 재빨리 몸을 일으켜서 계단을 뛰어 올랐다.

　이층으로 올라서는 순간 삼층으로 달아나는 국민당군의 등이 보였다. 방월성의 총구에서 다시 불이 뿜어졌다. 국민당군은 계단 입구에서 그대로 고꾸라졌다. 곽도선과 권동삼도 이층으로 올라섰다. 이어 나머지 결사대원들도 이층으로 올라왔다.

　"놈들이 이 위에 있소. 중기관총이 있는 곳이오."

방월성의 말에 대원들은 재빨리 엄폐물을 찾아 몸을 숨겼다. 그러고는 다음 목표를 상의했다.

"중기관총은 제가 맡겠습니다."

곽도선이 나선 것이었다. 그러자 권동삼도 지지 않았다.

"이번에는 제가 하겠습니다."

그러자 뒤늦게 이층으로 올라선 손가진도 끼어들었다.

"중기관총은 분명 여러 놈이 지키고 있을 겁니다. 혼자서는 무리입니다. 저도 함께하겠습니다."

귀를 찢어대던 중기관총 소리도 멎어 있었다. 무언가 대책을 논의하고 있는 모양이었다. 잠시 후 계단 아래로 총탄이 날아들었다. 경기관총 총탄이었다. 놀란 방월성과 곽도선이 몸을 바짝 움츠렸다. 뒤에 있던 동지들도 마찬가지였다.

총소리가 다시 잦아든 순간 손가진이 몸을 날렸다. 계단 앞을 향해 몸을 던진 것이다. 누구도 만류할 사이가 없었다. 이어 계단 위를 향해 경기관총이 발사되었다. 손가진이 엎드린 채 총탄을 날린 것이다. 이번에는 계단 위를 향해서 총탄이 날아갔다. 유리 깨지는 소리와 함께 신음소리도 들려왔다. 누군가 손가진의 총탄에 쓰러진 모양이었다. 그러자 곽도선도 몸을 굴려서는 손가진의 옆에 엎드렸다. 또다시 경기관총이 불을 뿜었다. 그 사이 권동삼이 계단을 향해 몸을 날렸다. 그러고는 재빨리 계단을 오르기 시작했다. 뒤에서는 빗발처럼 총탄이 날아갔다. 권동삼은 계단에 엎드린 채 상황을 살폈다. 그러고는 손을 들었다. 사격을 중지하라는 뜻이었다. 총탄이 멎자 중기관총을 호위하고 있던 국민당군이 얼굴을 빠끔히 내밀었다. 그리고 그 순간 권동삼의 경기관총이 불을 뿜었다. 국민당군이 그대로 고꾸라졌다. 이어 방월성도 계단을 뛰어 올랐다. 곽도선도 손가진도 몸을 일으켜 세웠다.

방월성이 제일 먼저 계단 위로 올라섰다. 중기관총이 있는 곳이었다. 창가로 중기관총이 설치되어 있고 계단 입구에는 국민당군이 쓰러져 있었다. 그리고 중기관총 좌우에서 국민당군이 총을 겨누고 있었다.

"쏴라!"

누군가 외쳤지만 한 발 늦었다. 방월성의 본능이 먼저였기 때문이다. 그는 계단에 올라서기가 무섭게 본능적으로 몸을 굴려서 총탄을 피하고 연이어 방아쇠를 당겼다. 그의 경기관총에서 불이 뿜어졌다. 창가에서 비명소리가 울려 퍼졌다. 국민당군의 비명소리였다. 숱한 전장에서 단련된 방월성의 본능은 가히 천하제일이었다. 중기관총 아래로 국민당군이 널브러져 있었다.

"됐다. 중기관총을 잡았다!"

방월성의 외침에 결사대원들이 모두 이층으로 올라섰다.

"이제 나머지 적만 잡으면 되오. 각별히 조심하시오!"

곽도선의 말에 손가진이 맞받았다.

"폭탄을 쓰는 것이 어떻겠습니까?"

"폭탄이라?"

"그렇습니다. 이제 안으로 들어섰으니 폭탄을 던져 넣는 것이 우리에게 훨씬 유리할 겁니다. 놈들은 이제 독 안에 든 쥐 꼴입니다."

손가진의 말에 방월성이 무릎을 쳤다.

"맞소. 그게 좋겠소!"

결사대는 폭탄을 던져 넣어 적을 잡기로 했다. 권동삼이 다시 계단을 내려갔다. 다른 혁명군도 대거 교회당 안으로 진입해 있었다.

"어떻게 되었소?"

제갈신현 중대장이 먼저 물었다.

"중기관총은 잡았습니다."

권동삼의 대답에 제갈신현의 얼굴이 활짝 펴졌다.

"역시 조선인 투사들이오!"

"폭탄이 필요합니다. 이층 대회당 안의 놈들을 잡아야 합니다."

권동삼의 말에 제갈신현은 즉시 폭탄을 모아서는 권동삼에게 주었다.

"우리가 도울 일은 없소?"

다시 묻자 권동삼이 빙긋이 웃었다.

"위는 좁습니다. 너무 많은 사람이 있으면 오히려 위험할 수 있습니다."

충분하다는 얘기였다. 제갈신현은 고개를 끄덕였다.

"동지들만 믿소."

권동삼은 빙긋 웃어 보이고는 폭탄을 들고 다시 이층으로 올라갔다.

"내가 먼저 던져 넣겠소!"

폭탄을 나누어 준 후 권동삼이 문 앞으로 다가갔다.

"내가 문을 열어드리리다."

뒤에 있던 김시후가 달려들어서는 살짝 문을 열어젖혔다. 순간 총탄이 빗발처럼 날아들었다. 문이 박살나고 김시후가 그대로 쓰러졌다.

"동지!"

방월성이 뛰어갔다. 그러나 이미 김시후의 몸은 총탄에 희생된 뒤였다. 붉은 피가 바닥에 낭자했다. 총탄은 열린 문으로 끊임없이 날아들었다. 방월성이 겨우겨우 김시후의 시신을 끌어냈다. 더 이상의 훼손을 막기 위해서였다.

권동삼이 폭탄을 안으로 던져 넣었다. 꽝음을 울리며 폭탄이 터졌다. 비명과 함께 교회당 이층은 아수라장이 되었다. 뽀얀 먼지와 함께 튀어오른 붉은 핏물이 허공을 가득 메웠다. 총탄 소리도 멎었다. 그 사이 나머지 혁명군이 벌떼처럼 교회당 안으로 몰려들었다. 곳곳에서 항복의 외침이 터져 나왔다.

"그만 하시오!"

"항복이오!"

일층과 이층에서 두 손을 든 국민당군이 줄줄이 나왔다.

"수고했소, 동지. 사층까지 점령해야 하오!"

이층으로 올라선 중대장 제갈신현이 방월성을 보고 한 말이었다. 그러나 방월성은 주춤하며 침통한 표정을 지었다. 김시후의 시신을 보았기 때문이다. 방월성은 고개를 숙인 채 말이 없었다. 제갈신현이 위로의 말을 건넸다.

"훌륭한 동지였소."

"그렇습니다. 좋은 동지를 잃었습니다."

방월성의 눈가로 이슬이 맺혔다. 그 사이 손가진이 결사대를 이끌고 삼층으로 올라갔다. 또다시 총소리가 교회당 안을 울렸다. 사정없이 총탄을 퍼부어댔던 것이다. 이어 뒤따라 올라간 혁명군이 폭탄을 던져 넣었다. 굉음이 울리고 교회당 전체가 크게 흔들리며 요동쳤다. 그리고 잠시 후 다시 한 번 교회당 안에 고요가 찾아들었다. 그리고 그 고요 사이로 먼지가 뽀얗게 내려앉았다. 눈앞을 분간할 수 없을 지경이었다. 교회당 삼층은 무간지옥을 방불케 했다.

"항복하라! 무기를 버리고 나오는 자는 살 수 있을 것이다."

손가진이 외치자 여기저기에서 항복하겠다는 소리가 터져 나왔다.

"항복이오!"

"무기를 모두 버렸소."

이어 문 앞으로 국민당군이 속속 모습을 드러냈다. 하나같이 먼지를 뒤집어쓴 꾀죄죄한 모습들이었다. 교회당 안은 그야말로 아수라장이었다. 부서진 창문과 집기들, 그리고 쓰러진 국민당군의 시신까지 차마 눈 뜨고 보지 못할 광경이었다.

"두 손을 머리 위로 들어라!"

손가진의 명령에 국민당군은 순순히 따랐다. 그러고는 혁명군을 따라 계단을 천천히 내려갔다.

"이제 꼭대기층만 남았다."

손가진은 결사대원들과 함께 사층으로 올라갔다. 그러나 더 이상 버틸 여력이 없는 국민당군은 스스로 손을 들고 말았다. 모두 항복을 하고 말았던 것이다.

"손을 들어라!"

"내려가라!"

손가진은 항복한 국민당군을 앞세우고 당당히 교회당을 내려갔다.

국민당군이 모두 나오고 나서 혁명군은 교회당 안을 샅샅이 살폈다. 남은 국민당군 병사들이 있는지 확인하기 위해서였다.

"참으로 큰 공을 세웠소. 모두 그대들 덕분이오."

교회당을 나서자 사령관 엽정이 기쁜 얼굴로 방월성 일행을 맞았다.

"역시 조선의 투사들이오."

곁에서 부관 함선도 치켜세웠다.

"앞으로 조선의 독립을 위한 일이라면 내 힘닿는 데까지 도우리다."

사령관 엽정은 연이은 전투에서 앞장서 싸운 조선독립군의 공을 높이 샀다. 그에 대한 보답도 약속했다. 방월성을 비롯해 권동삼과 곽도선, 그리고 손가진 등은 그런 엽정 사령관의 말에 큰 힘을 얻었다. 그리고 혁명군에 적극 가담하겠노라고 다짐했다.

***

그 시간 공원에서도 치열한 접전이 펼쳐지고 있었다. 흰 벽과 붉은 나무, 그리고 푸른 기와가 잘 어울리는 수관음청이 있는 곳이었다.

수관음청은 정교하게 지어진 이층 건물로 아름드리 고목으로 둘러싸여 있었다. 바로 앞에는 맑은 호수가 있었다.

"고루 쪽은 조용해졌는데……."

박인이 넋두리처럼 중얼거렸다. 건너편에서는 국민당군이 간간이 총을 쏘아대고 있었다.

"상황이 종료된 것 아닌가?"

곁에 있던 김철강이 맞받은 말이었다.

"벌써?"

박인이 그렇지는 않을 거라는 표정으로 대답하는 순간 드디어 명령이 떨어졌다.

"돌격!"

엎드려 있던 박인과 김철강은 용수철이 튀듯 자리에서 일어섰다. 그러고는 바람같이 앞으로 달려 나갔다. 총소리가 대지를 가르고 불꽃이 허공을 수놓았다.

엽정부대 11군은 짙은 어둠 속에 남창공원을 서서히 장악해갔다. 건너편 수관음청 주변에서도 불꽃이 일었다. 국민당 3군이 반격을 가해온 것이다. 총탄이 빗발처럼 날아들어 혁명군과 국민당군을 가리지 않고 쓰러뜨렸다. 누가 쓰러지는지조차도 알 수 없을 지경이었다.

"박 동지, 엎드려!"

순간 김철강이 앞서가던 박인을 덮쳤다. 두 사람은 한 몸이 되어 바닥에 나동그라졌다. 포탄이 작렬했다. 등 위로 뜨거운 열기가 번져 들었다. 박인은 섬뜩했다. 모골이 송연했다.

"괜찮나?"

김철강이 묻자 박인이 고개를 끄덕였다.

"고맙네!"

김철강이 박인의 어깨를 툭 하고 쳤다.

"고맙긴."

두 사람은 엎드린 채 전방을 주시했다. 총탄과 포탄의 섬광으로 건너편 상황이 언뜻언뜻 눈에 들어왔다.

"저쪽일세!"

박인이 가리키는 곳으로 국민당군이 폭탄을 던지는 모습이 눈에 들어왔다. 또다시 천지를 진동시키는 폭음과 함께 불꽃이 일었다. 박인과 김철강은 귀를 틀어막으며 몸을 잔뜩 움츠렸다.

"제기랄, 뭐가 보여야지."

박인이 투덜거렸다.

불꽃이 사그라지고 나서 고개를 들었으나 또다시 전방은 암흑천지였다.

"놈이 폭탄을 던지면 그때 쏴버리세."

김철강은 말을 마치고는 총을 겨눴다. 박인도 그의 곁에서 방아쇠에 손가락을 얹었다. 주변은 혁명군의 신음소리로 아비규환을 방불케 했다.

"죽일 놈들!"

박인의 눈빛이 분노로 이글거렸다. 순간 또다시 불꽃이 일고 폭음이 귀를 찢었다. 그와 동시에 날카로운 총탄소리가 어둠을 갈랐다. 박인의 총구에서 불이 뿜어졌던 것이다. 이어 김철강의 총구에서도 총탄이 발사되었다. 그리고 짧은 비명과 함께 적이 쓰러졌다. 폭탄을 투척하던 국민당군이 쓰러진 것이다.

"잡았다!"

박인이 먼저 소리를 질렀다. 그러자 김철강이 몸을 일으켜 세웠다.

"가세나!"

김철강은 쏜살같이 적진으로 뛰어들었다. 나무 사이로 몸을 숨겨가며 적진 깊숙이 들어갔던 것이다. 그의 뒤로 바람같이 날렵한 박인이 따라 붙었다. 이어 혁명군이 일제히 몸을 일으켜 이들의 뒤를 따랐다.

국민당군은 방어선을 치며 응전했지만 혁명군을 당해낼 수는 없었다. 서서히 물러나지 않을 수 없었던 것이다.

"적이 물러난다. 호숫가 쪽이다!"

어둠 속에서 김철강의 외침이 혁명군을 불러 모았다.

달아나는 국민당군은 당황한 듯 여기저기로 흩어지기 시작했다. 갈팡질팡 길까지 잃고 말았다.

"투항하라!"

"항복하는 자는 살려준다!"

혁명군의 연이은 외침이 터져 나왔다. 그러자 곳곳에서 투항의 소리가 이어졌다.

"살려주시오!"

"항복이오!"

국민당군은 두 손을 든 채 혁명군에 투항해왔다. 그때 앞쪽에서 농민군이 들고 일어났다. 국민당군은 이제 앞뒤로 적을 맞은 형국이었다. 국민당군에는 더 이상 선택의 여지가 없었다. 살기 위해서는 손을 들 수밖에 없었던 것이다.

하늘가로 푸른 기가 스며들고 있었다. 남창의 아침이 밝아오고 있었던 것이다. 총소리도 멎어 있었다. 간간이 들리는 소리는 국민당군의 투항하겠다는 외침뿐이었다.

거리는 다시 활기차게 일어섰다. 장시도 개장을 하고 시민들이 하나 둘씩 모여들기 시작했다. 그리고 환호했다. 혁명군을 대대적으로 환영했던 것이다. 이에 고무된 혁명군은 군중을 모아 경축대회를 열고 승리를 자축하기까지 했다. 무려 오만 명의 군중이 모여들었다. 혁명군의 대승리였다.

9. 동지

국민당군은 큰 혼란에 빠져버리고 말았다. 공산당의 봉기가 예사롭지 않기 때문이었다. 특히 장개석은 패배를 인정하지 않겠다는 듯 남경과 광동의 군대를 끌어 모았다. 반격을 가할 심산이었던 것이다.

"싹 쓸어버릴 것이다!"

분노한 장개석은 즉시 군대를 출동시켰다. 남창으로 진군하게 했던 것이다.

"적의 수가 너무 많습니다. 일단 피하는 것이 상책일 것 같습니다."

"물러나면 저들이 얕잡아 볼 것인데."

"하지만 퍼붓는 소나기는 일단 피하고 봐야지요. 더구나 남창성은 좁습니다."

엽정과 하룡은 장개석이 군대를 이끌고 온다는 소식을 듣고는 대책을 논의했다.

"들리는 말에 의하면 우리의 세 배는 된다고 합니다."

하룡은 피하고 보자는 의견이었다. 그러나 엽정은 끝까지 버티자고 했다.

"피하는 것이 패하는 것은 아닙니다. 전략이지요. 마지막에 웃을 수 있는 자가 진정으로 승리하는 자라 했습니다."

하룡의 말에 엽정은 마지못해 고개를 끄덕였다.

"그럼 저들의 수가 어찌 되는지 확인해보고 결정하도록 합시다. 일단 좀 기다려보지요."

"그러기에는 시간이 너무 촉박합니다. 저들과 맞닥뜨리면 때는 늦습니다."

하룡은 다시 한 번 재촉했다. 그러자 엽정도 깊은 한숨을 몰아쉬었다. 무언가 결정을 내리기 위한 것인 듯했다.

"그럼 어디로 간단 말입니까?"

엽정의 물음에 하룡이 거침없이 대답했다.

"광동으로 가시지요."

"광동으로요?"

"예. 우리와 함께 해줄 동지들이 제법 있는 곳입니다. 그곳에다 혁명의 근거지를 마련하도록 하지요."

"혁명의 근거지라?"

엽정은 제법 그럴듯하다는 듯 고개를 끄덕였다.

"그렇습니다. 근거지를 마련한 후 다시 북벌을 시도한다면 충분히 승산이 있을 겁니다."

하룽의 설득에 엽정이 구미가 당긴다는 듯 고개를 끄덕였다. 그러자 하룽의 말이 계속 이어졌다.

"주은래 동지도 광동에 있으니 거기에 가면 분명 성과가 있을 겁니다."

주은래라는 말에 엽정의 표정이 달라졌다.

"그렇지요. 주 동지라면 믿을 만하지요!"

엽정은 자리에서 벌떡 일어섰다. 이제는 그가 먼저 서둘렀다.

"좋소. 갑시다!"

엽정의 결단에 남창봉기군은 서둘러 정비를 마쳤다.

봉기군이 떠날 즈음 장개석의 국민당군이 남창성에 근접해 왔다.

"적이 가까이 왔습니다."

"서두릅시다!"

하룽과 엽정의 봉기군은 깊은 밤에 서둘러 광동으로 떠났다. 그러나 이를 눈치 챈 장개석이 봉기군의 뒤를 바짝 쫓았다.

봉기군은 수적 열세로 인해 많은 희생을 당하고 주력부대마저 치명적인 타격을 입게 되었다. 게다가 혁명에 대한 의지가 약했던 병사들이 대거 부대를 이탈하는 일까지 벌어지고 말았다. 엽정과 하룽으로서는 치명적인 타격을 입었던 것이다. 그러나 혁명에 대한 의지만큼은 조금도 줄어들지 않았다.

"의백, 이대로 끝까지 함께할 작정이십니까?"

김산이 물었다. 그러자 김원봉이 고개를 가로저었다.

"아니오. 이건 아닌 것 같소. 우리가 조국의 독립을 위해 싸우고 있지만 이건 아무래도 아닌 것 같으오."

"같은 생각입니다. 이들을 위해 우리가 희생할 필요는 없다고 생각합니다. 지금까지만 해도 너무 많은 희생을 치렀습니다."

"난 광주에는 가지 않을 것이오."

"허면?"

"기회를 봐 떠날 것이오."

김산도 고개를 끄덕였다. 같은 생각이라는 뜻이었다. 그때 요란한 총소리가 이들의 대화를 중단시켰다.

"적이다!"

외침과 함께 두 사람은 재빨리 무너진 담장 아래로 몸을 던졌다. 총탄이 밤하늘을 수놓았다.

"흩어져라! 포위됐다!"

사방에서 총탄이 날아들었다. 적은 이미 하룡부대를 에워싸고 있었던 것이다. 고개도 들지 못할 정도로 총탄이 빗발쳤다. 게다가 어둠은 사방을 분간하지도 못하게 했다. 곳곳에서 비명과 신음소리가 난무했다. 모두 다 하룡부대 병사들의 입에서 나오는 것들이었다.

"적에 맞서라! 방아쇠를 당겨라!"

엽정은 목이 터져라 외쳤으나 이에 호응하는 병사들은 그다지 많지 않았다.

"김 동지, 저쪽이오!"

김원봉은 농가 쪽을 가리켰다.

"알겠습니다. 저도 그리 생각하고 있었습니다."

말을 마친 김산은 번개같이 몸을 날려 농가 쪽으로 달려갔다. 총탄이 그를 향해 미친 듯이 날아갔다. 이어 농가 담벼락에 몸을 의지한 김산의 총에서 불이 뿜어졌다. 김원봉은 몸을 숨긴 채 그를 돌아보았다.

"의백, 기다리십시오! 아직 안 됩니다."

김산의 외침에 김원봉도 소리를 질러 응답했다.

"알았소. 내 기회를 봐 그쪽으로 가리다."

그러나 총탄은 그럴 기회를 주지 않았다. 사방에서 쉴 새 없이 쏟아져 내렸던 것이다.

김원봉은 고개를 처박은 채 꼼짝도 할 수가 없었다.

"제기랄!"

총탄이 그의 발끝에서 튀어 올랐다. 오금이 저렸다. 매캐한 화약 냄새와 함께 섬뜩한 기운이 뺨을 때렸다.

"의백, 움직이지 마십시오!"

김산의 외침에 김원봉은 또다시 고개를 처박았다. 귀를 찢는 요란한 총소리가 섬뜩하기만 했다. 마치 귀에 대고 꽹과리라도 두드리는 듯했다.

"김 동지, 괜찮소?"

김원봉은 고개를 땅바닥에 처박은 채 소리쳤다. 총소리를 뚫고 김산의 대답이 들려왔다.

"괜찮습니다. 그대로 계십시오! 움직이면 다칩니다."

총탄과 폭탄에 검은 하늘이 붉게 타들어갔다. 김산은 농가 담장에 기댄 채 상황을 살폈다. 하룡부대가 쑥밭이 되고 있었다.

"도대체 어느 부대란 말인가?"

김산은 의문이 가득한 목소리로 중얼거리면서 연신 방아쇠를 당겼다. 또다시 총구에서 불이 뿜어졌다. 그 사이 김원봉이 몸을 일으켜 바람같이 달려왔다. 뒤따르던 신태무도 합류해왔다.

"괜찮습니까?"

"괜찮소."

신태무의 물음에 김산이 대답한 것이었다.

"도대체 적은 어느 부대란 말인가?"

김산이 묻자 신태무가 대답했다.

"아마도 광서군의 이제침일 겁니다."

"이제침?"

"그렇습니다. 여기에 와있을 군대는 광서군벌 이제침의 군대밖에 없습니다."

"그렇잖아도 큰 타격을 입었는데 이번에 아주 작살이 나겠소."

김원봉의 한숨이 깊었다.

"왜 아니겠습니까? 큰일입니다."

신태무가 따라 한숨을 뱉어냈다.

"상황이 매우 좋지 않습니다. 잘못하다가는 전멸을 당하겠습니다."

김산이 말을 내뱉는 순간 총탄이 빗발처럼 담벼락을 때렸다. 세 사람은 동시에 고개를 처박았다. 뽀얀 먼지가 머리 위에서 섬뜩하게 피어올랐다.

"일단 여기를 벗어나야 합니다. 그렇지 않으면 모두 포로 신세를 면치 못할 것입니다."

신태무가 먼저 도주를 입에 올렸다. 김산의 생각도 김원봉의 생각도 같은 것이었다.

"기회를 봐 뜹시다!"

총탄 소리가 좀 잦아들었다. 하룽부대가 이제침의 광서군에 완전히 제압당했던 것이다. 사령관 하룽도 수많은 군사를 잃은 채 부관을 따라 어둠을 빌려 겨우 전장을 벗어날 수 있었다.

"가시죠!"

신태무가 먼저 앞섰다. 농가를 벗어나 밭둑으로 내달렸다. 그의 뒤를 따라 김원봉과 김산이 달렸다.

"저쪽이다!"

어디에선가 외치는 소리와 함께 총탄이 다시 밭둑으로 쏟아져 내렸다. 마치 마른땅에 빗줄기가 내리꽂히는 듯했다.

"뛰어!"

외침과 동시에 신태무와 김산은 밭둑 아래 개울가로 뛰어내렸다. 그러나 김원봉은 그 자리에 납작 엎드리고 말았다. 총탄이 워낙 거세게 빗발쳤기 때문이다. 다행히 총탄에 맞지는 않았다.

김원봉은 엎드린 채 꼼짝도 하지 않았다. 잠시 후 총탄 소리가 멎었다. 김원봉이 한숨을 몰아쉬며 고개를 들어 보니 이제침의 군사들이 총부리를 겨눈 채 내려다보고 있었다.

"일어서!"

김원봉은 가슴이 철렁 내려앉았다. 신태무의 말대로 포로 신세가 되고 말았기 때문이다.

"쥐새끼 같은 놈들!"

헐레벌떡 다른 병사가 뛰어왔다.

"어떻게 됐어?"

"제기랄, 놓쳤네. 개울을 따라 도망갔어."

불행 중 다행으로 신태무와 김산은 무사히 사지를 벗어난 모양이었다.

"따라와!"

김원봉은 이제침의 군사들을 따라갔다.

날이 밝아서야 끔찍한 전장이 눈에 들어왔다. 개울을 끼고 있는 작은 마을에 온통 시체가 널려 있었다. 잔인한 살육의 현장이었다. 김원봉은 전쟁의 참상을 다시 한 번 실감했다.

"대승이로세!"

이제침은 승리를 기뻐하며 참혹한 전장에서 승리의 술잔을 기울였다. 수많은 주검을 눈앞에 두고 자기의 승리에만 도취한 그의 모습을 본 김원봉은 씁쓸하지 않을 수 없었다.

'이것이 전쟁이다. 전쟁은 비극이다!'

김원봉은 혼잣말로 뇌까리고는 묵묵히 이제침의 군사들을 따라 남쪽으로 발길을 옮겼다.

* * *

남창봉기 후 퇴각한 혁명군은 광주로 다시 모여들었다. 그러고는 거기에 광주코뮌을 수립했다. 그러나 국민당군의 대대적인 공세에 광주도 곧 무너지고 말았다. 국민당군이 압도적인 병력으로 포위공격을 펼치자 수적으로 밀리는 혁명군이 당해낼 수가 없었던 것이다. 패배는 곧 죽음이었다. 잔인한 살육이 또다시 자행되었다.

김원봉은 이제침의 광서군에 포로로 잡혀 있다가 유지청과 함께 탈출에 성공했다. 이제침의 군대가 광주코뮌을 공격하느라 감시가 소홀해진 틈을 타 탈출을 감행했던 것이다.

"의백, 이번 광주봉기에 참여하지 않는 이유라도 있습니까?"

유지청이 물은 것이었다. 김원봉의 입가로 쓸쓸함이 묻어났다.

"남의 땅에서 피를 흘리느니 차라리 조국으로 돌아가 일제를 상대로 싸우느니만 못하다 생각했기 때문이오."

"그럼 경성으로 들어가시게요?"

유지청이 놀란 얼굴로 물었다. 그러자 김원봉이 묵묵히 앞산바라기만을 했다. 푸른 숲이 고향 앞산을 떠올리게 했다.

"그건 아니오. 현실이 그렇지를 못하오. 우리의 활동무대는 이곳 대륙이 아니오? 대륙에서 일고 있는 혁명과 반혁명을 못 본 체할 수도 없는 노릇이고. 답답하기만 하오."

김원봉의 입에서 한숨이 절로 새어나왔다.

"그건 그렇습니다. 많은 동지들이 대륙의 혁명이 성공해야 조국의 독립도 이루어진다고 보고 있습니다."

"맞소. 그러나 이번 광주봉기로 우리는 너무나 큰 타격을 입었소."

"참여한 동지만 해도 이백여 명이나 된다고 합니다. 문제는 그 동지들마저도 사분오열되었다는 것이고요. 게다가 서로 총부리를 겨누는 상황이 되고 말았으니."

"나라 잃은 설움이오. 발붙일 곳이 없으니 여기저기 기웃거리다가 결국 이리 된 것이지요."

"그렇다면 의백께서는 어떻게 하실 생각이십니까?"

김원봉은 잠시 생각에 잠겼다. 무언가 깊이 생각하는 듯했다.

"혁명군의 반봉건 반제국 인민전술에는 공감하오. 그러나 그들의 그림자에 묻히는 것은 결코 원하지 않소. 남창에서 우리 단원들이 희생되는 것을 보면서 깨달은 것이오."

김원봉은 잠시 말을 끊었다가 다시 이었다.

"이번 북벌과 혁명에 참여한 것은 일제라는 공동의 적을 가졌다는 의미에서 그리 한 것인데 결과는 이리 되고 말았소."

한숨이 더욱 깊었다. 회한의 빛도 엿보였다.

"그래도 항일투쟁을 위해서는 필요한 일 아닌가요?"

유지청이 묻자 김원봉은 고개를 끄덕였다.

"맞소. 어쩔 수 없는 노릇이오. 힘이 없으니 기댈 수밖에."

"그나마 이들의 혁명 완수가 조국 독립의 지름길이 될 수 있을 것입니다."

"나도 동지와 같은 생각이오. 이번 혁명의 과정에서 지켜보니 빛이 보입디다."

유지청은 호기심 어린 눈으로 김원봉을 쳐다보았다.

"수천 년 동안 봉건압제에 시달려온 대륙의 인민들이 서서히 눈을 떠 가는 모습을 지켜본 것이오. 또한 국민당군과 혁명군 사이에 벌어진 참혹한 살육전을 통해서는 이념갈등의 결과가 얼마나 무서운 것인가를 확인했소. 이건 우리가 타산지석으로 삼아야 할 것이오."

"맞습니다. 우리는 절대로 그런 일이 있어서는 안 될 것입니다. 이념 간 갈등과 대립은 참으로 무섭습니다."

안타까움에 유지청은 표정도 바뀌어 있었다.

광주봉기에서 국민당군과 혁명군이 전투를 할 때 조선인 독립투사들도 좌우로 나뉘어 서로 총부리를 겨눴다. 이로 인해 조선인 독립투사들도 많은 희생을 치렀다. 더구나 그로 인해 독립운동 세력이 사분오열되고 말았다. 김원봉과 유지청은 이를 두고 안타까워했던 것이다.

"조직이 없기 때문이오. 동지들을 하나로 묶을 수 있는 인물도 없고."

"의열단이 있지 않습니까? 의백께서도 계시고."

유지청의 말에 김원봉은 두 손을 내저었다.

"아니오. 의열단은 이미 다했소."

1926년 나석주의 식산은행과 동양척식회사 투탄 의거 이후로는 의열단의 활약이 사실상 막을 내린 것이나 마찬가지였다.

"그렇다면 대륙에서 일제에 대항할 새로운 단체를 조직하는 것은 어떻습니까?"

유지청의 말에 김원봉은 고개를 끄덕였다.

"생각 중이오. 이번에는 아예 무장단체를 조직할까 하오."

"무장단체요?"

"그렇소. 일제는 대륙을 넘볼 것이오. 그때 꼭 필요한 단체가 되겠지."

김원봉의 눈에 불꽃이 일었다. 유지청은 의아해 하는 얼굴로 물었다.

"설마요? 아무리 일제가 미쳤다고는 하지만 어떻게 감히 대륙까지."

유지청의 설마라는 말에 김원봉은 피식 웃음을 흘렸다.

"그들은 그러고도 남을 놈들이오. 놈들의 최종 목표가 무엇이겠소? 세상을 손에 넣는 것이오. 놈들에게 세상의 끝은 대륙이고."

"그럴까요?"

유지청은 믿기지 않는다는 듯 고개를 갸웃했다. 푸른 산 위로 흰 구름이 유유히 흘러가고 있었다.

"그나저나 이번 봉기로 너무 많은 희생을 치렀습니다. 무려 이천여 명이나 무참히 살해당했다고 하니."

유지청이 말을 잇지 못하고 혀를 끌끌 찼다. 그러자 김원봉이 맞받앉다.

 "우리 동지들도 백 명 넘게 희생당했다는 것이 무엇보다도 안타까운 일이오. 더구나 우리 의열단 동지들도 거기에 상당수 포함되어 있으니."

 약산 김원봉도 말을 다 잇지 못했다. 이어 입가로 한숨이 연거푸 새어 나왔다.

 "그나마 다행인 점은 소식이 끊겼던 김산 동지를 비롯해 오성륜, 신태무 동지와 김성숙, 이희도 동지의 소식을 알게 되었다는 것입니다."

 유지청이 오성륜을 입에 올리자 김원봉은 문득 지난날이 떠올랐다. 황포군관학교 시절이었다.

* * *

"의백, 들으셨는지요?"

 "뭘 말인가?"

 난데없는 물음에 총기를 점검하고 있던 김원봉이 허리를 펴며 일어섰다.

 "의열단 단원이 모스크바에서 왔다고 합니다."

 "모스크바에서 의열단 단원이라니? 이건 또 무슨 말인가?"

 뜬금없는 말에 김원봉은 의아하다는 얼굴로 박효삼을 쳐다보았다.

 "다나카 기이치 저격 사건 있지 않았습니까?"

다나카 기이치라는 말에 김원봉은 말없이 고개만 끄덕였다.

"그때 저격에 참여했던 분이라고 합니다."

그제야 김원봉의 눈이 커졌다.

"오성륜!"

김원봉은 오성륜이라는 이름을 외치기가 무섭게 무기고를 뛰쳐나갔다. 그의 뒤로 박효삼의 외침이 따랐다.

"교장실에 있을 겁니다."

박효삼의 외침에 김원봉은 손을 흔들어 보이고는 연병장을 그대로 가로질러 달렸다. 메마른 먼지가 그의 뒤를 따랐다.

김원봉은 뛰는 가슴을 진정시키며 현관으로 들어섰다.

"무슨 일입니까?"

막 현관을 나서던 장소오가 상기된 얼굴의 김원봉을 보고는 물은 것이었다.

"모스크바에서 온 동지는?"

김원봉이 오히려 되묻자 장소오는 밝은 얼굴로 오른쪽을 가리켰다. 교장실 쪽이었다. 김원봉은 환하게 웃어 보이고는 곧장 교장실로 향했다.

교장실 앞에는 사람들이 모여 웅성거리고 있었다.

"아! 마침 오셨군요."

강평국이 먼저 김원봉을 맞았다. 이어 모여 있던 사람들 틈에서 수염이 덥수룩한 사내가 모습을 드러냈다.

"의백!"

"오 동지!"

두 사람은 시간이 멈춘 것처럼 그렇게 잠시 멍하니 서 있었다. 그러고는 누가 먼저랄 것도 없이 동시에 달려들어 서로를 와락 끌어안았다.

"이게 얼마만이오?"

"여전하시군요!"

뜨거운 동지애가 두 사람 사이에 감돌았다. 이어 우레와도 같은 박수 소리가 황포군관학교 교장실에 울려 퍼졌다.

"보기 좋은 광경입니다."

장개석은 감동한 얼굴로 두 사람의 해후를 축하해주었다.

"어찌된 일인가?"

김원봉이 벌겋게 상기된 얼굴로 묻자 오성륜이 대답했다.

"사연을 이야기하자면 깁니다."

오성륜의 말에 장개석이 끼어들었다.

"이쪽으로 앉읍시다. 그렇게 서서들 있지 말고."

장개석의 말에 모여 있던 사람들이 길을 터주었다. 이어 두 사람은 탁자를 사이에 두고 마주 앉았다. 얼굴에는 미소가 가득했다.

"그래. 이제 말해보게!"

궁금하다는 듯 김원봉이 재촉하자 오성륜의 파란만장한 이야기가 시작되었다.

"다나카 기이치 저격에 실패한 후 유치장에 있다가 탈출했습니다."

오성륜에게서 탈출하던 과정을 들은 사람들은 손에 땀까지 쥐어가며 흥분했다.

"안타깝군. 김익상 동지도 함께했으면 좋았을 텐데."

김원봉은 김익상이 오성륜과 함께 탈출하지 못한 것을 못내 아쉬워했다. 그뿐만 아니라 모두가 같은 심정이었다.

"그 후 저는 광동으로 갔지요. 그러나 거기도 안전한 곳은 아니었습니다. 놈들의 끄나풀이 도처에 널려 있기 때문이었지요. 그래서 저는 구라파로 가는 우편선에 올랐지요. 대륙을 떠나기로 했던 것입니다. 마침 저를 돕겠다는 독일인이 있어서 가능한 일이었습니다."

오성륜의 목소리에 한숨과 환호소리가 연이어 뒤섞였다.

"우편선은 독일로 가는 배였습니다. 한 달이 넘는 긴 여정 끝에 독일에 도착하기는 했으나 거기도 제가 있을 곳은 못 되었습니다. 해서 다시 모스크바로 건너갔지요. 그곳에서 모스크바공산대학에 입학해 공부를 마치고 이제 막 돌아온 것입니다."

오성륜의 이야기가 끝나자 장개석이 먼저 물었다.

"헌데 여기는 어쩐 일로 오셨소?"

"돌아와 제일 먼저 의열단 소식을 물었지요. 그랬더니 의백께서 여기에 계실 거라고 하더군요. 블라디보스토크에서 이동휘 선생께 들은 이야기입니다."

"아! 그랬군."

김원봉이 고개를 끄덕이는 순간 장개석의 눈초리가 가늘어졌다. 모스크바공산대학도 이동휘라는 이름도 그에겐 반갑지 않았기 때문이다.

"러시아에 있었으니 러시아어에 능통하겠군?"

듣고 있던 주은래가 나선 것이었다. 그러자 오성륜이 흔쾌히 대답했다.

"잘은 못 하지만 그래도 소통할 정도는 됩니다."

"겸양하는 말씀이오. 허면 우리 군관학교의 러시아어 교관으로 있는 건 어떻소?"

주은래의 제안을 오성륜은 반갑게 받았다.

"그렇게만 해주신다면 저로서는 더없이 영광이지요."

곁에서 지켜보고 있던 김원봉이 더 반가운 눈치였다.

"오 동지는 책임감이 강해서 무슨 일이든 맡겨만 주시면 잘 해낼 겁니다."

"마침 우리에게도 러시아어를 할 수 있는 사람이 필요했는데 잘되었군."

주은래는 확정적으로 말했으나 장개석의 얼굴은 못마땅하다는 눈치였다. 떨떠름한 표정을 짓고 있었던 것이다.

"선생께서는 어떻습니까?"

주은래가 장개석의 의견을 물은 것이었다.

"뭐 필요하다면 그리 해야겠지요."

대답은 하면서도 역시 내키지 않는 눈치였다.

"허면 됐습니다. 오 동지를 우리 군관학교의 러시아어 교관으로 임명합시다!"

교장실에 모여있던 사람들은 일제히 환호하며 오성륜을 반겼다. 하나같이 진심으로 반기는 모습이었다.

"단, 이것은 꼭 지켜야 하오!"

장개석의 말에 장내가 일순 찬물을 끼얹은 듯 조용해졌다.

"듣기로 모스크바공산대학에 있었다고 하니 하는 말입니다. 오 동지는 황포군관학교 러시아어 교관일 뿐입니다. 학생들을 가르치되 사상적인 교육은 절대 금물입니다. 공산주의가 어떻다느니 모스크바가 어떻다느니 하는 말은 한마디도 해서는 안 됩니다."

순간 어색한 침묵이 이어졌다. 표정들도 굳어졌다. 특히 주은래의 얼굴은 당황한 기색이 역력했다.

"알겠습니다. 러시아어 교관의 직책에만 충실하도록 하겠습니다."

침묵을 깨고 오성륜이 대답한 것이었다.

분위기가 어색해진 것이 미안했던지 장개석은 자리에서 일어서며 소리쳤다.

"뭣들 하고 있소. 어서 오 동지의 교관 임명식을 준비하지 않고."

머쓱해져 있던 사람들이 그제야 일사불란하게 움직이기 시작했다. 분위기도 다시 화기애애해졌다.

"축하합니다, 오 동지."

"감사합니다, 강 동지. 잘 지내셨지요?"

"덕분에요. 그간 고생 많으셨습니다."

오랜만에 만난 강평국과 오성륜은 그제야 기쁜 마음을 서로에게 전했다.

"축하드립니다. 박효삼이라고 합니다."

박효삼이 자신을 소개하자 오성륜도 반가운 얼굴로 맞았다.

"잘 부탁드립니다, 박 동지."

"말씀은 많이 들었습니다만 이렇게 직접 뵙게 되어 영광입니다. 황포강 부두에서 하신 일이 성사되지 않은 것은 매우 안타까웠습니다. 하지만 동포들에게는 크나큰 힘이 되었으니 성과가 없었다고는 할 수 없지요. 장하십니다."

"과찬이십니다. 일을 성공시켰어야 하는데."

오성륜은 아직도 분하다는 듯 얼굴에 노기까지 일었다.

"지난 일은 말해 무엇 하나. 그만들 하고 이리 서시게!"

김원봉이 자리를 가리키며 오성륜을 불렀다. 모두들 자리를 잡고 섰다. 앞으로는 교장 장개석이 서고 그 옆에 주은래가 섰다. 그리고 나머지 교관들은 오성륜을 가운데 두고 양 옆으로 죽 늘어섰다.

"우리 중국은 천하의 중심으로서 역사를 써왔습니다. 그러나 오늘날 군벌들이 난립함으로써 그 위용에 큰 상처를 입고 있습니다. 하나의 중국을 만드는 것이 우리에게 주어진 가장 시급한 책무입니다. 군벌을 타도해야만 합니다. 그래야만 중국이 천하의 중심으로서 다시 우뚝 설 수 있습니다."

장개석은 주위를 한 차례 둘러본 후 다시 힘있게 말을 이어갔다.

"서구 열강은 제국주의의 횡포를 일삼고 있고 이를 동경한 왜국마저 제국주의의 일원이 되고자 혈안이 되어 있습니다. 천하를 선도해야 할 우리 중국은 저들의 야욕을 잠재우고 세계평화를 이끌어내야만 합니다. 그러기 위해서는 우리가 앞장서야 합니다. 우리 황포군관학교가 그 맨 앞에 있어야만 한다는 말입니다."

장개석의 진지한 발언 도중에 연병장에서 훈련에 열중하고 있던 학생들의 구호소리가 우렁차게 들려왔다.

"재물을 탐하거나 삶을 구걸해서는 안 됩니다. 강렬한 의지와 서로를 사랑하는 마음으로 하나가 되어야 합니다. 이것은 우리 중산 선생의 뜻이기도 합니다. 이런 자세를 반드시 지킵시다! 그 길만이 우리가 하나가 될 수 있는 길입니다. 또한 우리 교관 한 사람 한 사람이 분투하고 희생하는 모습을 보입시다! 그것만이 선열의 충정을 계승하는 길이요, 황포정신을 일으키는 길입니다."

장개석의 연설이 끝나자 주은래가 나서서 오성륜에게 맹세를 시켰다.

"자, 맹세하시오! 황포군관학교 교관으로서 마음에 새겨야 할 것이오."

주은래가 건네는 맹세문을 받아든 오성륜은 마음속으로 한 차례 읽어본 후 큰 소리로 맹세했다.

"나 오성륜은 국민혁명의 목적을 달성하고 세계혁명을 완성시킬 것을 여러 동지들 앞에 엄숙히 맹세하는 바입니다."

이로써 오성륜은 황포군관학교의 러시아어 교관이 되었다. 김원봉, 강평국, 박효삼 등과 함께 황포군관학교의 교관이 되었던 것이다.

* * *

김원봉과 유지청은 탄식을 섞어가며 광주봉기 이후의 상황을 이야기하며 광동으로 향했다.

광동에 도착해 보니 경천동지할 소식이 기다리고 있었다. 바로 동북지방 군벌인 장작림이 일본군의 계략으로 열차에서 폭사를 당했다는 것이었다. 이로써 군벌시대가 막을 내리고 장개석의 시대가 새롭게 열렸다.

10. 의용대

대륙의 새로운 바람은 엉뚱한 곳에서 불기 시작했다. 일본 관동군 제1연대 2대대 8중대가 야간훈련 중이던 노구교 인근이었다.

어두운 밤하늘에 총성이 울렸다. 이어 일본군 영내에 작은 소란이 일었다.

"대위님, 히토리가 보이질 않습니다."

부관 미나미의 보고에 시미즈는 눈살을 찌푸렸다.

"중국군의 공격인가?"

시미즈의 물음에 머뭇거리던 미나미가 꼿꼿한 자세로 대답했다.

"그런 것 같습니다."

자세와는 달리 그의 말투 어디에서도 확신은 찾아볼 수 없었다.

시미즈 대위는 즉시 명령을 내렸다.

"이치키 소좌께 보고 올려라!"

시미즈 대위의 명령에 미나미는 지체 없이 이치키 소좌에게 히토리의 실종을 보고했다.

"감히 황군을 공격하다니?"

분노한 이치키 소좌는 즉시 주력부대를 노구교 인근으로 출동시켰다.

중국군은 난데없는 대치상황에 당황했고, 이튿날 새벽 일본군 쪽에 세 발의 총격을 가했다. 피바람의 시작이었다.

중국군의 총격에 일본군은 기다렸다는 듯 공격에 나섰다. 다마구치 대좌가 공격 명령을 내렸던 것이다.

"명령이 떨어졌다. 공격하라!"

이치키 소좌는 다마구치 대좌의 명령에 따라 총공격을 개시했다. 십만 중국군을 향해 돌진했던 것이다. 일본군은 비록 육천이 조금 못 되는 병력이었지만 결코 만만치 않았다.

"노구교를 점령하라!"

이치키는 정예 병사들을 이끌고 노구교 점령에 나섰다. 총탄이 빗발치고 포탄이 작렬했다. 그들은 마치 야수와도 같이 중국군을 압박해 들어갔다. 쓰러지는 병사들은 대부분 중국군이었다. 일부 중국군이 등을 보인 채 달아나는 모습도 보였다. 그러자 일본군이 파죽지세로 중국군을 몰아붙이기 시작했다.

"숫자는 숫자에 불과한 것이다. 우리는 황군이다."

"천황폐하 만세!"

전장에 어울리지 않는 만세 구호와 함께 일본군 병사들은 미친 듯이 방아쇠를 당겼다. 그런 일본군에 중국군은 두려움을 느끼지 않을 수 없었다. 서서히 밀리기 시작한 것이다.

"놈들이 물러난다. 바짝 몰아붙여라!"

이치키는 더욱 악을 썼다. 그러자 시미즈를 비롯한 다른 일본군 장교들도 더욱 발악해댔다. 그리고 그 결과는 일본군의 승리였다. 수적으로 훨씬 우세한 중국군을 노구교 건너편으로 몰아냈던 것이다.

노구교를 점령한 이치키는 의기양양한 태도로 중국군을 힐난했다.

"감히 천황폐하의 군대를 우습게 보다니. 누구든 황군을 업신여기는 놈들은 그냥 두지 않을 것이다. 그것이 대륙의 황제라고 할지라도 말이다."

분노한 장개석은 참모들을 불러모았다.

"저런 건방진 놈을 그냥 둘 수 없다."

"하지만 놈들의 기세로 보아 섣불리 나설 일이 아닌 것 같습니다."

진성이 나서서 신중한 태도를 보였다. 염석도 거들었다.

"그렇습니다. 이번 전투로 보아 저들의 기세가 심상치 않습니다. 뭔가 치밀한 전략이 필요합니다."

"치밀한 전략이라니?"

장개석의 물음에 진성이 다시 나섰다.

"놈들은 노구교가 목적이 아닌 듯합니다."

"그럼?"

장개석도 그제야 신중한 얼굴로 진성을 바라보았다.

"분명 이 대륙 전체를 노리고 있는 것입니다."

"전면전을 선포하려고 한다는 것인가?"

진성이 고개를 끄덕였다. 장개석의 입에서 묵직한 한숨이 새어나왔다.

"이 대륙을 통째로 먹겠다는 의도입니다."

염석이 다시 나선 것이었다.

"그럼 어떻게 하는 것이 좋겠는가?"

장개석의 물음에 진성이 대답했다.

"일단 한 발 양보한다는 뜻으로 협정을 맺으십시오. 그런 후에 저들의 행태를 살피면 저들의 뜻을 분명히 알 수 있을 것입니다."

"양보라?"

장개석의 얼굴이 일그러졌다. 대륙의 자존심이 무너지는 순간이었다.

"더 큰 손해를 막기 위해서는 어쩔 수 없습니다. 우리가 지금 공산당과 싸우고 있는데 일본까지 대적해야 한다면……."

진성은 '그 결과는 불을 보듯 하다'는 말을 차마 입 밖에 내지 못했다. 그러자 염석이 거들었다.

"불리합니다. 진 사령의 말대로 협정을 맺으신 후 다음 행보를 생각해보심이 좋을 듯합니다."

장개석은 불편한 기색을 숨기지 않았다. 그러나 현실은 어쩔 수 없었다. 협정을 맺어 사태를 해결해야 했던 것이다. 그러나 일본군은 그것으로 끝이 아니었다. 고노에 내각이 강경한 태도로 돌변했던 것이다. 결국 장개석의 자존심만 구기는 협정이 되고 말았다.

일본은 관동군 외에 조선에 주둔하고 있던 20사단과 일본 본토에 있던 3개 사단을 대륙으로 증파했다. 그러고는 선전포고도 없이 북경과 천진을 맹렬히 공격했다. 전면전으로 확전한 것이다. 장개석은 다시 공산당과 손을 잡을 수밖에 없었다.

대륙을 급습한 일본군은 북경과 천진은 물론 국민당 정부의 수도인 남경까지 파죽지세로 밀고 들어왔다. 그러고는 삼십만 명이 넘는 무고한 시민들을 무참히 학살했다. 이른바 남경학살을 감행했던 것이다. 이어 무한, 광동, 산서의 주요 도시 대부분을 점령한 일본군은 무려 천이백만 명에 달하는 중국인을 학살하고 친일파인 왕조명을 내세워 남경에 괴뢰정부까지 세우고 말았다.

*＊＊

"저희만큼 놈들에 대해 잘 아는 사람들도 없습니다. 총사령께서 허락해주신다면 저희가 앞장서겠습니다."

장개석은 입술을 질끈 깨물었다. 얼굴에는 분노의 빛이 가득했다.

"그래, 자네가 원하는 게 뭔가?"

장개석은 결심을 굳힌 듯 입을 열었다.

"조선인으로 군대를 조직하겠습니다. 허락해주십시오!"

"군대라?"

"예, 의용군을 창설하겠습니다. 도와주십시오!"

김원봉은 때가 되었음을 알고 장개석과 담판을 벌였다. 그러나 장개석의 표정에 그림자가 드리워졌다.

"우리가 지금 곤란한 입장에 처해 있기는 하지만, 그렇다고 해서 다른 나라의 군대가 우리 땅에서 설립되게 할 정도로 상황이 나쁜 것은 아닐세."

김원봉의 얼굴에 실망이 가득했다. 두 사람 사이에 묵직한 침묵이 흘렀다.

"허나 군대라는 명칭이 아니라면 일제 놈들에 맞설 조직을 만드는 것은 허락하겠네. 그리고 내가 적극 돕겠네."

돕겠다는 말에는 힘까지 들어가 있었다. 김원봉은 잠시 생각에 잠겼다가 다시 입을 열었다.

"허면 의용대라고 명칭을 바꾸겠습니다."

"의용대라?"

장개석은 의용대라는 말을 한번 되뇌고는 고개를 끄덕였다.

"좋네. 그리 하게!"

장개석의 흔쾌한 승낙에 김원봉의 얼굴도 얼마간 펴졌다. 그러나 흡족한 얼굴은 아니었다. 군대란 명칭을 쓰지 못하게 된 것에 대한 아쉬움 때문이었다.

"북벌 과정에서 자네들이 보여준 열정에 사실 난 큰 감동을 받았네. 활약도 대단했지."

장개석은 잠시 말을 끊었다. 그러고는 무언가 망설이는 듯 손까지 비벼댔다. 이어 다시 입을 열었다.

"우리가 일제 놈들의 눈치를 본 것도 사실이네. 그래서 자네들을 섭섭하게 한 점도 있었을 걸세. 나라 잃은 자네들의 설움을 잘 알면서도 어쩔 수 없는 노릇이었지. 미안하네."

장개석은 솔직한 마음을 담아 김원봉에게 사과의 말을 건넸다. 김원봉은 묵묵히 듣기만 했다.

"허나 이제 놈들이 저렇게 나오니 우리도 어쩔 수 없네. 자네들의 뜻을 받아들일 수밖에."

한숨을 길게 몰아쉬는 장개석의 얼굴에 회한이 스쳐 지나갔다. 미안함이 가득한 얼굴이었다.

"이제 놈들의 눈치를 볼 필요도 없고, 우리는 일제라는 공동의 적을 가진 형제일세. 함께하세나! 무슨 일이든 적극 돕겠네. 무기도 제공하고 자금도 지원하겠네."

생각지 못한 파격적인 제안에 김원봉의 얼굴이 환해졌다.

"감사합니다, 총사령."

김원봉은 한발 앞으로 나서며 감사한 마음을 전했다.

장개석은 김원봉의 두 손을 맞잡았다.

"우리 중국과 조선은 예로부터 형제국이었네. 지금이라서 변한 것은 없네. 끝까지 함께하세나!"

"알겠습니다, 총사령."

김원봉은 이글이글 타오르는 눈빛으로 장개석을 똑바로 쳐다보았다.

"우리 조선 청년들만큼 일제 놈들에 대해 잘 아는 사람들도 없습니다.

놈들 진영에 깊숙이 들어가 정보를 캐내고 수집하는 데 적격이지요."

"알고 있네. 그러니 서로 돕자는 게지."

김원봉과 장개석은 서로에게서 무척이나 고무되었다. 일제라는 공동의 적을 상대하는 데서 둘도 없는 동지가 된 것이었다.

"더구나 이들은 놈들을 내부로부터 분열시킬 수도 있습니다."

곁에서 지켜보고 있던 주은래가 나선 것이었다.

"분열이라니?"

장개석이 주은래를 돌아보았다. 그러자 그가 다시 입을 열었다.

"놈들은 조선인을 강제로 군대에 동원했습니다. 그러니 지금 북경과 천진, 그리고 남경에 있는 놈들의 부대 상당수가 조선인으로 채워져 있지요."

장개석이 고개를 끄덕였다.

"그러니 의백이 마음만 먹고 나서준다면 그들을 우리 편으로 끌어올 수도 있다는 얘기입니다."

"우리 의용대가 해야 할 가장 중요한 일 중 하나가 바로 그 일입니다."

김원봉이 입가에 웃음을 베어 물었다.

"참으로 좋은 방안이오!"

장개석은 무릎까지 쳐댔다.

"총사령!"

그때 밖에서 다급히 총사령 장개석을 부르는 소리가 들려왔다.

"누군가?"

"염 사령 같습니다."

주은래가 대답하기도 전에 염석이 문을 박차고 뛰어 들어왔다.

"무슨 일인가?"

총사령 장개석이 묻자 염석이 당황한 목소리로 보고를 올렸다.

"태원이 놈들에게 무너졌습니다. 우리 군은 산서성 서남부로 후퇴했고, 팔로군은 산서성 오대산에 근거지를 겨우 마련했다고 합니다."

"큰일이로군! 태원까지 무너졌다면 놈들의 기세가 심상치 않다는 얘긴데."

장개석은 혼잣말처럼 중얼거렸다. 그만큼 태원 함락은 충격적인 일이었다.

"태원이 무너지면 중원이 위험합니다."

주은래의 말에 장개석이 고개를 끄덕였다.

"그나마 다행인 것은 그래도 주 사령의 팔로군이 오대산을 지켜냈다는 것이오. 그곳이야말로 요충지 중의 요충지 아니오."

"맞습니다. 경한선, 경수선을 비롯해 오대 철도가 모두 지나가는 교통의 요지이지요. 그곳만 지켜낸 것도 매우 다행한 일입니다."

염석이 말을 보탰다.

"문제는 태원을 비롯해 천진, 남경 등을 되찾는 일입니다."

주은래의 말이었다.

"맞습니다. 그리고 이제는 국민당이니 공산당이니 따질 이유가 없습니다. 중국인 모두가 한 동포로서 일제에 맞서 싸워야 합니다. 그것만이 하나의 중국을 지키는 일일 겁니다."

김원봉의 말에 장개석이 고개를 끄덕였다. 주먹도 불끈 쥐어 보였다.

"약산의 말이 맞소. 하나의 중국이오! 무도한 일제 놈들을 몰아내고 하나의 중국을 만드는 일이오!"

말을 마친 장개석은 김원봉을 돌아보았다. 그러고는 다시 입을 열었다.

"의용대 설립에 관한 구체적인 계획안이 나오면 우리 군사위원회에 올리도록 하시오! 내 성심성의껏 도우리다."

"알겠습니다, 총사령."

김원봉은 마음이 급해졌다. 장개석이 의용군이란 명칭을 거절했을 때만 해도 서운한 감이 없지 않았다. 그러나 적극 돕겠다는 말을 듣고는 다시 고무되었다. 게다가 주은래는 황포군관학교에 있을 때 스승이기도 했다. 오늘 이 자리가 마련된 것도 모두 그의 도움이 있기 때문이었다.

* * *

1938년 10월 10일 한구의 중화기독청년회관.

이백여 명의 사람들이 모여 있었다. 의열단 단원 출신으로부터 만주 독립군 출신까지, 그리고 일제의 부대에 끌려왔다가 탈출한 조선인……. 특히 임시정부에 실망한 청년들이 관심을 갖고 대거 찾아와 눈길을 끌었다. 의용대에 입대하기 위해서였다.

"외세에 무릎을 꿇는 자는 자는 노예입니다. 아무것도 할 수 없는 노예입니다. 치열하게 싸우는 자만이 전사라 할 수 있습니다. 여러분은 전사의 길을 택했습니다. 잃어버린 조국을 되찾고자 하나뿐인 목숨을 초개와도 같이 버릴 각오로 이 자리에 선 것입니다. 장하십니다! 정의로운 일을 맹렬하게 실천한 의열단 단원으로부터 저 일제의 간악한 손길에서 이제 막 벗어난 청년과 만주 벌판을 호령하며 누비던 독립투사까지 하나같이 늠름하고 믿음직합니다. 오늘 의용대를 창설함에 있어 이 장개석은 결기로써 여러분을 응원합니다. 부디 의용대가 이 대륙을 구하고 조국을 되찾는 일에 초석이 되길 바랍니다."

중국 국민정부 군사위원회 위원장인 장개석은 강렬한 격려사로 의용대 창설에 힘을 실어주었다. 그가 연설을 마치고 내려오자 이번에는 약산 김원봉이 의용대 대장으로서 단에 올랐다. 비장한 각오가 그의 얼굴에 드러나 있었다.

"우리 조선의용대는 조선에서 창설되어 파견된 것이 아니다. 여러분도 잘 알다시피 이곳 대륙에서 창설된 것이다. 또한 대륙의 국민당 정부나 공산당에서 모집하여 창설된 것도 아니다. 대륙에 거주하고 있는 우리 동포들이 자발적으로 모여 창설한 것이다. 순수한 우리 조선인의 의용대라는 말이다. 우리는 우리 힘으로 적과 맞서 싸울 것이다. 비록 남의 땅에서이기는 하지만 우리는 중국인들과 더불어 손을 잡고 일제에 맞서 싸울 것이다. 이것은 또한 우리 민족, 우리 조국뿐만이 아니라 동방 피압박민족과 세계 약소민족을 구하는 길이기도 하다. 그들과 공동전선을 펼쳐 일제를 타도해야 한다. 비록 우리가 중국 정부의 통제와 지원을 받지만 이 또한 우리의 상황상 불가피하기 때문이다. 그러나 조국을 되찾는 일이라면 잠시 불편하거나 작은 자존심 상하는 것 정도는 감내해야 할 것이다."

김원봉은 잠시 말을 끊고 모여 있는 사람들을 한 차례 둘러보았다. 결기로 가득찬 눈빛들이 자신을 지켜보고 있었다. 김원봉은 주먹을 불끈 쥐어 보이며 다시 연설을 이어갔다.

"조선의용대는 우리 한민족의 주체적이고도 독립적인 무장부대다. 삼천만 민중이 우리를 지켜보고 있다. 이것이 우리의 역량이다. 동지들은 이 점을 항상 가슴에 새겨라!"

단 아래에 앉아 있던 이시영과 유자명은 말없이 고개를 끄덕였다. 김원봉의 말에 공감하고 있었던 것이다.

"일제의 악랄함은 더욱 기세를 떨쳐가고 있다. 분개하지 않을 수 없는 일이다. 우리 민족이 해방되지 못함으로써 일제의 대륙침략도 더욱 노골화되었다. 핍박과 착취도 날로 심해져가고 있다. 대륙의 형제들과 굳게 손잡고 앞으로 나가자! 최후의 일각까지 분투하자! 이제 조선의용대의 기치를 드날릴 때가 왔다. 되찾은 조국에 태극기를 앞세우고 돌아갈 그날까지 적에 맞서 분투하고 또 분투하자!"

이백여 명의 의용대 대원들은 환호했다. 자리를 빛내기 위해 참석한 장개석과 주은래, 이시영 등도 큰 박수로 의용대 대원들을 격려했다.

"축하하오, 김 대장."

인사말을 하고 내려오는 김원봉에게 장개석은 진심으로 축하하는 말을 건넸다.
"고맙습니다. 앞으로 잘 부탁드립니다. 모두가 장 위원장님 덕분입니다."
"아니오. 김 대장의 열정이 만들어낸 결과물이올시다. 마음이 든든하오."
가을햇살 같은 웃음이 장개석의 얼굴에 활짝 피어났다.
"이제 의백을 대장이라 불러야겠네."
주은래도 가까이 다가와 거들었다.
"조국의 복이올시다. 약산 같은 젊은이가 있다는 것이."
이시영도 흡족한 얼굴을 하고는 이들 사이로 끼어들었다. 그는 김원봉을 자랑스럽다는 듯이 넌지시 바라보았다.
자리를 빛내기 위해 찾아온 많은 사람들이 조선의용대 창설을 축하해주었다. 그리고 많지는 않지만 지원금을 내놓는 사람들도 있었다. 하나같이 조선의용대의 앞날을 위해 마음을 모아주었던 것이다.
"신 동지, 이제 마음껏 일제 놈들을 때려잡아봅시다."
이희도가 옆에 선 신태무를 보고 한 말이었다.
"이제 대륙을 위해서가 아니라 조국을 위해 싸울 수 있게 되어 얼마나 가슴이 벅찬지 모른다오."
그의 목소리는 기쁨으로 들떠 있었다. 그러자 뒤에 있던 곽도선도 끼어들었다.

"같은 마음이오. 지금부터 잡히는 일제 놈들은 그 하나하나가 모두 조국을 되찾는 데 희생제물로 삼을 것이오."

흥분된 목소리는 적개심으로 가득차 있었다.

"맞는 말이오. 나도 그리 하겠소."

곁에 있던 이춘암과 김학무도 곽도선의 말에 동의하고 나섰다. 그러자 너도나도 같은 생각이라는 듯 맞장구를 쳤다. 이어 대열에서 일제 타도의 결의를 다지는 외침이 터져나왔다.

"때려잡자 일제황군!"

"분쇄하자 제국주의!"

우렁찬 구호 소리가 중화기독청년회관에 울려 퍼졌다. 김원봉도, 이시영도, 유자명도 함께 외쳤다. 장개석과 주은래는 흐뭇한 얼굴로 그런 열렬한 의용대의 모습을 지켜보았다.

이렇게 해서 김원봉은 의열단에 이어 두 번째로 조선의용대라는 이름의 독립운동단체를 창설했다. 나라를 찾는 일에 뼈를 묻기로 맹세했던 그가 이번에는 무장투쟁에 도전했던 것이다.

* * *

조선의용대는 무창 시내의 민가를 빌려 숙소로 삼았다. 커다란 마당을 에워싼 건물이었다.

"축하합니다, 의백! 아니, 이제는 총대장이시죠."

일본인 아나키스트인 가지 와타루였다. 그가 축하인사차 방문했던 것이다.

"모두 동지들 덕분입니다. 어찌 저 혼자 이렇게 할 수 있었겠습니까?"

"아무튼 대단하십니다. 그리고 부럽습니다. 제국주의에 맞서 이토록 치열하게 싸우시다니요. 일본인으로서 참으로 부끄럽습니다."

가지의 말에는 진정성이 가득했다. 정중히 고개 숙여 사과하는 모습에서는 숙연함마저 느껴졌다.

"좋은 시절이 곧 올 겁니다. 일본에도 지사와 같은 분이 계시니 희망이 있습니다."

그러나 가지는 고개를 가로저었다.

"황도파가 저리 날뛰는 이상 일본에 희망은 없습니다. 오직 전쟁만을 획책하는 저들이 있는 한……."

울분에 찬 목소리가 끝을 맺지도 못했다.

"그렇지 않습니다. 황도파가 언제까지 저리 횡행할 것이라 보십니까? 정의는 반드시 살아납니다."

김원봉의 확신에 찬 말에 가지는 엷은 미소를 머금었다. 그러고는 초록색 군복을 입고 바삐 오가는 젊은이들을 바라보며 조용히 입을 열었다.

"이렇게 훌륭한 조선의 형제들을 보니 가슴이 벅차오릅니다. 함께 손을 맞잡고 제국주의에 맞서 힘껏 싸워봅시다!"

"좋습니다, 동지!"

김원봉도 주먹을 쥐어 보여서 가지의 제안에 공감을 표했다.

"헌데 이 많은 동지들은 어떻게 생활합니까?"

가지의 물음에 김원봉이 주저하다가 입을 열었다.

"국민당으로부터 매월 식비와 공작비를 지급받고 있습니다. 때문에 저들의 간섭을 받지 않을 수 없지요. 국민당군의 지원부대 역할도 하고 있고요."

대답하는 김원봉의 말은 힘이 빠져 있었다. 자존심이 상한다는 말투이기도 했다.

"아무렴 어떻습니까? 일본 제국주의에 맞설 수만 있다면요."

"우리도 조국을 되찾을 수만 있다면 이까짓 정도로 자존심 상하는 것은 감내하기로 했습니다."

자존심까지 언급하자 가지가 급히 손을 내저었다.

"아니오. 그렇지 않소. 아무것도 하지 않으면서 자존심만 지키느니보다는 동지와 같이 투쟁을 선택하는 게 훨씬 훌륭한 것이오. 자존심 지키느라 아무것도 하지 않는 것만큼 어리석고 무지한 일도 없지요."

김원봉은 입가에 희미한 웃음을 베어 물었다.

"참으로 훌륭한 젊은이들입니다. 중국어는 물론 일본어까지도 능통하고, 앞으로 쓰일 곳이 많은 젊은이들입니다."

가지는 화제를 돌렸다.

"우리 조선의용대의 자산이지요."

"맞습니다. 자산입니다."

가지는 어깨까지 들썩이며 맞장구를 쳤다.

"저는 우리 대원들이 군사와 정치 양면에서 가장 우수한 간부집단이라고 자부하고 있습니다. 조선민족 해방의 선봉대이지요."

김원봉의 말에 가지는 고개를 끄덕였다. 충분히 동의할 만하다는 뜻이었다.

"그러나 장개석은 우리를 탐탁지 않게 생각하고 있지요."

"좌익이라서 그런 건가요?"

가지의 말에 김원봉이 고개를 끄덕였다.

"정치적 결과를 두려워하고 있는 것이지요. 때문에 우리를 경계하고 있습니다."

"장 총통은 그릇이 못 됩니다. 두고 보세요."

"잘 보셨습니다. 저도 그리 봅니다."

"아무튼 조선의용대 창설은 모든 이들에게 희망이 되고 있습니다. 부디 우뚝 서십시오!"

가지의 격려에 김원봉은 입술을 굳게 다물었다가 힘주어 말했다.

"국내외의 뜻있는 지사들을 모두 불러 모아 전 조선 민중이 항일투쟁의 장으로 나오게 하는 것이 제게 주어진 임무라고 생각하고 있습니다. 반드시 그렇게 되도록 할 것입니다."

김원봉의 얼굴에는 굳은 의지가 배어 있었다.

"훌륭합니다! 그리고 부럽습니다."

가지는 패기가 넘치는 김원봉의 열정에 박수까지 쳐댔다. 난데없는 박수소리에 지나던 의용대원들이 고개를 돌려 바라보았다. 하나같이 투지로 불타올라 있는 얼굴들이었다.

"그나저나 무한도 걱정입니다. 공세가 만만치 않아요. 오늘도 밀렸다고 합니다."

가지는 걱정스럽다는 듯 입가에 한숨을 묻혀냈다.

"무려 아홉 개 사단에 삼십만 명이라고 합니다. 수적으로도 절대 불리한 상황이지요."

김원봉의 얼굴도 어두워졌다.

"버틸 수 있을까요?"

가지의 물음에 김원봉은 고개를 가로저었다.

"놈들 중에는 황군의 정예병도 있습니다. 요이치 대좌의 7사단과 니시무라 대좌의 1사단, 그리고 하루 대좌의 5사단이지요. 이들은 무엇보다도 정신적으로 천황을 위해 목숨을 바칠 각오가 되어 있는 놈들입니다. 그런 반면 국민당군은 공산당군과 일시적으로 합작했을 뿐 여전히 반목하고 있는 상황입니다."

"큰일이로군!"

가지는 한숨을 몰아쉬었다. 표정도 일그러졌다.

"그나마 다행인 것은 그중에 강제로 끌려온 우리 동포들이 있다는 것이지요."

"아! 그 얘기는 저도 들었습니다. 일본군 쪽에서 많이들 투항해온 것도."

"맞습니다. 바로 우리 동포들입니다. 그중에 이치와라 대좌의 3사단 소속 조선인 병사들이 대거 우리 편에 합류해왔지요. 놈들에게 적지 않은 충격을 줬을 겁니다."

"어떻게 된 일인가요?"

가지는 흥미롭다는 듯 눈빛을 빛냈다.

"우리 조선의용대는 창설되자마자 최전선에 배치되었습니다. 바로 일본군 3사단과 마주한 곳이지요. 그래서 저는 우리 대원 중에서 일본어에 능통한 대원들을 아예 적진 깊숙이 침투시켰습니다. 적으로 가장해 숨어들게 한 것이지요."

가지는 두 눈을 크게 뜬 채 놀랍다는 듯 입을 다물지 못했다.

"대담하군요!"

"제 작전은 적중했습니다. 많은 조선인 병사들이 거기에 있었고 그중 다수가 대원들의 설득에 공감하고 함께 넘어온 것이지요."

"대단합니다. 앞으로 조선의용대의 활약이 기대됩니다."

가지는 손뼉까지 쳐댔다. 김원봉의 얼굴에도 웃음꽃이 피어났다.

"두고 보십시오. 곳곳에서 반란이 일어날 겁니다. 우리 대원들이 깊숙이 침투해 작전을 펼치고 있으니까요."

"기대됩니다. 역시 총대장이십니다."

가지는 유쾌하게 껄껄 웃음을 터뜨렸다. 하늘은 높고 푸르기만 했다.

11. 항일전선

김원봉의 말은 허언이 아니었다. 얼마 후 실제로 곳곳에서 반란이 일어나기 시작했던 것이다. 일본군 진영에서 부대를 이탈하는 병사들이 생겨나는 것은 물론 일본인 장교를 살해하는 일까지 벌어졌다.

3사단에서 시작된 반란은 들불처럼 번져 2사단, 6사단, 9사단 등에서도 일어났다. 무려 7천여 명의 반란군이 일본군을 위기로 몰아넣었던 것이다. 그리고 일본군을 이탈한 병사 중 많은 수가 의용대로 합류해왔다.

그러나 의용대는 한 달이 채 못 되어 무한을 철수해야 했다. 일본군이 워낙 파죽지세로 몰아붙였기 때문이다. 국민당군도 어쩔 수 없이 무한을 버리고 중경으로 물러났다.

"저희는 연안으로 가겠습니다."

2구대장 이익성이 한 말이었다.

"중국 공산당과 손을 잡고 그들과 함께하겠습니다."

정치위원인 김학무도 나섰다.

"연안이라면 낙하를 건너야 하는데……."

김원봉이 말을 잇지 못했다. 낙하는 건너기가 험난함을 누구보다도 잘 알고 있기 때문이었다.

"놈들이 아직은 그리 활발하지 않다고 합니다. 낙하가 워낙 거세기는 하지만."

"그럼 서둘러 떠나시오! 놈들이 낙하에 발을 들여놓기 전에."

"알겠습니다, 총대장."

김원봉은 두 사람의 손을 덥석 잡았다.

"잠시요. 잠시 헤어지는 것뿐이오!"

"알고 있습니다."

이익성의 눈가로 불꽃이 일었다.

"놈들의 기세가 꺾이면 그때 다시 봅시다!"

"몸조심하십시오, 총대장!"

김학무는 진심 어린 눈빛으로 김원봉을 염려했다.

"고맙소!"

작별의 말을 던지기가 무섭게 2구대장 이익성과 정치위원 김학무는 구대원을 이끌고 서둘러 길을 떠났다. 화중 전선에 있는 연안으로 향했던 것이다. 이어 김원봉도 1구대장 박효삼과 더불어 구대원을 이끌고 계림으로 향했다.

* * *

무한을 떠난 김원봉 일행은 장사를 거쳐 형산으로 가서 잠시 머물렀다.

"놈들의 폭격이 쉬지 않고 있소. 어느 길로 가는 것이 좋겠소?"

김원봉이 묻자 정치위원인 김탁이 입을 열었다.

"일단 놈들의 폭격을 피하고 봐야 합니다. 저리 무지막지하게 퍼붓는 것을 보면 놈들의 각오가 대단한 것 같습니다. 장사를 반드시 먹겠다는 뜻이지요."

"장사 다음은 형양이겠고?"

"그렇습니다. 그러니 서둘러 형양으로 가서 배를 타는 것이 좋을 듯합니다."

"배를 탄다고?"

듣고 있던 유자명이 나선 것이었다. 그러자 김탁이 다시 설명했다.

"그렇습니다. 거슬러 올라가자는 것이지요. 영릉으로요."

영릉이라는 말에 그제야 김원봉이 고개를 끄덕였다.

"허허실실이란 말이지?"

"맞습니다. 놈들은 우리가 상강을 따라 내려갈 것이라고 생각할 것입니다."

"좋은 생각이군!"

유자명도 찬성했다.

"그럼 그렇게 합시다! 영릉으로 가서 거기서 냉수탄으로 갑시다."

"기차를 타자는 말인가?"

"예. 거기는 아직 놈들의 세력이 미치지 못하고 있으니 안전할 겁니다."

"맞습니다. 냉수탄에서 기차를 타면 하루면 계림에 도착합니다."

"가장 좋은 방법인 것 같군. 그리 하지."

유자명도 고개를 끄덕였다.

이렇게 해서 조선의용대 1구대는 김탁의 제안대로 형양으로 가서 목선을 타고 상강을 거슬러 올라갔다. 그러고는 영릉을 거쳐 냉수탄으로 향했다. 기차를 타기 위해서였다.

무사히 냉수탄에 도착한 의용대는 기차를 타고 계림으로 떠났다.

***

일본군이 파죽지세로 몰아붙이는 바람에 전세는 점점 불리해져만 갔다. 그리고 마침내 광주가 무너져 내리고 말았다. 무한삼진마저도 함락되었다. 급기야 국민당 정부는 중경으로 수도를 옮겼다. 대한민국 임시정부도 광주를 거쳐 광서성 유주로 이주하기에 이르렀다.

계림에 도착한 조선의용대는 계림시 동쪽에 있는 칠성암 부근에 민가 두 채를 빌렸다. 그러고는 항일 선전사업을 시작했다.

"정말 악랄한 자들이오!"

일본인 아나키스트 가지는 고개를 절레절레 흔들었다.

"쉽지 않지요?"

김원봉의 넋두리처럼 묻는 말에 가지는 고개를 끄덕였다.

"어찌나 정신무장이 잘 되어 있는지 무서울 정도요. 무사도 정신이 그렇다는 것은 알고 있었지만 이런 정도일 줄은 미처 몰랐소이다."

"말 몇 마디로 개과천선할 놈들이었다면 그리 잔혹하게 굴지도 않았을 겁니다."

김원봉은 던지듯 말을 하고는 앞산바라기를 했다. 이강 건너편을 바라본 것이었다. 동글동글한 산봉우리들이 무척이나 인상적이었다. 지금껏 보지 못한 낯선 풍경에 김원봉은 잠시 넋을 잃었다. 기묘한 바위산과 푸른 강물, 그리고 시원하게 늘어선 대나무가 그저 평화롭기만 했다. 강 건너 실처럼 가느다란 길을 따라 소를 모는 아이들도 눈에 들어왔다. 전쟁만 아니라면 지상낙원이 따로 없었다.

"저들은 살인기계요, 사람을 죽이는 살인기계!"

가지는 격앙된 목소리로 분노를 표출했다. 그러나 김원봉은 아랑곳하지 않은 채 계림의 풍광에만 몰두했다.

"인도주의적으로 아무리 좋게 말해도 소용이 없어요. 오히려 네가 일본인이 맞느냐며 충고를 하려 들더이다."

가지는 연신 탄식을 흘려댔다.

"그게 제국주의입니다. 일본의 제국주의."

김원봉은 그제야 흘리듯 한마디 내뱉었다. 그러나 눈길은 여전히 이강 건너편에 둔 채로였다.

"맞아요. 하루 빨리 제국주의를 타도해야 합니다. 그래야만 인간다운 세상이 도래할 수 있습니다."

"풍광이 참으로 특이합니다."

그제야 가지도 이강 건너편으로 눈길을 돌렸다.

"선경이 따로 없지요. 저도 이곳에 처음 왔을 때 그랬습니다. 꼭 무릉도원에 온 듯했습니다."

"맞아요. 도잠이 말한 무릉도원이 있다면 필시 이런 모습일 겁니다. 이렇게 아름다운 곳이 있었다니!"

"그래서 사람들이 이곳을 일러 천하산수갑이라 했다지요."

"그럴 만합니다."

김원봉과 가지는 아름다운 계림의 산수를 두고 한동안 말을 잊었다. 이강 건너편으로 안개에 휩싸인 둥근 봉우리들이 꿈결처럼 아른거렸다. 두 사람은 취한 듯 계림의 풍광 속으로 빠져들었다.

한참이 지나서야 김원봉이 가지를 돌아보았다.

"그래 아무런 소득도 없었습니까?"

김원봉이 이강 건너편에서 시선을 거둬들이자 그제야 가지도 고개를 돌렸다.

"없긴요. 그래도 몇 사람은 실토를 하더이다."

"실토라니요?"

김원봉이 궁금하다는 듯 묻자 가지가 어깨를 펴며 대답했다.

"무한전투에서 잡힌 포로인데, 사사키라는 자였소. 내 말을 이해하겠다며 전쟁 중에 있었던 일을 죄다 털어놓더이다."

김원봉이 한 걸음 바짝 다가섰다. 눈빛에는 호기심으로 가득했다.

"장강 일대에서 일본군이 큰 피해를 봤다고 합니다."

"피해라면?"

"전사자가 많았다는 얘기지요."

국민당군과의 장강전투에서 수많은 전사자가 발생했다는 사실을 일본군은 쉬쉬하고 있었다. 자기네 병사들의 사기도 문제였지만, 적에게 약점을 드러내지 않기 위해서였다.

"역시 그랬군."

"소문이 사실이었던 겁니다. 장강의 핏물이 죄다 일본군의 것이라 했던."

"그런 것 같군요. 허면 저들도 상당한 타격을 입었다는 얘긴데."

김원봉은 골똘히 생각에 잠겼다가는 다시 입을 열었다.

"아무튼 동지의 포로계도 활동은 정보를 탐지하는 데도 큰 역할을 할 겁니다. 계속 수고해주십시오!"

"여부가 있겠습니까? 제가 할 일인 걸요."

가지는 일본군 포로들을 상대로 계도 활동을 펼치고 있었다. 그들을 전향시키는 임무를 맡고 있었던 것이다.

"의용대는 어디로 배치되었습니까?"

가지의 물음에 김원봉은 자랑스럽다는 듯 대답했다. 혀끝에는 힘까지 들어가 있었다.

"최전선에 가 있습니다. 유격전에도 참가하고, 무엇보다도 적의 내부로 침투해서 동포들을 설득해 데려오는 막중한 임무를 맡고 있지요. 일부는 후방에서 포로심문을 비롯해 일본군에 대한 반전 선전활동도 하고 있고요."

"과연 의백, 아니 총대장답습니다."

가지의 얼굴이 환해졌다. 김원봉의 표정도 밝아졌다.

"오늘 밤에는 선전작업을 할 예정입니다."

"선전작업이라니요?"

"두고 보면 압니다. 함께 가시죠?"

김원봉의 제안에 가지는 흥미롭다는 표정으로 눈빛을 반짝 빛냈다.

"좋습니다."

"위험한 일은 아닙니다. 괜히 긴장까지 하실 필요는 없고요."

말끝에 김원봉은 껄껄 웃음을 터뜨렸다.

"제국주의에 맞서 싸우는 몸이 두려움이랄 게 있겠습니까?"

가지도 한바탕 호탕하게 웃어젖혔다. 그의 웃음소리가 칠성암 건너편 대숲을 훌쩍 넘어갔다.

***

어둠이 깊어지자 그 아름답던 산수는 온데간데없이 사라지고 밤하늘에 별빛만 총총히 남았다. 쏟아질 듯 맑은 별빛이 눈을 아리게 했다.

"어디로 가는 것이오?"

가지의 물음에 김원봉은 손가락을 입으로 가져갔다. 조용히 하라는 뜻이었다. 낮에 보았던 둥근 산봉우리들이 이들의 곁을 스쳐 지나갔다. 이강을 건너 얼마나 걸었을까? 멀리 불빛이 보이기 시작했다.

"저기는 일본군 진영이 아니오?"

"맞소!"

김원봉의 짧은 대답에 가지는 기겁을 했다.

"어쩌려고 하시오?"

"별일 아닙니다. 저들의 코앞까지만 갈 겁니다."

뒤에서 따르고 있던 신태무가 아무렇지 않게 대답했다. 입가에는 미소가 가득했다. 가지는 눈살을 잔뜩 찌푸린 채 입을 닫았다.

"저들의 앞에 현수막을 좀 걸고 올 겁니다."

김원봉은 말을 마치고는 허리를 굽혔다.

"여기서부터는 특히 조심해야 합니다. 불빛에 비춰 보일 수 있습니다."

이희도의 말에 가지는 허리를 바짝 굽혔다. 그러고는 김원봉의 뒤를 따랐다.

한참을 더 가서야 김원봉이 손을 들었다. 불빛에 얼굴이 비칠 정도로 일본군 진영에 가까운 곳이었다.

"빨리 움직이게!"

김원봉의 말에 신태무, 이희도, 그리고 곽도선이 서둘렀다.

이들이 긴 옥양목을 펼치자 불빛에 문구가 비쳤다.

'침략전쟁에 헛되이 목숨을 버리지 말고 빨리 투항하라!'

커다란 붓으로 쓴 붉은 글씨였다. 일본어였다. 와타루는 그제야 알겠다는 듯 고개를 끄덕였다. 낮에 김원봉이 한 말이 떠올랐기 때문이다.

이희도와 곽도선은 재빨리 나무 사이에 현수막을 걸었다.

"저쪽으로!"

김원봉이 다른 자리를 잡고 기다리고 있었다. 신태무가 다시 옥양목을 펼치자 거기에도 역시 일본군을 유혹하는 문구가 쓰여 있었다.

'일본의 형제들이여! 무엇 하러 머나먼 타국에까지 와서 목숨을 버리려 하는가?'

'가족과 친지들은 그대들이 돌아오기를 목이 빠지게 기다리고 있다!'

'어서 총부리를 그대들의 상관에게로 돌려라!'

연이어 쓰인 문구들이 가지의 눈길을 사로잡았다. 길게 펼쳐진 옥양목을 이희도와 신태무, 그리고 곽도선은 나무에 묶기도 하고 대나무를 땅에 박아 세운 후 거기에 묶기도 했다. 네 사람은 익숙한 솜씨로 옥양목 현수막을 설치했다.

"자! 가자고."

"날이 밝으면 보이겠지?"

이희도가 중얼거리자 신태무가 맞받았다.

"눈이 있으면 보고 느끼겠지!"

"서둘러 갑시다!"

김원봉이 다시 재촉했다.

가지는 눈앞에 빤히 보이는 일본군 참호가 섬뜩하기만 했다. 거기에서 방아쇠만 당기면 총탄이 자기 몸을 꿰뚫고 지나갈 거리였다. 오금이 저렸다.

"곽 동지, 서두릅시다!"

대나무 말뚝을 당겨 옥양목을 팽팽히 펼치고 있는 곽도선을 두고 이희도가 건넨 말이었다.

"이 정도면 잘 보이겠지?"

곽도선은 입가에 웃음을 머금고는 손을 털었다.

"가자고!"

김원봉 일행은 새벽 안개와 함께 자리를 떴다. 흔적 없이 돌아섰던 것이다.

돌아올 때는 걸음이 더욱 빨랐다.

"거리에도 몇 군데 써 놓고 가세!"

김원봉의 제안에 이희도가 대답했다.

"좋습니다. 놈들이 시내로 진격할 때 볼 수 있게 하지요."

"저기가 좋겠군요."

곽도선이 가리키는 곳으로 다리 난간이 보였다.

"좋네. 저기다 쓰지."

김원봉의 말에 이희도가 붓을 들었다. 그러고는 준비해간 콜타르를 이용해 글씨를 썼다.

'병사들의 피와 목숨, 장군들의 훈장.'

"그럴듯하네. 좋아!"

김원봉은 껄껄 웃음까지 터뜨렸다. 신태무도 손뼉까지 쳐대며 좋아라 했다. 마치 어린아이만 같았다.

"가세. 가다가 또 쓰자고."

일행은 다리 난간에 일본군을 동요시킬 문구를 써 놓은 데 이어 거리의 담벼락에도 같은 문구를 곳곳에 써 놓았다.

"이런 것이 우리가 하는 일이오."

김원봉의 말에 가지가 고개를 끄덕였다.

"전투에도 참가하고요?"

"물론이오. 적의 후방에서 유격전을 펼치고 있지요. 주력군이 앞에서 공격할 때 우리는 놈들의 뒤통수를 치는 것이오."

"놈들이 매우 두려워하겠습니다."

"맞소. 수적으로 얼마 되지는 않지만 우리 의용대를 성가신 존재를 넘어 두려움의 대상으로까지 생각하고 있다고 하오."

"그럴 만합니다."

김원봉과 가지가 이야기를 나누는 사이 이희도와 신태무가 또다시 거리의 담벼락에 문구를 쓰고 있었다.

'병사들이 전선에서 피를 흘리고 있을 때 재벌들은 후방에서 향락에 빠져 놀아나고 있다.'

곽도선도 커다란 붓에 콜타르를 듬뿍 묻혀 대문에 글씨를 썼다.

'돌아가자! 고향으로. 부모형제가 기다리고 있는 곳.'

날은 이미 밝아지고 있었다. 푸른 새벽이 열리고 있었던 것이다. 일행은 어느새 계림 시내로 접어들었다.

그때 검은 자동차 한 대가 경적을 울리며 다가왔다.

"누구요?"

가지가 묻자 김원봉이 밝은 얼굴로 대답했다.

"곽 동지요. 곽말약 동지."

곽말약이라는 말에 가지도 반가운 얼굴을 했다. 이어 차가 멈추고 말끔한 차림의 중년 사내가 내렸다.

"의백, 여전하시오!"

"곽 동지!"

김원봉은 곽말약에게로 뛰어갔다. 그의 몸짓에 반가움이 가득했다.

"잘 지냈소?"

"덕분에 이렇게 잘 지내고 있습니다."

마주선 두 사람은 마치 오랜 연인처럼 그렇게 손을 맞잡고 만남을 기뻐했다. 김원봉의 얼굴도, 곽말약의 표정도 한없이 밝기만 했다.

"역시 조선의 벗들이오!"

곽말약이 담벼락과 대문짝에 글씨를 쓰고 있는 이희도와 신태무, 그리고 곽도선을 손으로 가리키며 한 말이었다.

"저희 의용대원들입니다."

의용대라는 말에 곽말약은 미안해 하는 표정으로 말을 건넸다.

"미안하오. 지난번 의용대 창설식에는 못 가봤소. 이제 총대장이시라고?"

입가에는 웃음꽃이 만발했다. 김원봉은 머쓱한 표정으로 고개를 끄덕였다.

"부끄럽습니다."

"아니오. 대단합니다. 이제 의백이란 칭호보다는 총대장으로 불러야겠소."

김원봉은 대답 대신 미소를 지어 보였다.

"여기 이분은 가지라고······."

김원봉이 말을 마치기도 전에 곽말약이 놀란 얼굴로 가지에게 손을 내밀었다.

"아! 바로 선생이셨군요. 존함은 익히 들었습니다만 뵙게 되어 반갑습니다. 곽말약이라고 합니다."

가지는 얼른 손을 내밀어 맞잡았다.

"말씀 많이 들었습니다. 이렇게 직접 뵙게 되어 영광입니다."

"아닙니다. 제가 영광이지요."

두 사람은 마치 지기라도 되는 듯 서로에게 친밀감을 표했다. 그러는 사이 콜타르를 몸의 여기저기에 묻힌 이희도가 다가왔다.

"오셨습니까?"

인사를 건네자 곽말약이 고개를 끄덕였다.

"여전히 수고가 많소, 이 동지."

이어 신태무와 곽도선도 다가왔다.

"인사드립니다. 신태무입니다."

신태무가 정중히 고개 숙여 자신을 소개하자 곽말약도 진지하게 맞받았다.

"반갑습니다. 곽말약입니다."

곽도선도 알은 체를 했다.

"여전하십니다."

"나야 뭐. 곽 동지만 한가?"

곽말약은 껄껄 웃음으로 곽도선의 말을 받았다.

"아무튼 훌륭한 벗들이오."

곽말약은 거듭 의용대를 칭찬해 마지않았다.

"이왕 오셨으니 길바닥에라도 한 자 적어주십시오!"

이희도가 농담 삼아 던진 말에 곽말약이 선뜻 고개를 끄덕였다.

"그럴까? 나도 의용대원이 되어보지 뭐."

곽말약은 팔을 걷어붙이고는 이희도가 내민 붓을 받아 들었다.

"정말 쓰시게요?"

곽도선이 묻자 곽말약은 빙그레 웃음까지 지어 보였다.

"담벼락에는 이미 썼으니 자네 말대로 난 이 길바닥에 쓰겠네."

말을 마친 곽말약은 콜타르 통에 붓을 담갔다가는 그대로 길바닥에 대었다. 그러고는 일필휘지로 써내려갔다.

'일본의 형제들이여! 착취자를 위해 더 이상 목숨을 던지지 마라!'

곽말약의 글씨는 지금껏 누가 쓴 것보다도 유려했다. 명필이었다. 김원봉을 비롯해 가지와 신태무, 그리고 이희도와 곽도선은 하나같이 입을 벌린 채 다물지를 못했다.

"필력이 정말 대단하십니다."

"길바닥에 쓰기에는 아까운 글씨입니다."

가지도 감탄을 금치 못했다.

해는 이미 동녘으로 훌쩍 떠올라 있었다. 붓을 든 채 글씨를 내려다보던 곽말약이 그제야 생각났다는 듯 가지를 돌아보았다.

"참! 이번에 일본인민 반전동맹을 결성하신다고 들었습니다만."

"그렇습니다. 동맹 결성 자체가 제국주의 침략전쟁을 규탄하는 시위죠."

"아! 그러시군요. 가지 씨는 참으로 양심적인 지식인입니다. 조국의 잘못을 인정하고 그것에 맞서 투쟁하는 것을 보면."

"부끄럽습니다. 김 동지에 비하면 여러 모로 부족합니다."

"아닙니다. 가지 씨와 김 동지는 상황이 다르지요."

"맞습니다. 상황이 다릅니다."

김원봉이 듣고만 있다가 나섰다.

"가지 선생은 침략을 한 나라를 조국으로 갖고 있고 저는 침략을 당한 나라를 조국으로 갖고 있습니다. 같을 수가 없지요."

김원봉의 말이 끝나기가 무섭게 가지가 다시 나섰다.

"그렇기는 하지만 우리는 제국주의라는 하나의 적을 상대로 싸우고 있는 동지입니다. 달리 보지 마십시오!"

가지의 단호한 말에 곽말약이 고개를 끄덕였다.

"맞소. 우리는 동지요. 어찌 되었든 제국주의 일본에 맞서고 있는 동지들이오."

김원봉도 고개를 끄덕였다.

"아무튼 선생께서 침략전쟁을 규탄하고 반전운동을 전개하는 것은 참으로 훌륭한 일입니다."

그제야 가지도 입가에 미소를 머금었다. 그러고는 김원봉에게 물었다.

"김 동지도 이번에 새로운 단체를 구성한다고요?"

가지의 물음에 김원봉은 겸연쩍은 듯 주저하다가 입을 열었다.

"부녀복무단이라고, 일종의 부녀회입니다."

"부녀복무단이라?"

곽말약이 흥미롭다는 듯 물었다.

"그렇습니다. 부녀자들로 구성할 예정인데, 의용대 위로와 자신들의 건전한 수양을 목표로 할 것입니다. 원래는 중경에 있었던 조선부녀회라는 이름의 모임인데, 이를 확대 개편해서 결성하는 것입니다."

"참으로 열심이십니다."

가지는 감탄의 소리를 뱉어냈다.

"이런! 시간이 벌써 이렇게 되었네."

떠오른 해를 바라보며 곽말약이 이런 말로 인사를 대신했다. 김원봉이 그제야 궁금하다는 듯 물었다.

"이른 시간에 어디로 가십니까?"

"양삭에서 참모들의 모임이 있습니다. 항일전선을 구축하기 위해서지요."

이어 곽말약은 차에 올랐고, 김원봉과 가지는 손을 흔들어 떠나는 그를 전송했다.

"또 봅시다!"

곽말약은 열린 차창으로 손을 내밀고 연신 흔들어댔다. 그의 입가로 미소가 가득했다.

"잘되어야 할 텐데."

"그러게 말입니다."

두 사람은 진심으로 잘되기를 바랐다. 이어 이들도 발길을 돌렸다. 계림 시내로 향했던 것이다.

이들은 시내로 들어서도 삐라를 뿌리고 표어를 붙이는 일을 계속했다. 마이크를 이용해 선전선동 활동도 했다.

* * *

김원봉은 부녀복무단을 결성했다. 단장은 김원봉의 처 박차정이 맡았다. 그 밖에 박효삼의 처 장수연을 비롯해 양민산의 처, 김창만의 애인 김위, 그리고 이화림 등 모두 스물두 명으로 구성되었다. 이들은 김원봉의 말대로 의용대를 후원하는 조직으로 활동했다. 이어 의용대 지도위원도 구성했다. 이들은 총대장인 김원봉을 비롯해 민족혁명당의 이춘암, 금강산의 붉은 승려라고 불리는 해방동맹의 김규광, 전위동맹의 최창익, 무정부주의자연맹의 유자명, 그리고 김규광의 처 두군혜 등 모두 여섯 명이었다.

"의용대를 위한 노래도 하나쯤 있어야 하지 않겠소?"

김규광이 나선 것이었다.

"노래라니요?"

"의용대가 행진하면서 부를 노래 말이오."

두군혜의 물음에 김규광이 대답한 것이다.

"그도 좋은 생각이오. 그렇게 합시다!"

김원봉이 찬동을 표하자 김규광이 다시 나섰다.

"노래는 이미 내가 만들었소."

김규광은 자리에서 일어서서 주먹을 불끈 쥐었다. 모두들 의아한 얼굴로 그를 올려다보았다. 김규광은 우렁찬 소리로 의용대 행진가를 부르기 시작했다.

광활한 대지 위에 조선의 젊은이들 행진하네.

발을 맞춰 나가자! 모두 앞으로.

어두운 밤이 지나가고 빛나는 새 아침이 다가오네.

우렁찬 혁명의 함성 속에 의용대 깃발 휘날린다.

나가자! 피 끓는 동무들아. 뚫어라! 원수의 철조망.

양자와 황하를 뛰어넘고 피 묻은 만주벌 결전에.
원수를 동해로 내어몰자! 전진, 전진, 광명한 저 앞길로.

노래를 마치자 의용대 본부가 떠나가라 박수갈채가 쏟아졌다.
"대단하오. 대단해!"
김원봉은 고무된 목소리로 김규광의 행진가를 칭찬했다.
"언제 그런 걸 만들었소?"
이춘암도 거들고 나섰다. 그러자 최창익과 유자명도 가만있지 않았다.
"혁명에만 재주가 있는 줄 알았는데 이제 보니 음악에도 조예가 깊었소."
"김 동지 다시 봐야겠소."
연이은 칭찬에 무안했던지 김규광이 슬며시 꼬리를 내렸다.
"사실은 제가 만든 게 아닙니다."
김규광의 말에 장내가 술렁였다.
"아니, 그럼 누가 만들었단 말이오?"
최창익이 묻자 김규광이 뒷머리를 긁적이며 대답했다.
"정율성이라고. 화북에서 만난 동지입니다."
"정율성이라?"
"그 동지는 지금 어디 있소?"
이춘암이 묻자 김규광이 다시 대답했다.
"아마도 화북에 있을 겁니다."

"화북이라면?"

김원봉이 묻자 이춘암이 대신 대답했다.

"중국군 제1전구나 제5전구겠죠."

"맞습니다. 거기에 있을 겁니다."

"우리 동지이니 의용대로 합류시킵시다! 요긴하게 쓰일 데가 있는 인물입니다."

김원봉의 말에 김규광이 고개를 끄덕였다.

"알겠습니다. 연락하겠습니다."

"그나저나 임시정부에서 우리를 탐탁지 않게 생각하고 있답니다."

최창익이 대화의 방향을 틀었다. 정율성에게서 임시정부로 관심을 돌렸던 것이다.

"그 얘기는 나도 들었소."

김원봉의 한숨이 깊었다.

"우리 의용대가 국민당정부 군사위원회 관할 하에 있다는 것을 폄하했다고 합니다. 어떻게 그런 말을 할 수 있습니까?"

두군혜는 분하다는 듯 입술을 질끈 깨물었다.

"그냥 흘려들읍시다. 저들도 다 생각이 있어서 그랬을 겁니다."

이춘암이 나선 것이었다.

"생각이 있다면 그런 말을 해서는 더더욱 안 되지요. 조국의 독립을 위해 이렇게 애쓰고 있는데 그런 초치는 말을 지껄여대다니요."

최창익도 분노에 차 있었다.

"구체적으로 무어라 했답디까?"

유자명이 묻자 자세히 대답하는 사람이 없었다. 그냥 폄하하는 소리를 들었다는 것뿐인 모양이었다.

"내가 보기에는 임시정부에서도 군대를 조직하려는 모양이오. 헌데 우리가 독자적으로 의용대를 창설하다 보니 뭔가 섭섭했던 게지. 자기들을 제쳐두고 일을 벌이니."

"맞습니다. 자기들 밑으로 들어오라는 얘기지요."

이춘암이 김원봉의 말을 받은 것이었다. 그러자 김규광이 발끈하고 나섰다.

"그건 안 될 말이오. 임시정부 밑으로 들어가다니요."

김원봉도 동조했다.

"맞습니다. 그런 일은 되지도 않을 뿐더러 하지도 않을 겁니다."

김원봉은 더 이상 다른 말이 나오지 않게 못을 박아버렸다. 이의를 제기하는 동지도 없었다.

"우리가 이곳에서 의용대를 창설한 것은 대륙에서의 항전이 곧 조국을 되찾을 수 있는 길이기 때문이오. 누가 되었든 일본군을 때려잡아야 하오. 그래야만 놈들이 두 손 들고 항복할 것이오."

"그리 되면 자연히 조국도 해방이 될 테고요."

최창익이 맞받아 나선 것이었다. 김원봉이 고개를 끄덕였다.

"맞소. 때문에 중국군과 공동전선을 펼치는 것입니다."

의용대 지도위원들은 앞으로 의용대가 해야 할 일들에 대해 진지하게 논의했다. 그리고 논의한 대로 실천에 옮겼다. 대일 선전공작을 펼치고 일본군에 반전정서를 주입하는가 하면 치열한 유격전까지 펼쳤던 것이다.

'일본의 병사들이여! 무엇 때문에 머나먼 타국에 와서 아까운 목숨을 버리려 하는가?'

'일본의 형제들이여! 우리 공동의 적은 바로 일본 군벌이다.'

이러한 현수막과 표어를 본 일본 병사 중에서 투항하는 자들이 생겨나기 시작했다. 조선인 병사들은 더 많은 수가 투항해왔다.

12. 화북지대

최창익은 김원봉을 설득하느라 여념이 없었다.

"그리로 가야만 우리 의용대를 의용군으로 만들 수 있습니다. 많은 병사들을 끌어들일 수 있는 좋은 기회입니다."

주은래가 거들었다.

"최 동지의 말이 맞소. 일본군이 화북에 조선인을 대규모로 이주시키고 있소이다. 그들을 끌어들인다면 큰 일을 도모할 수 있을 것이오. 의용군 대신 의용대란 이름을 사용하게 된 데는 병사의 수가 적은 탓도 있지 않소. 화북으로 가면 충분히 승산이 있소이다."

"가시지요."

최창익이 다시 재촉했다. 그러자 김원봉이 길게 한숨을 내쉬었다.

"알겠습니다. 그리 하지요."

김원봉은 결국 최창익과 주은래가 말한 대로 하기로 했다. 현실이 그렇게 하지 않을 수 없게 했다.

"잘 생각하셨소. 그럼 서둘러 준비하도록 하시오!"

"예, 그러지요."

말을 마친 김원봉은 밖으로 나갔다. 하늘이 유난히도 푸르렀다.

주은래가 최창익에게 넌지시 말했다.

"동지가 이끄시오! 약산은 안 되오."

"무슨 말씀이십니까?"

"약산은 위험한 인물이오. 의용대는 동지가 이끌고 가란 말이오."

"그럼 총대장은?"

"이곳에 남게 하시오."

주은래의 말에 최창익이 잠시 생각에 잠겼다가 이내 회심의 미소를 지었다.

"알겠습니다."

밖으로 나간 김원봉을 김규광이 기다렸다는 듯이 맞았다.

"어떻게 하시기로 했습니까?"

"가기로 했소."

김원봉의 대답에 김규광은 밝은 얼굴을 했다.

"잘되었습니다. 이제 정말 전투다운 전투를 해보겠군요."

어린아이처럼 좋아하는 김규광에게 김원봉은 미소를 지어 보였다.

"조건은 뭡니까?"

이춘암이 조심스레 물었다. 그의 얼굴에는 불안감이 스며들어 있었다.

"의용군으로 승격시켜준다는 것이었소."

"역시 그랬군요."

이춘암은 혼잣말처럼 중얼거렸다.

"뭐라도 짚이는 것이 있소?"

김원봉의 물음에 김규광의 눈이 반짝 빛을 발했다.

"혹시 총대장의 거취에 대해서는 말이 없었습니까?"

이춘암의 물음에 김원봉은 의아하다는 얼굴로 되물었다.

"내 거취라니?"

"이를테면……."

이춘암이 말을 하려는 순간 최창익이 밖으로 나왔다.

"총대장!"

최창익의 부름에 시선이 일제히 그에게로 쏠렸다.

"무슨 일이오?"

김원봉이 묻자 최창익이 두 손을 비벼대며 천천히 다가왔다.

"주 동지께서 총대장은 이곳에 남으라 하십니다."

"이곳에 남다니요?"

이춘암이 발끈하고 나섰다.

"의용대를 모두 화북으로 보낼 수는 없지 않습니까? 이곳에 남는 부녀자와 아이들은 어떻게 하고요?"

듣고 보니 그도 그럴듯했다. 순간 김원봉은 가슴이 덜컥 내려앉았다. 불길함이 엄습해왔다. 의용대를 잃을 수도 있다는 위기감 때문이었다.

"어찌 됐든 우리는 화북으로 가서 팔로군을 도와야 합니다."

붉은 승려 김규광은 무작정 화북으로 가자는 말만 해댔다.

"아무튼 총대장이 남는 것은 안 됩니다. 총대장께서 의용대를 지휘해야지 누가 합니까?"

이춘암이 적극 반대하고 나섰다. 그러자 최창익이 맞받았다.

"총대장께서 이곳에 있는다고 해서 의용대가 어찌 되는 것은 아닙니다. 너무 민감하게 반응할 일이 아닙니다."

이춘암이 다시 발끈했다.

"그러다 의용대가 팔로군에 편입이라도 되면 어떻게 할 겁니까?"

정곡을 찔리자 최창익이 당황한 목소리로 나섰다.

"주 동지가 듣기라도 하면 어쩌려고 이러십니까? 말씀을 삼가십시오!"

"그럴 리야 있겠습니까?"

김규광도 슬며시 끼어들었다.

"너무 앞서가십니다. 그럴 분들이 결코 아닙니다."

목소리가 커지자 듣고만 있던 김원봉이 나섰다.

"내가 이곳에 남겠소. 걱정들 말고 가서 싸우시오."

"안 됩니다, 총대장. 제가 남겠습니다."

이춘암이 만류하고 나섰다. 그러자 다시 김원봉이 나섰다.

"저들은 내가 의용대를 이끌고 가는 것을 탐탁지 않게 생각하고 있습니다. 그리고 최 동지의 말대로 내가 안 간다고 의용대가 어떻게 되는 것은 아닙니다. 의용대를 누가 이끌고 싸우든 그게 뭐 그리 중요하겠습니까? 조국을 되찾을 수만 있으면 그만이지요."

분위기가 잠시 숙연해졌다.

"최 동지가 이끌고 가도록 하시오!"

이춘암이 다시 나서려고 하자 김원봉이 재빨리 손을 내저었다. 그만두라는 것이었다.

"화북으로 가면 동북지방의 무장부대와도 연합할 수 있을 것이오. 그래야만 독립에 더 가까이 다가갈 수 있소."

"맞습니다. 역시 총대장이십니다."

김규광은 박수까지 쳐댔다.

"그게 우리가 가는 이유요. 총대장이라는 자리가 뭐 그리 중요하겠소."

김원봉의 말에 최창익은 입을 굳게 다물었다. 이춘암은 얼굴이 일그러졌다. 여전히 안 된다는 표정이었다.

"자! 준비들 하시오. 이곳 걱정은 마오. 내가 알아서 다들 먹여 살리리다."

김원봉은 말을 마치고 발길을 돌렸다. 최창익과 김규광은 서둘러 의용대의 전열을 정비했다.

***

1940년 9월 17일 중경의 가릉빈관에 이백여 명의 사람들이 모여 있었다. 식장이 마련되어 있었고 그 중앙에는 커다란 태극기가 걸려 있었다.

"대한민국 임시정부의 광복군 창설을 맞이하여 우리 국민당 당국은 진심으로 축하하는 바입니다. 때마침 하늘도 높고 푸르기만 합니다. 오늘의 경사를 하늘도 더불어 축하하는 듯합니다. 우리는 예로부터 한 형제요 피를 나눈 우방이었습니다. 임진년의 난에서 그랬고 이후로 일어난 크고 작은 전란들 모두에서 그랬습니다. 헌데 무도한 왜국이 지금 또 제국주의를 표방하며 반도는 물론 대륙까지 유린하고 있습니다. 우리는 하나로 똘똘 뭉쳐 왜적을 물리치고 두 나라의 자주 국권을 만천하에 떨쳐야만 합니다. 대한민국은 독립을 이루고 중국은 치욕을 씻어내야만 합니다. 대한민국의 광복군 창설이 그 초석이 되리라 믿습니다. 우리 국민당 정부는 대한민국 광복군을 적극 돕고 지지할 것입니다. 다시 한 번 대한민국 광복군의 창설을 축하합니다."

국민당 중국군 위수사령부의 유치가 축사를 마쳤다. 우레와 같은 박수가 터져 나왔다. 이어 흰 두루마기를 입은 주석 김구가 단상으로 올랐다. 광복군 선언문을 발표하기 위해서였다. 그는 차분한 목소리로 선언문을 낭독했다.

"광복군은 임시정부 군사조직법에 의거해 중국 총통 장개석의 특별 허락으로 조직되었으며 중화민국과 합작하여 우리 두 나라의 독립을 회복하고 공동의 적인 저 일본 제국주의자들을 타도하기 위해 연합국의 일원으로서 항전을 계속할 것을 천명한다."

짧은 선언문이 낭독됨으로써 대한민국 임시정부의 광복군이 창설되었다. 총사령관에 이청천, 참모장에 이범석, 총무처장에 최용덕, 참모처장에 채형세, 부관처장에 황학수, 그리고 경리처장에 조경한, 훈련처장에 송호섭, 군무처장에 유진동이 각각 임명되었다.

광복군 창설식을 마치고 단출하게 축하연이 펼쳐졌다. 술이 돌고 음식이 날라졌다. 오랜만에 맛보는 술과 음식이었다.

"주석께서 이제야 비로소 조국 독립의 초석을 마련하셨습니다. 앞으로 기대가 큽니다."

위수사령부의 유치가 치하의 말을 건네자 김구 주석이 잔을 들어 권했다.

"모두 장 총통 덕분입니다. 감사하다는 말씀 꼭 전해주십시오."

"알겠습니다. 격려사에서도 말씀드렸다시피 우리 국민당에서 적극 도와드릴 겁니다. 필요한 것이 있으면 주저하지 말고 말씀하십시오!"

"만주지역에 우리 동포 백이십만이 있습니다. 또한 대륙으로 강제 징집된 청년들도 이십만이 있고요. 이들을 모아 싸운다면 왜놈들을 쳐부수고 대륙에서 몰아낼 수 있을 겁니다. 우리는 잃어버린 조국을 되찾을 수 있을 것이고요."

곁에서 듣고 있던 총사령관 이청천이 끼어든 것이었다. 그러자 유치가 그를 돌아보았다.

"우리도 그리 보고 있소. 때문에 총통께서도 적극 돕겠다는 것이고요. 더구나 주석님과 총사령관님 같은 분들이 있기에 우리 국민당으로서도 고무적일 수밖에 없소."

"그리 보아주시니 감사할 따름입니다."

총사령관 이청천은 가볍게 고개 숙여 감사를 표했다.

"아무튼 빼앗긴 조국은 무력으로써만 되찾을 수 있습니다. 그날까지 최후의 결전을 펼칠 것입니다."

김구 주석은 다시금 일제에 대한 무력항쟁을 다짐했다. 유치의 얼굴이 밝아졌다.

* * *

이른 새벽에 멀리서 엔진소리가 들려왔다. 탱크 소리였다.

"가까이 오면 던진다. 기다려라!"

덤불 속에 몸을 숨긴 대원들은 하나같이 숯 검댕으로 얼굴을 칠했으며 손에는 수류탄을 움켜쥐고 있었다.

"수류탄은 탱크 밑으로 던져 넣어야 한다. 그래야만 제대로 잡을 수 있다."

화북으로 올라간 의용대의 최창익이었다. 그는 대원들을 이끌고 일본군 탱크를 잡으려 하고 있었다.

의용대원들은 숨을 죽인 채 탱크가 바짝 다가오기만을 기다렸다. 잠시 후 탱크의 불빛이 눈을 부시게 했다. 그 주위로 일본군들이 소총을 든 채 따라오고 있었다.

지축을 울리는 탱크의 위용에 의용대원들은 아연 긴장하지 않을 수 없었다. 그러나 그것도 잠시, 적을 궤멸시키고야 말겠다는 사명감에 대원들은 곧 평상심을 되찾았다. 웅장한 엔진소리와 무한궤도 구르는 소리가 의용대원들 사이로 울렸다. 앞뒤로 두 대였다. 그 순간 최창익의 외침이 덤불 속에서 터져 나왔다.

"던져!"

한마디와 함께 덤불이 일어섰다. 그와 동시에 덤불 속에서 경기관총도 불을 뿜었다. 이어 탱크 밑에서 강력한 폭발음과 함께 지축이 크게 흔들렸다. 천지를 진동시키는 소리였다.

"한 놈도 살려두지 마라!"

최창익은 일본군을 향해 방아쇠를 당겼다. 길 건너에서도 총탄세례가 퍼부어졌다. 일본군이 쓰러졌다. 일본군은 손 한 번 써보지 못했다. 탱크도 연기에 휩싸였다. 곧 엔진소리도 멈췄다.

"가자!"

최창익의 철수 명령에 의용대원들은 신속하게 매복지를 벗어났다. 날이 밝기도 전이었다. 일본군이 다급히 차를 몰아 뒤쫓아왔다. 전방에서 수류탄 소리와 경기관총 소리가 요란하게 들려오자 부랴부랴 쫓아왔던 것이다. 그러나 이미 상황은 종료된 뒤였다.

"멀리 못 갔을 것이다. 쫓아라!"

노부나가는 얼굴에 핏대를 올리며 날뛰었다. 어떻게든 적을 잡으라는 것이었다.

"알겠습니다. 소좌님."

이시하라는 경례를 올려붙이고는 즉시 차를 몰았다. 그의 뒤로 모두

일곱 대가 뒤따랐다.

"대장, 저기!"

이희도가 손을 들어 가리키는 곳으로 자동차가 일렬로 달려오고 있었다. 최창익의 입가로 잔인한 미소가 어렸다.

"잘되었다."

혼잣말로 뇌까린 최창익은 손을 들었다. 의용대원들이 긴장하며 멈춰 섰다.

"저것들도 잡는다!"

최창익은 재빨리 지형을 살폈다. 앞으로 다리가 놓여있었다.

"동지들은 다리를 건너가 있다가 놈들이 다리 위로 모두 올라서면 앞쪽을 폭파시키시오. 난 뒤쪽을 폭파시키겠소. 놈들이 오도가도 못하는 신세가 되면 그때 일망타진하도록 합시다! 차도 모두 불태우고."

"알겠습니다."

대답을 마친 이희도는 신태무, 곽도선, 손한윤 등과 함께 재빨리 다리를 건너갔다. 그리고는 폭약을 설치해 놓고 일본군이 다리 위로 올라서기만을 기다렸다. 어느새 동녘으로 푸르스름한 새벽이 열리고 있었다.

최창익도 교각 아래로 내려갔다. 그리고는 재빨리 폭약을 설치했다. 이어 대원들과 함께 다리 주변을 에워싸고 몸을 숨겼다. 잠시 후 일본군 자동차가 다리 위로 올라서기 시작했다.

"그래. 어서 와라!"

이희도는 일본군 자동차의 불빛을 노려보았다. 두 눈이 이글이글 불타올랐다.

자동차가 모두 다리 위로 올라서자 이희도는 폭약의 스위치를 눌렀다. 굉음과 함께 다리가 무너졌다. 이어 뒤에서도 폭발음이 들렸다.

"속았다!"

노부나가가 외치는 순간 사격이 시작되었다. 일본군은 속절없이 쓰러졌다.

"조국의 원수다. 한 놈도 살려두지 마라."

최창익과 이희도는 분노로 방아쇠를 당겼다.

"적을 막아라."

이시하라는 소리쳤지만 이미 늦었다. 달아날 곳도 없었다. 차 안에 앉은 채 숨을 거두는 병사들이 대부분이었다.

"어차피 물러날 곳도 없다. 싸워야 산다."

이시하라는 차에서 내려 총을 들었다. 하지만 그것은 현실을 무시한 만용일 뿐이었다. 그대로 최창익의 표적이 되고 말았다.

"조국의 원수!"

최창익은 방아쇠를 당겼다. 이어 이시하라의 입에서 헛물켜는 소리가 새어나오고 그는 곧 다리 아래로 고꾸라지고 말았다.

"이시하라!"

노부나가는 울부짖었지만 어쩔 수 없었다. 이어 총탄이 노부나가의 가슴도 꿰뚫었다.

"아, 이 노부나가가 이렇게 허무하게 당하고 말다니."

12. 화북지대   247

노부나가 역시 차에 앉은 채 숨을 거두었다.

"수류탄을 던져라."

"차를 불태워라."

최창익의 명령에 이어 이희도의 명령도 떨어졌다. 폭죽이 터지듯 하천 양쪽에서 수류탄이 연이어 터졌다. 그리고 자동차에도 불이 붙었다. 순식간에 일본군 자동차 여덟 대와 병사 사십여 명을 잡는 쾌거를 올렸다. 게다가 노부나가 소좌까지 사살하는 뜻밖의 전과까지 거두게 되었다.

"가자!"

최창익은 대원들을 이끌고 물을 건넜다. 이미 눈부신 해가 떠오르고 있었다.

* * *

태항산으로 들어서자 팔로군 출신인 무정이 최창익을 반갑게 맞았다.

"환영하오, 동지!"

"무정 동지!"

두 사람은 서로를 덥석 끌어안았다. 마치 오랜 지기를 만나는 듯했다. 두 사람 사이로 먼지가 풀풀 날았다.

"먼 길에 고생이 많았소."

"고난의 시기에 누구나 하는 고생입니다."

최창익은 씩 웃었다.

"오다가 놈들을 작살냈습니다."

최창익은 무정을 붙들고 너스레를 떨었다. 무정도 맞장구를 쳤다.

"대단하오, 동지."

한참이나 그렇게 떠들고 난 최창익은 그제야 동지들이 생각났다는 듯 미안한 표정으로 동지들을 돌아보았다. 그러고는 한 사람씩 무정에게 소개했다.

"여기는 이희도 동지, 그리고 신태무, 곽도선, 손한윤……."

무정은 일일이 손을 맞잡으며 인사했다.

무정에 대한 소개도 이어졌다.

"무정 동지는 아는 동지들도 있겠지만 대장정기에 홍군 작전과장과 팔로군 포병사령관을 지내신 분이오."

최창익의 소개에 무정이 손사래를 쳤다.

"다 지난 일이올시다. 지금이야 필부에 지나지 않소."

무정은 필부라는 말로 자신을 낮췄다. 그러자 이희도가 다시 치켜세웠다.

"동지의 명성은 익히 들어 알고 있었습니다. 오늘 이렇게 직접 뵙고 보니 과연 명불허전이십니다 그려."

"부끄럽습니다, 동지."

무정은 무안해 하는 표정을 짓다가 그제야 생각났다는 듯 서둘러 이들을 안으로 안내했다.

"들어갑시다. 들어가서 좀 더 이야기를 나눕시다."

무정은 최창익이 데리고 온 이십여 명의 의용대원들을 본부 막사로 안내했다.

막사는 험준한 산세에 의지해 서 있었다. 일본군이 쉽게 접근할 수 있는 곳이 아니었다.

"나는 새도 지나지 못하겠습니다."

신태무가 나서자 곽도선도 거들었다.

"천험의 요새올시다."

"우리가 태항산을 선택한 이유지요. 저기 보이는 봉우리 너머에 국민당군 본대가 주둔하고 있소이다."

말을 끊었다가 다시 손을 들어 다른 곳을 가리키며 이었다.

"저 뒤가 우리 공산당 본대가 있는 곳이고."

공산당이라는 말에 묵묵히 뒤에 있던 이익성이 눈살을 찌푸렸다.

"우리 공산당군은 국민당군과는 다르오. 언제든 혁명을 할 준비가 되어 있지. 용감하고 투쟁적이오."

무정의 눈이 적개심으로 이글거리는 듯했다. 이익성은 그런 무정을 경계하는 눈빛으로 바라보았다.

"역시 동지이십니다."

최창익만이 그런 무정을 치켜세웠다.

"우리는 화북의 조선 청년들을 하나로 묶을 생각이오. 새로운 조직을 만들 것이외다. 동지들도 함께합시다!"

당황한 것은 이희도를 비롯한 신태무와 곽도선 등이었다. 이익성은 쏘아붙이듯 말했다.

"우리는 조선의용대입니다. 다른 조직은 생각해본 적도 없고 생각할 수도 없습니다. 새로운 조직이라니요?"

생각지 못한 반발에 무정이 다시 나섰다.

"우리가 조직하려고 하는 것은 청년연합회올시다. 군대가 아니고. 그러니 상관없지 않소?"

"그래도 그건 우리 맘대로 결정할 수 있는 사안이 아닙니다. 본부에 물어서 결정할 일입니다."

무정이 불쾌하다는 표정으로 맞받았다.

"화북에 온 이상 앞으로 화북의 상황에 맞게 생각하고 행동해야 할 것이오. 여기는 전장이오. 언제 목숨을 잃을지 모르는 그런 전장이란 말이오. 붓이나 휘두르고 현수막이나 내걸던 그런 상황과는 다르단 말입니다. 착각은 곧 죽음이오. 착각하지 마시오!"

가시가 돋친 말이었다.

"너무 정색하고 그러지들 맙시다. 천천히 생각해도 될 일을 갖고."

최창익이 슬며시 끼어들었다. 너무 냉기가 돌았기 때문이었다.

"뭐, 그럽시다. 첫 만남부터 급하게 서둘 건 없지요."

무정이 목소리를 낮췄다. 그러나 이익성은 여전히 불편한 얼굴이었다. 마지못해 한 대답도 탐탁지 않아 하는 기색이 역력했다.

"그러지요."

밖에서 총과 포탄 소리가 연이어 귀를 때려왔다. 산 너머로 포연도 뽀

얕게 피어올랐다.

"전장이란 것이 실감나는군!"

최창익이 들뜬 소리로 중얼거렸다.

"하루에도 수십 명씩 목숨을 잃고 있소. 어제도 이쪽에서 서른다섯이 죽었소. 놈들은 백여 명이 죽었다는 얘기가 들렸고."

최창익이 고개를 끄덕였다.

"그중에 우리 자신도 포함될 수 있소이다. 그게 전장이오."

무정은 이골이 났다는 듯 아무렇지 않게 중얼거렸다. 신태무가 고개를 끄덕였다.

사나운 비바람 몰아치는 길가에
다 못 가고 쓰러지는 너의 뜻.
이어서 이룰 것을 맹세하노니
진리의 그늘 밑에 길이길이 잠들라.
불멸의 영령이여!

본부 쪽에서 난데없는 노래 소리가 들려왔다. 엄숙하고도 쓸쓸한 노래였다.

"김학철 동지가 지은 추도가요. 치열하게 싸우다 산화한 동지들의 넋을 달래기 위해서 지은 노래이지요."

무정이 쓸쓸한 설명을 마치자 이어서 또 다른 노래 소리가 들려왔다.

이번에는 힘차고도 우렁찬 노래였다.

보탑산 봉우리에 붉은 노을 타오르니
연하강 물결 위에 달빛 흐르네.
봄바람 들판으로 솔솔 불어치고
산과 산이 절벽을 이루었네.
아, 연안! 장엄하고 웅대하여라.
항전의 노래 곳곳에서 울려 퍼진다.
아, 연안! 장엄하고 웅대하여라.
가슴속에서 피가 끓는다.
천만 사람의 가슴마다 분노의 불길 타오르고
들과 밭에 늘어선 대오가 견고한 전선 이루네.
보라 인민이여, 머리를 들고 주먹을 쥐고.
수많은 사람의 심장에서 나오는 적에 대한 분노의 외침.
병사는 총을 들고 결전의 길에 나선다.
아, 연안! 장엄하고 웅대하여라.
……

"저건 연안송이오. 지난번 연안에서 개최한 음악회에서 '연안의 노래'로 불려졌으나 모 동지께서 항일과 혁명을 잘 표현한 노래라 하여 연안송으로 곡명을 바꾸게 했지요."

"모 동지라면?"

최창익이 묻자 무정이 입가에 살짝 미소를 머금었다.

"모택동 동지요."

이희도가 고개를 갸웃하자 무정의 설명이 이어졌다.

"우리 공산당의 혁명적인 지도자 중 한 분이오. 아마도 대륙의 혁명은 모 동지에 의해 완성될 것이오. 가장 혁혁한 지도자이지요."

"그렇군요."

최창익은 고개를 끄덕였다. 이희도도 그제야 고개를 끄덕였다.

"연안송은 바로 우리 정 동지가 만든 노래올시다."

정동지라는 말에 두 사람은 눈을 크게 떴다.

"정율성 동지 말이오?"

최창익이 먼저 물었다.

"정 동지가 여기에 있단 말입니까?"

이익성도 놀란 눈으로 물었다. 그러자 무정이 입가에 미소를 베어 문 채 대답했다.

"아니오. 지금은 여기에 없소. 하지만 곧 올 것이오."

연안송이 다시 우렁차게 울려 퍼졌다.

"참으로 듣기 좋은 노래요. 모 동지께서도 혁명에 대한 열정과 적에 대한 증오를 가장 잘 표현한 작품이라고 높이 평가하셨지요."

"그런 것 같습니다. 좋은 노래군요."

이희도가 대답하자 무정의 설명이 계속 이어졌다.

"정 동지 자신도 연안의 정신을 중국인들에게 널리 알리는 노래로 만들고자 했다는 노래올시다."

"과연 그렇습니다. 혁명의 정신이 잘 표현되어 있소이다."

최창익도 고개를 끄덕여 무정의 설명에 공감을 표했다.

"물자도 부족하고 식량도 부족한 상황에서 우리 군의 사기를 높이는 역할을 톡톡히 하고 있소이다."

"참으로 시기적절한 내용입니다. 우리에게 꼭 필요한 노래이고요."

신태무도 고개를 끄덕이며 동의를 표했다.

이후로 의용대의 주력군 1, 2, 3구대가 모두 화북으로 집결했다. 그러고는 구대라는 명칭을 버리고 지대라는 명칭을 새롭게 쓰기 시작했다.

의용대는 팔로군과 합동으로 항일전선을 구축했다. 적에게 기습공격을 감행하기도 하고 매복으로 적을 섬멸하기도 했다. 통신시설을 비롯해 교통시설과 전쟁장비를 파괴하기도 했다. 혁혁한 전과에 대만의 의용대를 비롯해 일본의 반전동맹과 인도의 의료대까지 연대를 요청해왔다. 함께 항일전선을 구축하자는 것이었다. 그러자 미국을 비롯해 소련과 월남, 그리고 인도에서도 조선의용대에 관심을 갖고 신문을 통해 크게 보도하기에 이르렀다.

* * *

"우리는 북쪽으로 올라갈 것이오. 태항산보다는 거기가 우리가 할 일이 많은 곳이오."

채국번은 확신에 찬 얼굴이었다. 그러자 임평도 거들고 나섰다.

"맞소. 만주의 우리 연합군과도 접촉할 수 있고, 또 일제 놈들이 많이 주둔하고 있는 곳이기도 하오."

"동지들의 뜻은 알겠지만 이곳 태항산에도 할 일이 많소."

신태무가 반대의 뜻을 피력했다.

"우리 조선의용대 2대도 이름 그대로 의용대올시다. 언제든 필요하면 다시 함께할 것이오. 염려 마시오."

입가에는 미소마저 머금고 있었다. 그러자 신태무가 다급히 손사래를 쳤다.

"아니오. 동지들을 못 믿어서가 아니올시다. 실제로 이곳에서 우리가 하는 일이 얼마나 많소. 선전활동에 교란작전, 그리고 소탕전까지. 뿐이오? 적에게 끌려와 있는 우리 동포들도 구호해야 하지 않소."

"알고 있소. 동지들이 애써주시오. 우리는 갈 길이 따로 있소이다."

채국번의 뜻은 완고했다. 신태무가 설득을 했지만 조금도 흔들리지 않았다.

"지난번 진찰기(晋察冀) 지회 결성식 때 동북조선의용군 영수께서도 부탁하지 않았소."

"김일성 동지 말이오?"

듣고만 있던 곽도선이 나선 것이었다.

"그렇소. 우리가 북쪽으로 올라가기만 하면 동북조선의용군도 내려

올 것이라고 했던 말 말이오."

"하지만 거기는 너무 위험하오. 놈들의 주력부대가 가로막고 있는 곳이오. 자칫 잘못하면 둘 다 위험에 처합니다."

곽도선이 위험성을 경고한 것이었다.

"전쟁터에서 위험하지 않은 곳만 골라 다닌다면 무슨 전과를 거둘 수 있겠소? 차라리 죽을지언정 난 그렇게는 못하리다. 대장부로서 전장에 나섰으면 목숨 정도는 내놓아야 하지 않겠소."

말을 마친 채국번은 껄껄 웃음을 터뜨렸다. 더 이상 말려봤자 소용없다는 것을 깨달은 신태무는 결국 고개를 끄덕이고 말았다.

"알았소. 그럼 부디 몸조심하시오!"

"가서도 연락을 주시오. 힘들면 언제든지 부르고."

이희도의 말에 채국번은 고개를 끄덕였다.

"우리는 한 몸이외다. 너무 걱정 마시오!"

말을 마친 채국번은 조선의용대 2대를 이끌고 발길을 돌렸다. 태항산을 떠나 북쪽으로 향했던 것이다.

"채 동지는 잘 해낼 것이오."

곽도선이 혼잣말처럼 중얼거리자 신태무가 이어 받았다.

"아무렴요. 임 동지까지 함께 갔으니 무슨 일이야 있겠습니까."

우뚝 솟은 태항산 너머로 일행이 가물가물 사라질 때까지 신태무와 곽도선, 그리고 이희도는 석상처럼 그렇게 서 있었다.

"진찰기 지회 결성은 참으로 고무적인 일이오."

곽도선의 말에 신태무가 고개를 끄덕였다.

"말하면 잔소리지요. 한다하는 동지들이 모두 함께하고 있으니 우리 조선의용대 화북지대(華北支隊)의 앞날이 전도유망하기만 합니다. 대륙의 항일운동 거점은 바로 우리 화북지대올시다."

멀리서 총탄 소리가 들려왔다. 일본군 주둔 지역이었다. 또다시 격전이 벌어지는 모양이었다. 포탄 소리도 들려왔다.

"화북조선청년연합회장인 무정 동지뿐만 아니라 동북조선의용군 영수인 김일성 동지도 함께한다는 것은 만주를 비롯해 연안까지 모든 항일 독립투사들이 함께하고 있다는 얘기입니다. 동북지역의 조선 독립군들이 하나가 된 것이지요. 실질적인 통합을 의미합니다."

이희도의 말에 신태무가 화답하듯이 이어받았다.

"뿐입니까. 우리 의용대 총대장이신 약산 선생과 한국독립당 당수인 백범 김구 선생도 함께하고 있습니다. 조선의 독립군들이 모두 하나가 된 것이지요."

그는 목소리까지 한층 높아져 있었다. 흥분되어 있었던 것이다.

"맞습니다. 조국의 독립이 멀지 않은 듯합니다. 놈들도 중국을 상대로 고전을 면치 못하고 있으니 곧 좋은 결과가 있을 겁니다."

곽도선의 말에 신태무가 고개를 끄덕였다.

"전투가 또 시작된 모양입니다. 우리도 서둘러 가봅시다!"

이희도가 앞장서 고갯마루를 내려갔다. 멀리 포탄이 떨어진 자리에서 연기가 뽀얗게 피어올랐다. 총소리도 격하게 들려오기 시작했다. 마치 콩을 볶는 듯했다.

본대로 서둘러 돌아온 신태무는 대원들을 점고했다. 그러고는 즉시 전장으로 향했다. 화촌으로 떠났던 것이다.

신태무는 험악한 태항산 계곡 쪽으로 길을 잡았다. 굽이굽이 돌아치는 계곡이 마치 구절양장만 같았다. 산 너머에서 포탄 소리가 여전히 귀를 때려왔다.

"잠깐!"

신태무는 대원들을 멈춰 세웠다. 그의 눈이 예리하게 빛을 발했다.

"통신선이다. 자른다!"

분대장 이지강이 손을 들었다. 그러자 최지남과 윤치평이 달려왔다.

"놈들의 통신선이다. 잘라라!"

말을 마치기 무섭게 윤치평이 전봇대에 올랐다. 날렵한 동작이 마치 다람쥐와 같았다. 통신선을 자르자 최지남이 도청까지 시도했다. 덕분에 많은 정보를 얻을 수 있었다.

"놈들이 오늘 화촌과 자산, 그리고 팔특까지 진격한다고 합니다."

최지남의 말에 신태무가 잠시 생각에 잠겼다.

"어떻게 할까요?"

최지남이 묻자 신태무가 입가에 미소를 베어 물었다.

"우리 의용대 이천 명이 내려온다고 전해라!"

"이천 명이오?"

이지강이 놀란 눈으로 물었다.

"거짓으로 흘리는 정보다. 분명 놈들이 물러날 것이다."

그제야 이지강이 고개를 끄덕였다.

"이천 명이라 해서 깜짝 놀랐습니다."

이지강은 곧 입가에 웃음을 머금었다. 이어 신태무의 말대로 최지남은 거짓정보를 흘렸다.

마을을 지나고 고개를 넘자 멀리 화촌이 눈에 들어왔다. 치열한 전투가 전개되고 있었다.

"우회한다. 적의 측면을 끊자!"

신태무는 대원들을 이끌고 총격전이 벌어지고 있는 전장을 우회했다. 밭둑을 건너고 개울가로 내려갔다.

"고개 위를 살펴라! 놈들이 위에 있을지 모른다."

이지강은 고개를 들어 주변을 살폈다. 다행히 적의 매복은 없었다. 개울을 따라 내려가자 총소리가 더욱 선명하게 들려왔다.

"적의 퇴로를 막아라!"

난데없는 외침이 들려왔다. 태항군구 제1분구 조열광의 목소리였다.

"퇴로라니?"

"놈들이 물러나는가 봅니다."

이지강의 대답에 신태무가 개울둑으로 올라갔다. 이지강도 곧 뒤따라 올랐다.

"놈들이 내빼고 있다."

작은 언덕을 사이에 두고 의용대와 일본군이 대치하고 있는 모습이 눈에 들어왔다. 이제야 확연히 전장을 파악할 수 있었다. 언덕 아래의 일본군이 뽀얀 먼지를 일으키며 물러나고 있었다. 그들의 앞으로 의용대의 총탄이 빗발처럼 쏟아져 내리고 있었다.

"서둘러라! 우리가 잡는다."

신태무는 앞장서서 달렸다. 그러자 그의 뒤로 이지강과 대원들이 줄을 이었다. 이희도와 곽도선의 분대도 뒤따랐다.

"지원군이다!"

1분구 지역에서 누군가 소리쳤다.

"이희도 동지!"

조열광이 불렀다.

이희도는 밭둑에 엎드려 고개를 돌렸다. 순간 총탄이 빗살처럼 귀를 스치고 지나갔다. 대원들도 하나같이 밭둑에 고개를 처박았다.

"놈들의 퇴로를 막으시오. 저쪽이오."

조열광이 손짓으로 가리켰다. 화촌 동구 밖이었다. 이희도는 손을 들어 화답했다. 그러고는 다시 몸을 일으켜 세웠다. 대원들도 뒤따랐다.

"여기요! 여기로 오시오 동지!"

신태무가 어느새 담벼락에 자리를 잡고는 총을 겨누고 있었다. 담벼락에 의지한 신태무는 달아나는 일본군을 향해 방아쇠를 당겼다. 달리던 일본군이 보기 좋게 나가떨어졌다. 이어 이희도도 합세했다.

"사냥을 시작해볼까?"

"좋지!"

신태무는 연이어 방아쇠를 당겼다. 그가 방아쇠를 당길 때마다 일본군이 쓰러졌다.

"퇴로를 막아라!"

달아나던 일본군이 또 다른 적을 맞자 당황한 듯 우왕좌왕했다. 총탄은 비 오듯 쏟아져 내렸고 가끔씩 포탄도 작렬했다. 멀리서 중국군이 지원을 해왔던 것이다. 그러자 일본군은 사력을 다해 퇴로를 뚫었다.

병력이 많지 않은 의용대는 달아나는 적을 어쩌지 못했다. 함부로 뒤쫓을 수도 없는 노릇이었다. 그러기에는 다소 위험부담이 있기 때문이었다.

그때 앞서 달리던 일본군이 갑자기 맥없이 쓰러지기 시작했다. 마치 찬바람에 낙엽이 지듯 했다. 일본군의 앞으로 또 다른 적이 나타났기 때문이었다. 잠시 후 상황을 파악한 신태무가 소리쳤다.

"지원군이 왔다. 힘내라!"

"누굴까?"

이희도가 물었다.

"글쎄?"

신태무도 아리송하다는 표정으로 총을 겨눴다.

"일단 아군이니 전투에 집중하세나."

앞과 뒤, 그리고 옆으로 적을 맞은 일본군은 크게 당황했다. 총을 버리고 투항하는 자들도 보이기 시작했다. 이어 전투는 일방적인 살육전으로 번져갔다. 총소리가 화촌을 집어삼켰다. 수류탄과 포탄이 연이어 작렬하기도 했다. 화촌이 불지옥으로 변해갔다.

"유수대(留守隊)의 여운길 대장일세!"

이희도가 먼저 소리쳤다. 신태무의 반가운 목소리도 뒤따랐다.

"나도 봤네. 역시 유수대야."

신태무는 신이 난 듯 소리치며 군사들을 독려했다.

"놈들은 사면초가에 빠졌다. 한 놈도 살려두지 마라!"

이어 신태무는 총을 든 채 담벼락을 벗어나 다시 밭둑으로 내달렸다. 이희도도 곧 뒤따랐다. 총탄이 이들의 머리 위로 빗발치듯 쏟아져 내렸다. 신태무와 이희도는 재빨리 밭둑에 쓰러지듯 엎드렸다. 이들의 주변으로 먼지가 뽀얗게 피어올랐다.

"저쪽!"

이희도가 가리키는 곳으로 조열광이 부대원을 이끌고는 포위망을 좁혀오고 있었다. 앞쪽의 여운길 대장도 마찬가지였다. 신태무는 이희도와 눈짓을 주고받고는 다시금 몸을 일으켜 세웠다.

"앞으로!"

신태무는 다시 앞장서서 달렸다. 당황한 일본군이 총을 버리고 무릎을 꿇은 채 엎드렸다. 두 손은 하늘을 향해 치켜든 채 싹싹 빌고 있었다.

"총부터 빼앗아라!"

신태무의 명령에 대원들이 달려들어 무기를 거둬들였다. 공포에 사로잡힌 일본군은 두 손을 든 채 벌벌 떨고 있었다. 이제 총소리도 잦아들었다.

"불쌍한 놈들 같으니라고."

곽도선이 비아냥거리듯 말을 던졌다. 그의 얼굴은 온통 땀과 먼지로 범벅이 되어 있었다.

"그래도 죽는 것보다야 낫겠지요."

한철익이 일본군의 머리를 툭툭 치며 이기죽거렸다. 일본군은 더욱 공포에 떨었다.

"오랜만일세!"

여운길이 힘찬 목소리로 인사를 건네며 밭둑을 건너왔다.

"여 대장님, 제때 와주셨습니다."

"그러게 말일세. 지나다가 총소리가 들리기에 서둘러 와봤더니 자네들이 아닌가."

조열광도 곧 합세했다.

"어디서 오시는 길입니까?"

"6분구 사하에서 오는 길일세. 어제 전투에서 큰 성과를 거뒀지. 놈들을 작살냈다네."

"그랬군요. 역시 여 대장님이십니다."

조열광이 잔뜩 고무된 표정으로 치켜세웠다.

"뭘 그 정도 가지고 그러는가. 그나저나 오늘 또 이렇게 승리를 거뒀으니 이 여운길의 운수가 그리 나쁘지만은 않은 모양이로세."

여운길이 한바탕 너스레를 떨고는 껄껄 웃음을 터뜨렸다. 호탕한 웃음소리가 화촌에 가득 찼다.

"놈들을 모두 잡았습니다. 포로가 삼십에 노획한 소총이 팔십 정, 기관총이 두 정, 수류탄은 백발이 넘습니다."

하진동이 전과를 보고했다.

"그것도 다 써보지 못하고 이리 패했단 말인가?"

조열광이 비아냥거리는 투로 너털웃음을 흘렸다.

"그러게 말일세."

신태무도 맞장구를 쳤다.

"전투란 무기만으로 하는 것이 아닐세. 이게 있어야지."

여운길은 손가락으로 머리를 가리켰다.

"작전과 전술, 그리고 용기."

여운길의 말에 신태무도 조열광도 고개를 끄덕였다.

"완벽한 작전과 여우같은 전술, 그리고 맨손으로 용을 후려쳐 잡겠다는 용기. 이것만 있으면 어떤 상황에서도 승리를 거둘 수 있다네."

"맞습니다."

신태무가 맞장구를 쳤다.

"자, 서두르세! 놈들이 언제 다시 들이닥칠지 모르니."

"알겠습니다."

여운길은 서둘러 전열을 정비하고는 화촌을 떠났다.

의용대가 화촌을 벗어나 태항산 계곡으로 들어서자 포탄이 다시 작렬하기 시작했다. 여운길의 말대로 일본군이 다시 밀고 들어왔던 것이다.

"보게, 놈들이 다시 오지 않았는가."

신태무와 조열광은 모골이 송연해지지 않을 수 없었다.

"전투란 이런 것일세. 항상 앞을 내다볼 줄 알아야 해. 그래야 피해를 최소한으로 줄일 수 있지."

계곡에서 내다보니 화촌이 불바다로 변하고 있었다.

"여기도 위험하네. 서두르세."

말을 마친 여운길은 유수대를 앞세워 계곡 깊숙이 들어갔다. 계곡은 깊고도 험했다. 머리 위로 한 뼘 하늘만이 아스라하게 걸려 있었다.

포탄 소리가 멀어지자 여운길은 그제야 발걸음에 여유를 뒀다.

"놈들이 벌집을 건드렸더군!"

신태무가 의아한 표정으로 물었다.

"무슨 말씀이신지요?"

"미국을 건드렸어. 그것도 아주 대단히 위험스럽게."

조열광이 궁금하다는 듯 다시 물었다.

"미국이라면?"

"하와이의 진주만을 습격했어. 미친놈들이지."

조열광이 두 눈을 동그랗게 뜨고 놀랍다는 듯 다시 물었다.

"거기까지 배로 갔단 말씀인가요?"

배라는 말에 여운길이 피식 웃었다.

"배로 갔으면 도착도 못 했겠지. 미국이 어떤 나란데."

"그럼?"

"전투기로 습격했다네. 가미카제라고, 자폭단을 구성해서 거기까지 날아가 자폭했다고 하더군. 듣기로 우리 청년들도 다수 동원된 것으로 알고 있네."

여운길의 말에 신태무가 한숨을 몰아쉬었다.

"조국의 청년들이 또 희생을 당했군요."

"죽일 놈들!"

조열광은 울분을 참지 못하고는 주먹을 불끈 쥐었다.

"그놈의 천황폐하를 위한다는 희생이지."

여운길도 이를 갈아가며 분노를 하얗게 드러냈다.

"그래서 어떻게 되었답니까?"

신태무가 묻자 여운길이 건너편 태항산 계곡을 내려다보며 입을 열었다. 마침 백로 한 마리가 푸른 계곡을 유유히 가로지르고 있었다. 전장에 어울리지 않게 여유롭고도 한가한 정경이었다.

"어떻게 되긴, 쑥밭이 되었지."

"미국이 가만있지 않겠군요?"

"벌써 선전포고를 했다네."

여운길의 말이 끝나기가 무섭게 조열광이 외쳤다.

"거 참 잘됐군요. 미국까지 나섰다면 우리의 독립은 더욱 가까이 다가온 것이나 마찬가지 아닙니까!"

"그렇다네. 해서 김구 선생의 임시정부도 대일 선전포고를 했다고 하더군."

"잘되었습니다. 이제 사방으로 적을 맞은 형국이니 놈들도 오래 버티지 못할 겁니다."

이희도는 박수까지 쳐대며 좋아라 했다.

"우리도 더욱 분발해야 하네. 이럴 때 놈들의 숨통을 바짝 조여야지!"

그때 계곡 입구 쪽에서도 포탄이 작렬했다.

"놈들이 들어선 모양입니다."

"서두르세!"

여운길의 유수대는 신태무와 조열광의 부대와 함께 태항산 계곡을 잰걸음으로 이동했다. 일본군이 들어올 수 없는 깊은 계곡으로 숨어들었던 것이다. 일본군도 더 이상 뒤쫓지 못했다. 계곡이 워낙 험하고 깊어 매복을 염려한 때문이었다.

13. 호가장전투와 읍성전투

김세광은 화북지대 2대를 이끌고, 무기를 들고 선전을 하는 무장(武裝) 선전활동에 본격적으로 나섰다. 흑수하와 소촌에서는 대규모 인원을 동원해 군중집회를 열기도 했다. 특히 무장(武庄)에서는 돌로 쌓은 일본군의 보루 이백여 미터 앞까지 접근해 선전활동을 펼치는 대담성을 보이기도 했다.

"고무적입니다. 오늘 집회도 성공할 것으로 보입니다."

신태무가 김세광을 보고 한 말이었다. 그러나 김세광의 표정은 그리 밝지 않았다.

"그래도 조심해야 하네. 여기는 다른 곳과 달라. 조건이 열악해. 혁명에 대한 인식도 부족하고."

"그렇긴 합니다. 주민들과 대화를 해보니 아직도 봉건적인 의식이 강해요."

김학철이 김세광의 의견에 동조했다. 그러자 신태무가 반박했다.

"우리 화북지대가 이런 사업을 펼치는 이유가 뭡니까? 그런 사람들을 설득하고 깨우쳐서 혁명의 길로 나서게 하자는 것 아닙니까?"

"그거야 그렇지만 적과 대치하고 있는 상황에서 조심해야 할 것은 해야지."

화북지대 2대장 김세광이 신중한 말투로 맞받았다.

"민중의 의식이라는 조건이 불량하다는 것은 곧 우리에게 위험이 닥칠 수도 있다는 얘길세. 너무 안이한 대처는 자칫 화를 부를 수도 있어."

김학철이 거들고 나섰다.

"그렇네. 매사 불여튼튼이라 했어. 너무 가볍게 생각하지 말고 경계를 게을리하지 말게."

김세광의 신중함에 신태무가 그제야 고개를 끄덕였다.

"알겠습니다. 대원들에게 각별히 주의를 주지요."

말을 마친 신태무는 막사 밖으로 나갔다.

준비가 막바지에 다다르고 있었다. 민중대회를 위한 무대가 설치되고 현수막도 내걸렸다.

"이놈들은 뭐 하는 것들이야?"

"혁명인가 뭔가를 하는 놈들이라는데. 할 일도 없는 놈들이지."

지나던 원씨현 주민들이 주고받는 말이었다. 신태무는 문득 불길한 예감이 들었다.

"먹고 살기도 어려운데 헛일에 이렇게 힘쓰고 있는 놈들을 보면 참 한심하기도 하지."

긴 한숨소리까지 들려왔다.

"아무렴, 우리야 굿이나 보고 떡이나 먹는 게지 뭐."

신태무는 나서서 뭐라고 하려다 그만두었다. 괜히 싸움만 될 것 같았기 때문이다.

"부대장님!"

그때 누군가가 급히 달려왔다. 곽동서였다. 그는 숨이 턱에까지 차 있었다.

"무슨 일인가?"

"지금 곧 가보셔야겠습니다."

그의 굳은 표정에 신태무는 뭔가 심각한 일이 일어났음을 직감했다.

곽동서가 앞장섰다. 신태무도 서둘러 뒤를 따랐다. 집회장 인근의 주택가에 사람들이 모여 웅성거리고 있었다. 가까이 가서 보니 원씨현 주민들이 동지들을 핍박해대고 있었다.

"왜 그러십니까?"

신태무가 나서자 주민들은 다짜고짜 핏대를 올리며 삿대질을 해댔다.

"네가 책임자냐?"

"그렇습니다만."

"여기에서 누가 이런 짓을 하라고 했어?"

"이런 짓이라니요?"

"마을 한가운데 사람들을 불러 모아놓고 대체 뭘 하자는 게야?"

신태무는 어안이 벙벙한 얼굴로 일순 대답을 하지 못했다. 그러자 김성국이 낮은 목소리로 말했다.

"뭔가 좀 달라는 말인 것 같습니다."

"뭔가를 달라니?"

순간 신태무의 머릿속으로 스치는 것이 있었다.

"당신들 때문에 시끄러워 잠도 못 자고 이게 뭐냐고?"

주민들은 떼거지로 나서서 신태무를 협박했다. 신태무가 손을 내저으며 그들을 설득하기 시작했다.

"우리는 일제 침략군에 맞서기 위해 이러는 겁니다. 다른 의도는 없어요. 저희가 여러분에게 해를 끼치는 일은 없을 겁니다."

신태무의 말에 더욱 격노한 주민들이 들고 일어났다. 일부 주민들은 폭행도 마다하지 않을 기세였다.

"일제의 침략이고 뭐고 우리는 그런 것에 관심도 없어. 일제면 어떻고 국민당군이면 어때! 우리에게 지금 중요한 건 배가 고프다는 현실뿐이라고."

막무가내로 나오자 신태무도 대책이 없었다. 일단 내일 있을 민중집회까지는 버텨야 한다고 생각한 신태무는 하루만이라도 시간을 벌어보려고 했다.

"알겠습니다. 그럼 내일 민중집회가 끝날 때까지만 참아주십시오. 그때 다시 말씀을 드리겠습니다."

그러자 뒤에 있던 한 사내가 나섰다.

"다른 약속은 없고?"

말끝에 비아냥거림이 가득했다.

"다른 약속이라니요?"

신태무가 되묻자 사내는 고개를 외로 꼬았다.

"됐습니다."

신태무는 문득 불길한 예감이 들었다.

"자, 그만 갑시다. 더 얘기해 봐야 소용없을 것 같소."

사내의 말에 주민들이 일제히 발길을 돌렸다.

"두고 보라지."

"우리를 이렇게 대하고도 잘될 것 같아."

두런거리는 소리가 연이어 들려왔다.

"경계를 철저히 해야 할 것 같다."

신태무의 말에 김성국이 맞받았다.

"심상치가 않습니다. 일부 주민들이 강하게 거부하고 있어요."

"그러게 말일세. 이번에도 큰 성공을 거둘 줄 알았는데."

"여긴 분위기가 좀 달라요. 사람들도 거칠고."

송은산도 끼어들었다.

"수준이 낮아요. 당장 눈앞에 보이는 이익만 찾고. 나라야 어찌 되든 자기들 배만 불리면 된다는 사고방식이에요."

문명철도 한마디 보탰다.

"한심한 작자들이지."

"아까 그 사내는 누구야?"

신태무가 묻자 송은산이 나서서 대답했다.

"원씨현에서 알아주는 망나니라고 합니다. 무슨 일이든 저자가 끼어들어 훼방을 놓는다고 합니다. 주민들을 선동하기도 하고."

"주의해야 할 놈이군!"

신태무가 중얼거리자 문명철도 동의하고 나섰다.

"맞습니다. 내일 중요한 일에 고춧가루라도 뿌리지 않을지 걱정입니다."

"잘 살펴보게! 무슨 일을 일으킬 기미가 보이면 미리 차단하고. 힘을 써서라도."

"알겠습니다. 제가 송 동지와 함께 그놈만 주시하겠습니다."

"그래. 빨리 마무리하고 들어오게."

"예, 부대장님."

화북지대 2대는 내일 있을 서안사변(西安事變) 기념 민중대회를 준비하느라 여념이 없었다. 그리고 모든 준비를 마치고는 다음날을 기다렸다.

***

"놈들을 일망타진할 좋은 기회입니다. 제 말을 믿으십시오!"

호소카와 소좌는 예리한 눈길로 중국인 사내를 훑어보았다. 사내는 연방 손바닥을 비벼대며 야비한 웃음을 흘렸다.

"제 제보가 맞는다면 약간의 돈만 주시면 됩니다."

호소카와 소좌는 껄껄 웃음을 터뜨렸다.

"돈 몇 푼에 조국을 팔아먹겠다는 것이냐?"

"아닙니다. 놈들은 조선 놈들입니다."

사내는 펄쩍 뛰었다. 그러나 호소카와의 입가에는 여전히 비릿함만 맴돌았다.

"그래, 네 말이 맞다. 허나 조선 놈들이긴 해도 어느 쪽이 너희 조국에 이로운지는 너도 잘 알 것이 아니냐?"

사내는 고개를 가로저었다.

"조국도 배가 불러야 있는 것입니다. 조국이 우리를 이렇게 굶주리게 하는데 어떻게 그 조국만 쳐다보고 있을 수 있겠습니까? 우리는 우리 배를 불려줄 나라를 기다리고 있습니다."

사내의 말에 호소카와는 고개를 끄덕였다.

"하긴 네 말도 일리가 있다."

"민중이니 혁명이니 하면서 국민당과 공산당으로 나뉘어 싸우며 하는 말들은 저희에게 관심 밖입니다. 배가 등짝에 가 붙어 있고 자식들이 배를 곯아 나자빠지고 있는데 어찌 그런 말들이 귀에 들어오기나 하겠습니까? 굶주려서 길가에 쓰러져 죽는 자가 부지기수입니다. 그런데도 저들은 권력에만 눈이 멀어 있습니다. 우리는 안중에도 없지요."

"좋다. 네 말을 믿어보자. 이시하라!"

호소카와 소좌는 즉시 부관 이시하라를 불러들였다.

"예, 소좌님!"

밖에 대기하고 있던 이시하라가 득달같이 뛰어 들어왔다.

"지금 바로 원씨현으로 간다. 준비해라."

"알겠습니다, 소좌님."

이시하라는 곧 군사를 점고했다. 그리고는 무장을 하게 한 후 원씨현으로 갈 채비를 마쳤다. 모두 삼백여 명의 군사였다.

호소카와는 사내를 앞세워 원씨현 호가장으로 향했다. 어두운 밤에 소리 죽여 움직였다.

여명이 밝아올 무렵에야 호소카와 소좌는 호가장 인근에 다다랐다.

"포위한다. 이시하라와 마쓰다는 저쪽으로 돌아라! 그리고 사사키와 다카라는 이쪽으로."

호소카와는 군사를 나눠 호가장을 포위했다. 그리고는 소리 죽여 앞으로 나아갔다.

"놈들의 경계를 주의해라! 매복이 있을지도 모른다."

호소카와는 잔뜩 긴장한 채 서서히 포위망을 좁혀갔다. 아니나 다를까, 호소카와의 염려대로 호가장 입구에서는 의용대원들이 경계를 서고 있었다. 2분대의 왕현순과 조소경이었다.

"저게 뭐지?"

왕현순이 물었다. 그러자 곁에 있던 조소경이 눈을 가늘게 뜨고 어둠 속을 살폈다.

"움직이는데."

조소경이 말을 마치기가 무섭게 왕현순이 총을 겨눴다.

"놈들의 습격이다!"

총소리가 여명을 울렸다.

"조 동지. 빨리 가서 알리시오! 놈들의 공격이라고."

총탄이 빗발치듯 쏟아지기 시작했다. 일본군이 습격을 개시한 것이다. 호소카와의 명령이 떨어졌다.

"앞으로!"

허리를 굽혀 조심스레 나아가던 일본군이 일제히 몸을 일으켜 세웠다. 그러고는 호가장을 향해 내달리기 시작했다.

새벽하늘을 찢는 총소리에 호가장은 일순 혼란에 빠져버리고 말았다. 의용대원들이 다급히 움직이기 시작했다. 총을 들고 밖으로 나섰다. 그러나 상황은 좋지 않았다. 총탄이 한 곳에서만 날아드는 것이 아니었다.

"이런, 포위된 것 같다!"

김세광의 입에서 탄식이 쏟아져 나왔다.

"서둘러라, 탈출한다!"

적은 이미 호가장 코앞까지 들이닥쳐 있었다. 의용대원들은 짐을 챙길 여유도 없었다. 총만 들고 나온 상태였다.

"저쪽 고지를 점령해야 하지 않을까요?"

김학철이 경황없는 중에 서쪽 언덕을 가리켰다. 김세광이 고개를 끄덕이고는 외쳤다.

"가자, 저쪽으로!"

김세광을 따라 의용대원들은 서쪽 언덕으로 향했다. 그러나 이미 고지는 일본군이 점령한 뒤였다. 총탄 세례가 쏟아졌다. 맨 앞에서 달리던 손일봉이 쓰러졌다.

"손 동지!"

그러나 적의 총탄에 손쓸 방도가 없었다. 가까이 갈 엄두가 나질 않았다. 사사키가 사정없이 총탄을 퍼부었기 때문이다.

"한 놈도 살려두지 마라! 총탄을 아끼지 마라!"

사사키는 피를 본 야수처럼 의용대원들을 몰아붙였다. 이번에는 최철호가 쓰러졌다.

"물러나라, 저쪽으로 간다!"

김세광은 손을 뻗어 남쪽 언덕을 가리키며 잽싸게 몸을 돌렸다. 의용대원들은 김세광을 따라 다시 남쪽을 향해 내달렸다. 그러나 그곳도 마찬가지였다. 이미 다카라가 길목을 선점한 채 기다리고 있었던 것이다.

"이런 제기랄."

김세광은 이를 악문 채 방아쇠를 당겼다. 경기관총에서 불이 뿜어졌다. 그러나 엄폐물에 의지한 채 조준사격을 해대는 일본군을 당해낼 수는 없었다.

"대장, 포위망을 뚫어야 할 것 같소."

김학철이 김세광에게 던진 말이었다.

"알고 있소. 허나 어디를 뚫는단 말이오?"

김세광이 난감해 하자 곁에 있던 신태무가 대답했다.

"저쪽이 좋을 것 같습니다. 인가 쪽이라 엄폐하기도 좋고. 저기에서 총격전을 벌이다 탈출하는 것이……."

신태무가 말을 마치기도 전에 김세광이 고개를 끄덕였다.

"그게 좋겠소. 저쪽으로 갑시다!"

김세광이 몸을 돌리자 대원들이 일제히 그를 따랐다. 총탄이 빗발처럼 날아들었다. 순간 김학철이 비틀했다. 총탄에 맞았던 것이다.

"김 동지!"

송은산이 재빨리 쓰러지는 김학철을 부축해 일으켰다. 조열광도 거들었다. 김학철의 입에서 짙은 신음소리가 새어나왔다. 고통을 이겨내려는 소리였다.

"나는 괜찮소. 빨리들 가시오!"

김학철은 자신을 놔두고 가라며 간신히 입을 열었다.

"그럴 순 없소. 힘을 내시오!"

조열광이 뒤를 향해 대응사격을 했다. 그러나 그것이 오히려 적의 총탄을 불러오고 말았다. 적진에서 날아온 총탄을 맞고 조열광이 그 자리에서 주저앉았다. 그의 다리에서 붉은 피가 배어나왔다. 신태무와 곽동서가 달려왔다.

"조 동지!"

신태무와 곽동서가 쓰러진 두 동지를 부축해 인가 쪽으로 간신히 옮겼다. 다행히 일본군이 더 이상 달려들지는 않았다. 서서히 포위망을 좁혀왔기 때문이다.

"언덕 아래로 돌파한다. 가자!"

김세광은 대원들을 이끌고 호가장 동남쪽으로 향했다. 인가를 지나 작은 숲이 있는 곳이었다.

숲으로 들어서자 총탄 소리가 잦아들었다.

"놈들이 숲으로 들어갔다. 기다려라!"

호소카와는 의용대원들이 숲 밖으로 나오기를 기다렸다. 날은 이미 밝아 있었다. 푸르스름한 기가 하늘을 온통 뒤덮고 있었다.

"서둘러라!"

김세광은 대원들을 독려해 숲을 지났다. 총소리가 멎은 숲은 고요하기만 했다.

"놈들이 사격을 멈췄습니다."

최철호가 고요한 숲의 불길함을 흔들어 깨웠다.

"우리를 기다리고 있을 겁니다."

박철동이 말했다.

"맞네. 숲을 나가기만 하면 빗발치는 총탄이 우리를 다시 맞을 걸세."

김세광은 몸을 낮추고 숲 너머를 가만히 살폈다.

"이제 숲은 다 지났다. 저 개활지를 건너야 한다. 분명 놈들은 우리를 기다리고 있을 것이다. 죽을힘을 다해 뛰어라!"

신태무는 눈을 가늘게 뜨고 건너편 숲을 노려보았다. 관목 사이로 일본군이 숨어 있을 것이다. 생각만 해도 끔찍한 일이었다.

"자, 간다!"

김세광이 먼저 숲을 뛰쳐나갔다. 최경원과 최철호가 그의 뒤를 따랐다. 그러자 호소카와의 외침이 곧바로 터져 나왔다.

"놈들이 나왔다. 사격 개시!"

빗발 같은 총탄이 쏟아지기 시작했다. 달리는 의용대원들의 총에서도 불꽃이 튀었다. 그러나 몸을 숨긴 채 쏘아대는 일본군을 당해낼 수는 없었다. 앞장서서 달리던 최철호가 제일 먼저 쓰러졌다. 이어 김세광도 팔을 움켜쥐고는 비틀거렸다.

"대장!"

최경원이 재빨리 김세광을 부축했다.

"괜찮네. 먼저 가게."

"아닙니다. 힘을 내십시오."

순간 김세광의 얼굴로 붉은 피가 튀었다. 최경원이 맥없이 고꾸라졌다.

"최 동지!"

김세광은 최경원을 부여잡았다. 그의 가슴에서 붉은 선혈이 꾸역꾸역 흘러나오고 있었다.

"이런 죽일 놈들."

분노한 김세광은 엎드린 채 건너편 숲을 노려보았다.

"가시지요."

이번에는 송은산이 달려들었다.

"위험하오. 먼저 가시오."

"그럴 순 없습니다, 대장!"

긴박한 순간에 김세광은 최경원의 희생을 떠올렸다. 머뭇거리다가 송은산까지 잃을 수 있었다. 이를 악물고 몸을 일으켜 세웠다. 그러고는 부축을 받아가며 개활지를 건넜다.

개활지를 벗어나자 먼저 건넌 대원들이 총격전을 벌이고 있었다. 날은 이미 밝아 있었다.

"저건 누군가?"

개활지에 쓰러져 있는 대원을 바라보며 묻자 방아쇠를 당겨대던 신태무가 대답했다.

"박철동 동지입니다."

그의 목소리에는 울음까지 섞여 있었다.

"박 동지······."

김세광은 말문이 막혔다. 팔뚝에서 붉은 피가 뚝뚝 흘러내리고 있었다.

"대장, 지혈을 해야 합니다."

송은산이 총을 내려놓고 바짓가랑이를 찢었다. 이어 찢은 천으로 김세광의 팔을 동여맸다. 김세광은 이를 악물었다. 신음소리가 절로 새어나왔다.

"총알을 제거해야 하는데."

송은산이 혼잣말로 중얼거렸다.

"급한 대로 우선 지혈만 해도 괜찮습니다."

신태무가 맞받았다.

"큰일이다. 놈들은 우리보다 수가 많다. 무사히 벗어나기는 어려울 것 같은데."

김세광이 탄식을 쏟아냈다.

"하늘이 돕겠지요."

말을 마친 신태무는 다시 방아쇠를 당겼다. 귀를 찢는 날카로운 총소리가 건너편 숲으로 날아갔다.

그때 맞은편 숲에서 요란한 총소리가 들려왔다.

"저건 뭐지?"

놀란 송은산이 고개를 돌렸다.

"지원군이다!"

신태무가 소리쳤다. 이어 고상철도 외쳤다.

"팔로군이다!"

그의 외침에 이어 빗발 같은 총탄이 건너편을 향해 날아갔다. 당황한 것은 호소카와였다.

"저놈들이 어떻게?"

"물러나는 것이 좋을 듯싶습니다."

부관 이치로가 조심스레 말을 건넸다. 호소카와의 얼굴이 일그러졌다.

"이런 제기랄, 다 잡은 물고기를."

분하다는 듯 한바탕 이를 갈아 댄 호소카와는 어쩔 수 없다는 듯 소리쳤다.

"퇴각한다. 물러나라!"

호소카와의 명령에 일본군은 재빨리 물러나기 시작했다. 의용대는 곧 뒤쫓으려 했다. 그러나 그만두어야 했다. 수적으로 워낙 불리한 탓도 있었지만 팔로군이 만류했기 때문이다.

"고맙소."

김세광은 팔로군 대장 장인식에게 감사를 표했다.

"아니오. 당연한 일이오. 총소리를 듣고 달려와 보니 조선의용대가 일본군에 쫓기고 있더군요. 그래서 돕게 된 것이오."

"아무튼 때 맞춰 잘 와주셨습니다."

조열광이 다리를 절룩이며 다가왔다.

"저런, 다치셨나보오."

장인식이 안타까운 눈으로 조열광의 다리를 내려다보았다.

"놈들의 총탄이 종아리를 꿰뚫었습니다."

장인식은 고개를 절레절레 흔들었다.

"본대로 복귀합시다. 이곳의 일은 틀렸소."

장인식의 말에 김세광은 고개를 끄덕였다.

"아무래도 놈들의 첩자가 있었던 듯합니다."

김세광은 못내 아쉬운 듯 입맛까지 다셔댔다.

"잊으시오. 기회는 또 있소이다."

김세광은 대원을 점고했다. 왕현순, 손일봉, 최철호, 박철동 등 모두 네 명의 동지를 잃었다. 거기에다 자신을 포함해 분대장 조열광과 장례신이 부상을 당했다.

"그래도 한 사람이 비는데."

그러자 김성국이 나섰다.

"김학철 동지가 보이질 않습니다."

김학철이라는 말에 김세광이 소스라치게 놀랐다. 이어 곽동서도 끼어들었다.

"아까 저쪽으로 가는 것을 봤는데."

이번에는 문명철이 이어받았다.

"아마도 놈들의 포로가 된 것 같습니다."

"포로라니?"

김세광은 다시 한 번 놀란 얼굴로 말을 잇지 못했다.

"적진 쪽으로 가는 것을 저도 봤습니다. 아마도 우리를 무사히 보내려고 그랬던 것 같습니다."

김세광과 조열광의 입에서 침통한 소리가 새어나왔다. 이어 문명철이 다시 어렵게 입을 열었다.

"그리고 총탄에 맞고 쓰러졌고요."

문명철은 마치 자신이 잘못이라도 저지른 것처럼 목소리가 힘이 빠져 있었다.

"총탄이 하도 빗발쳐서 어떻게 할 도리가 없었습니다. 개활지를 건넌 후에 돌아보니 김학철 동지가 보이질 않더라고요."

"그렇다면 놈들의 총탄에 또다시 부상을 입고 포로로 잡혀갔단 말인가?"

조열광의 말에 곽동서가 고개를 끄덕여 대답했다.

"그런 것 같습니다. 전사했다면 시신이라도 있어야 하는데……."

말도 다 잇지 못했다.

"참으로 안타까운 일입니다."

장인식도 위로의 말을 던졌다. 그러고는 재촉했다.

"이렇게 머뭇거리고 있을 시간이 없습니다. 놈들의 지원군이 올 수도 있어요."

"알겠습니다. 오늘은 일단 철수하고 김학철 동지는 나중에 어떻게든 우리가 구하도록 합시다."

김세광은 어쩔 수가 없었다. 팔로군과 함께 서둘러 호가장을 떠나야 했기 때문이다. 마을 한가운데 덩그러니 마련된 무대가 떠나는 의용대를 쓸쓸히 배웅해주었다.

***

한편 읍성에 도착한 의용대 제3대 대원들도 군중대회를 열고 있었다. 읍성의 중심이랄 수 있는 교회당에서였다. 경계는 팔로군이 섰다. 모여든 군중은 오백여 명으로 대성황을 이루고 있었다.

"우리가 분연히 일어선 것은 일본 제국주의를 타파하기 위해서입니다. 무도한 저들은 세계를 적으로 삼아 무모한 전쟁을 일으켰습니다. 이에 우리는 일본 제국주의를 분쇄하고 저들의 침략을 물리쳐 이 땅에 반드시 혁명을 실현할 것입니다. 혁명만이 우리가 살 길입니다. 제국주의는 세계의 적이며 평화를 깨뜨리는 독입니다. 대륙의 기상을 일으켜 세웁시다!"

조청 지회장인 신억의 연설은 청중을 사로잡았다. 곳곳에서 환호성이 쏟아져 나왔다.

"여러분의 뜨거운 열정은 이 땅에 새로운 바람을 불러일으킬 것입니다. 새로운 세상, 새로운 시대는 여러분의 열정에서 비롯됩니다. 우리는 확신합니다. 혁명은 세상의 중심인 이곳 대륙에서 시작될 것이라고."

한 차례 숨을 고른 후 신억은 주위를 둘러보았다. 하나같이 진지한 표정들이었다. 연설은 다시 이어졌다.

"또한 역사에 기록될 겁니다. 간악한 저들이 세상을 얼마나 가볍게, 그리고 우습게 여겼는지 말입니다. 저들은 조선을 침략했고 대륙을 능욕했습니다. 이제 그런 가볍지 아니한 죄를 저지른 저들을 우리가 징벌할 때입니다. 하나로 뭉쳐 나아갑시다!"

교회당이 후끈 달아오르고 신억의 연설이 절정에 이르렀을 때였다. 일본군 사십여 명이 다급히 읍성으로 향하고 있었다. 이들은 소총과 경기관총, 그리고 수류탄으로 무장하고 있었다. 친일 중국군인 황협군 십여 명에 사복조 십여 명도 포함되어 있었다.

"서라!"

일본군 소좌 히로시가 이들을 멈춰 세웠다.

"가케루!"

황협군을 이끄는 가케루를 부른 것이었다.

"예, 소좌님!"

"너희는 교회당 우측으로 돌아라. 놈들을 일망타진한다."

"알겠습니다."

"다케시는 들어가 최대한 시간을 끌어라. 우리가 가까이 갈 때까지. 알겠나?"

사복을 입고 있던 다케시도 부동자세로 답했다.

"알겠습니다."

사복을 입고 있었지만 그의 꼿꼿한 자세는 군인이나 다름없었다.

"그럼 먼저 들어가겠습니다."

다케시는 사복조를 데리고 읍성으로 먼저 떠났다. 이들의 뒤로 황협군이 따랐다. 히로시의 소대도 읍성을 포위한 채 서서히 발걸음을 옮겨 놓았다.

읍성은 텅 비어 있었다. 모두들 교회당에 모여 있었기 때문이다. 다케시 일행은 무기를 숨긴 채 아무 일도 없다는 듯이 교회당으로 접근했다. 경계를 서고 있던 팔로군도 이들의 정체를 눈치 채지 못했다. 아니, 말이 경계지 팔로군은 그냥 서 있는 것이나 마찬가지였다. 허술하기 짝이 없었다. 그저 삼삼오오 모여 잡담과 장난으로 시간을 보내고 있었다.

황협군과 히로시도 팔로군을 피해 읍성으로 은밀히 접근했다.

교회당에서는 신억의 목소리가 쩌렁쩌렁 울려 나오고 있었다. 히로시는 손을 들어 황협군과 소대원을 멈춰 세웠다. 그러고는 교회당 주위로 대원들을 은밀히 배치했다.

"우리가 오늘 이 읍성에 모인 것도 대륙에서 일본군을 축출하기 위해서입니다. 그것이 곧 조선의 독립이요 조선의 살 길이기 때문입니다. 우리 조선인은 반드시 조국을 되찾을 것입니다."

그 순간 총소리가 교회당을 울렸다. 다케시가 의용대원들을 향해 총탄을 발사했던 것이다. 교회당은 곧 아수라장으로 변하고 말았다. 의용대원들도 몸을 숙이며 총을 꺼내들었다. 모여 있던 군중은 비명을 지르며 교회당을 빠져나가려 했다. 그러나 쉽지 않았다. 좁은 문으로 많은 사람이 한꺼번에 모여들다 보니 넘어지고 치이며 비명소리, 신음소리가 연이어 터져 나왔다.

"적이 어디에 있나?"

제3대 대장 왕자인이 물었다. 그러자 분대장 이희도가 대답했다.

"교회당 밖에 있는 놈들입니다."

이희도의 대답에 이어 의용대원들의 사격도 시작되었다. 김운국과 이종철, 그리고 이화림의 총구에서 불이 뿜어졌던 것이다. 교회당 안과 밖에서 치열한 총격전이 시작되었다.

"놈들이 우리를 포위했습니다. 어떻게 할까요?"

마덕산이 상황을 파악하고 왕자인에게 물었다.

"팔로군은 무얼 하고 있었단 말인가?"

다분히 불만의 목소리가 섞여 있었다.

"일단은 이곳을 빠져나가야 할 것 같습니다."

그러나 다급한 상황에 왕자인은 판단이 서질 않았다.

"적의 수가 우리보다 많은 것 같습니다. 사복을 입은 놈들 뒤로 적의 부대가 있습니다."

장평산이 교회당 위로 올라가 살펴보고 소리친 것이었다.

"일단 가까이에 있는 사복조를 물리친다. 그리고 서문으로 돌파한다."

왕자인의 결정에 의용대원들은 유리창을 깨고 출로를 확보했다. 밖은 밀려나간 군중으로 아수라장이었다.

"서문으로 나간다!"

마덕산이 의용대원들에게 출로를 알렸다. 그러고는 총을 들어 담벼락에 붙어 있는 일본군을 향해 총탄을 발사했다. 보기 좋게 일본군이 나가떨어졌다.

군중은 흩어졌고, 교회당 안도 순식간에 텅 하니 비고 말았다. 의용대원들만 기둥과 벽에 의지한 채 총을 쏘아대고 있었다. 총탄이 곳곳에서 날아들었다. 이어 황협군과 히로시의 소대도 교회당 가까이로 접근했다. 상황이 점점 나빠졌다. 교회당 밖으로는 억울하게 총탄을 맞은 군중의 시신이 널브러져 있었다.

"서둘러라! 놈들이 둘러쌌다."

왕자인은 대원들을 독려해 교회당 문 앞으로 다가갔다. 그러고는 맨 먼저 문을 박차고 밖으로 뛰쳐나갔다. 이어 신억이 뒤따랐다. 그리고 창문 여기저기에서 의용대원들이 뛰어 내리기 시작했다. 이희도, 김운국,

강자생, 장평산 등이 차례로 교회당을 탈출했던 것이다. 일본군은 의용대원들을 죽이기 위해 혈안이 되어 있었다. 총탄을 사정없이 발사해댔던 것이다. 그러나 의용대원들은 하나도 쓰러지지 않았다. 바람같이 몸을 날려 교회당 담벼락과 읍성 건물의 여기저기로 흩어졌다.

"서문으로 탈출한다. 서문 밖에서 보자!"

왕자인이 다시 한 번 탈출로를 외치고는 읍성을 향해 몸을 날렸다. 그의 뒤로 일본군의 총탄이 빗발처럼 날아들었다.

"이거나 먹어라!"

이화림이 수류탄을 던졌다. 천지를 진동하는 폭음과 함께 일본군과 황협군이 나가떨어졌다. 이어 이동호도 수류탄을 던졌다. 연이어 폭음이 일며 일본군이 쓰러졌다. 일본군도 수류탄으로 맞대응했다. 교회당 문이 박살나고 창문이 날아갔다.

"우리도 나갑시다!"

이동호가 먼저 창문을 뛰어 내렸다. 그의 뒤를 이어 양계와 박무가 뛰어 내렸다. 총탄이 이들의 발끝에서 먼지를 뽀얗게 피워 올렸다. 그러나 이동호와 양계는 바람처럼 교회당을 벗어나 골목으로 스며들었다.

"여기로!"

먼저 나와 있던 강자생과 장평산이 이동호와 양계를 엄호하다가 이들을 맞았다.

"안에는?"

"없습니다. 다 나온 것 같습니다."

13. 호가장전투와 읍성전투 291

그 순간 창문을 뛰어넘는 그림자가 있었다. 곽도선이었다.

"곽 동지다!"

양계가 소리치며 총탄을 날렸다. 곽도선을 엄호하기 위해서였다. 이동호와 장평산도 동시에 방아쇠를 당겼다.

"곽 동지, 여기로!"

이동호가 곽도선을 불러 젖혔다. 총탄이 땅바닥을 두드려댔다. 먼지가 뽀얗게 피어올랐다. 일본군은 곽도선을 잡기 위해 집중사격을 가했다. 그리고 그 순간 곽도선이 비틀거렸다. 적의 총탄에 어깨를 맞은 것이다. 그러나 곽도선은 쓰러지지 않고 이를 악문 채 건너편 담벼락으로 몸을 날렸다.

"갑시다! 곽 동지가 위험하오."

이동호가 골목을 휘돌아 곽도선이 숨어든 담벼락으로 달려갔다. 양계와 장평산도 그의 뒤를 따랐다.

"괜찮소?"

이동호가 물었다. 곽도선은 어깨를 움켜쥐고 있었다. 움켜쥔 손가락 사이로 붉은 핏물이 흘러내렸다.

"괜찮습니다."

다행히 큰 부상은 아니었다.

"여기를 빠져나가야 합니다. 서두르시죠."

장평산이 주위를 둘러보았다. 일본군이 교회당 공터로 몰려나오고 있었다. 양계가 다시 방아쇠를 당겼다. 달리던 일본군이 보기좋게 나가

떨어졌다.

"갑시다!"

이동호가 앞장섰다. 곽도선은 어깨를 움켜쥔 채 뒤따랐다. 장평산과 양계는 뒤에서 엄호하며 천천히 물러났다.

골목길을 빠져나와 서문 근처에 다다랐을 때였다. 먼저 나와 있던 의용대원들이 이들을 맞았다.

"빨리들 오게나."

왕자인이 다급히 손짓까지 해대며 불렀다.

의용대원들은 뒤쫓아온 일본군을 향해 집중사격을 가했다. 그러자 일본군이 주춤했다. 일제히 엎드려 땅바닥에 고개까지 처박아댔다.

"가자!"

왕자인의 외침에 의용대원들이 일제히 서문을 나섰다. 마덕산과 이희도, 그리고 장평산이 맨 뒤에서 엄호를 하며 뒤따랐다. 일본군은 물러나는 의용대원들을 물끄러미 바라보았다.

"됐다, 이 정도면."

히로시 소좌는 입맛을 다셨다. 내심으로는 불만이었지만 그걸 겉으로 드러내는 것은 자존심이 허락하지 않았다.

"놈들을 일망타진할 수 있는 기회였는데."

가케루가 주먹을 불끈 쥐었다. 그런 가케루를 히로시가 노려보았다.

"자네는 늘 그렇게 뒷말만 하지."

가케루가 흠칫했다. 히로시의 말이 다시 이어졌다.

"적을 눈앞에 두고는 방아쇠도 제대로 못 당기면서 전투가 끝난 뒤에 늘 헛소리만 늘어놓으니 하는 말일세."

모멸감에 가케루의 얼굴이 붉어졌다.

"다음 전투 때 보세."

히로시는 발길을 돌렸다. 그러고는 입을 놀렸다.

"황협군이라는 위세만 믿고 너무 날뛰지 말게. 전쟁은 장난이 아냐."

가케루는 입술을 씰룩거렸다. 그러나 차마 말을 내뱉지는 못했다.

읍성을 완전히 벗어나자 의용대원들은 그제야 발걸음을 늦췄다. 멀리 앞쪽에 팔로군의 모습이 눈에 들어왔다.

"저들은 대체 뭐 하고 있었던 게야?"

이화림이 불만을 토해냈다. 그러자 강자생도 거들고 나섰다.

"말로만 협력이지, 이게 협력입니까? 총소리에 놀라 꽁무니나 빼고."

"그만하게. 어찌 됐든 우리는 저들을 필요로 해."

왕자인이 끊고 나선 것이었다.

"이왕 협력을 하자고 한 것이니 끝까지 믿어보자고."

말은 그렇게 했지만 그도 불만이 가득했다. 쏘아보는 눈길이 예사롭지가 않았다.

"고생들 했소!"

청화가 입가에 웃음을 머금은 채 다가왔다.

"다행히 전사자는 없습니다. 부상자 한 명뿐입니다."

왕자인의 말에 청화는 고개를 끄덕였다.

"적은?"

"교회당 공터에 몇 놈이 쓰러져 있는 것을 보았습니다만 정확한 숫자는 경황이 없어서……."

"좋소! 다만 선전활동을 제대로 못한 것이 아쉽군."

"또 기회가 있겠지요."

왕자인은 급히 청화의 말을 끊어버리고 말았다. 더 이상 듣고 싶지 않았기 때문이다.

"놈들이 뒤쫓을지도 모르오. 빨리 갑시다."

청화는 말을 마치고는 서둘러 팔로군을 이끌고 앞장섰다. 의용대원들은 그런 청화를 향해 구시렁거리며 뒤따랐다.

의용대원들은 이후에도 전단을 살포해 일본군의 사기를 저하시키는가 하면 주요 시설의 연락선을 절취하기도 했다. 그럼으로써 일본군의 정보망에 치명적인 타격을 안겨주었다. 또한 공로를 파괴하기도 하고 일본군이 봉쇄선으로 파놓은 도랑 수백 미터를 폭파하기도 했다. 특히 북양의 남정의구에서는 팔로군과 함께 전투에 참가해 혁혁한 공을 세웠다.

이에 일본군이 대대적인 소탕작전을 벌였다. 1차 소탕전에 병력 4만 명을 투입했고, 이어 2차 소탕전에는 무려 20개 사단 40만 명을 동원했다. 전차는 물론 전투기까지 동원되었다.

14. 태항산을 벗어나며

수적으로 밀린 팔로군과 의용대는 최후의 보루까지 후퇴하고 말았다. 팔로군의 총사령부와 의용대 지대부가 있는 마전까지 일본군의 대포 사격권에 들어간 것이다.

"놈들의 포위망을 뚫어야 합니다. 이대로 있다가는 모두 몰살당하고 말아요."

주은래가 심각한 표정으로 좌중을 돌아보았다. 그러나 누구 하나 뾰족한 대책을 내놓는 사람이 없었다.

"태항산 밖은 일본군 천지요. 어떻게 빠져나간단 말입니까?"

팽덕회가 한숨을 몰아쉬었다. 그러자 끝자리에 앉아 있던 의용대 지대장 박효삼이 자리를 박차고 일어섰다.

"저희 의용대가 출로를 뚫겠습니다."

모두의 시선이 그에게로 모아졌다.

"도화곡에 있는 사자령 양쪽의 고지를 점령하기만 하면 탈출이 가능

합니다. 거기만 빠져나가면 곧장 연안으로 갈 수 있을 겁니다."

사자령이란 말에 모택동의 얼굴이 밝아졌다.

"맞아. 사자령으로 나가면 다른 곳보다는 수월할 것이네. 놈들도 마전에서 연안으로 가는 그 길은 모를 거야."

"그거야 그렇지만 문제는 사자령 고지를 어떻게 점령할 수 있겠냐는 것이오."

팽덕회가 그것이 가능하기나 하겠냐는 듯 회의적인 반응을 보였다. 그러자 박효삼이 다시 나섰다. 그의 목소리는 결기로 가득 차 있었다.

"저희에게 맡겨주십시오! 저희 의용대가 반드시 점령해 보이겠습니다."

얼굴에는 비장함이 가득했다. 주은래도 그런 박효삼을 치켜세우지 않을 수 없었다.

"동지의 그 의기가 우리 팔로군에게 큰 힘이 될 것이오. 이번 작전에 성공한다면 우리 팔로군은 조선의용대의 그 은혜를 결코 잊지 않을 것이오."

주은래는 진심 어린 말로 박효삼의 제안을 받아들였다.

"그럼 조선의용대가 사자령을 열고 우리 팔로군은 그 출로로 퇴각합시다. 참모장 좌권은 의용대를 돕도록 하시오!"

"알겠습니다."

좌권의 대답과 동시에 천지를 진동하는 폭음이 본부 밖에서 울려 퍼졌다. 이어 여기저기에서 포탄이 터지는 소리가 들려왔다.

"적의 공격이다!"

팔로군 본부는 곧 아수라장이 되었다.

"놈들의 포격이오. 서두릅시다!"

모택동은 자리를 박차고 일어섰다. 주은래도 안절부절못하며 본부 밖으로 뛰쳐나갔다.

"윤 동지, 가시지요!"

박효삼은 윤세주를 재촉해 본부 밖으로 달려 나갔다. 밖은 포연과 화약냄새로 가득했다. 멀리 사자령 위에서 포탄이 연이어 날아왔다.

팔로군은 재빨리 전열을 정비했다. 그 사이 박효삼은 대원을 소집해 사자령으로 떠났다. 그들의 뒤를 팔로군 참모장 좌권이 따랐다.

"사자령을 여는 동안 우리도 놈들의 배후를 친다."

모택동은 포병에게 명령을 내렸다. 이에 팔로군 진영에서도 사자령을 향해 포탄이 날아갔다.

사자령 아래에 당도한 의용대는 박효삼의 지휘 아래 고개 양쪽의 언덕을 공략하기 시작했다.

"윤 동지께서는 서쪽 언덕을 맡아주십시오! 제가 동쪽 언덕을 맡겠습니다."

"알겠네."

윤세주는 가볍게 고개를 끄덕이고는 재빨리 대원들을 이끌고 서쪽 언덕을 향해 갔다. 이어 박효삼도 나머지 대원들을 이끌고 동쪽 언덕으로 발길을 옮겼다.

"반드시 점령한다. 조국을 위한 일이다. 목숨을 아끼지 마라!"

윤세주는 총을 들고 외치고는 언덕을 향해 거침없이 달려갔다. 총탄이 언덕 아래로 빗발치듯 쏟아져 내렸다. 윤세주는 황토바람이 날리는 언덕에 엎드렸다. 이어 그를 따르던 의용대원들도 하나같이 엎드렸다.

의용대가 반격을 개시했다. 경기관총이 불을 뿜고 소총도 총탄을 날렸다. 치열한 공방전이 시작된 것이다.

"신 동지, 저쪽으로 도시오! 놈들의 사각지대요."

윤세주의 명령에 신태무가 고개를 끄덕였다. 그러고는 재빨리 자리에서 일어나 달리기 시작했다. 일본군의 총탄이 그를 향해 날아갔다. 그러나 신태무는 바람같이 날랬다. 총탄이 그의 발아래에서 먼지를 뽀얗게 피워 올렸다.

"신 동지를 엄호하라!"

윤세주의 명령에 의용대원들은 일제히 신태무를 엄호했다. 그러자 일본군의 총구가 다시 돌려졌다. 그 틈에 바위를 엄폐물 삼아 잠시 숨을 돌리고 있던 신태무가 다시 언덕을 오르기 시작했다.

"대원 앞으로!"

윤세주의 명령에 의용대원들은 일제히 언덕 위로 돌진했다. 당황한 일본군이 자리를 옮기기 시작했다. 좀 더 유리한 곳을 선점하기 위해서였다. 그러나 그것은 실수였다. 적이 움직이기만을 기다리고 있던 윤세주에게 걸려들었기 때문이다.

의용대의 경기관총이 불을 뿜었다. 그러자 일본군이 여기저기에서 쓰러지기 시작했다.

"앞으로! 돌격하라!"

윤세주의 외침에 의용대원들은 죽음을 무릅쓰고 언덕 위를 향해 돌진했다. 신태무도 자리를 잡았다. 일본군의 측면이었다. 이어 그의 경기관총에서도 불이 뿜어지기 시작했다. 일본군이 추풍낙엽처럼 쓰러졌다. 신태무의 뒤를 이어 이희도도 올라왔다. 당황한 일본군은 지원사격을 요청했다. 그러나 동쪽 언덕도 상황은 마찬가지였다. 좋지 않았던 것이다.

"놈들의 목줄을 끊는다. 돌격 앞으로!"

박효삼은 대원들을 이끌고 동쪽 언덕을 올랐다. 치열한 공방전이 펼쳐졌다. 일본군 나카무라 소좌는 수적으로 우세함에도 불안하기만 했다. 저돌적인 의용대의 진격에 기가 꺾였던 것이다. 그렇다고 두고 볼 수만도 없었다. 직접 총을 들고 진두지휘에 나섰다.

"놈들은 얼마 되지 않는다. 두려워할 것 없다!"

나카무라는 총을 들어 겨눴다. 그 순간 박효삼의 총탄이 나카무라의 가슴을 그대로 꿰뚫고 말았다.

"소좌님!"

부관 미나미가 달려들었지만 이미 때는 늦었다. 나카무라는 황토바람과 함께 스러지고 말았다. 일장기가 나뒹굴었다.

"앞으로!"

박효삼은 대원들을 이끌고 언덕으로 올랐다. 건너편 서쪽 언덕에서도 치열한 공방전이 펼쳐지고 있었다. 박효삼은 이를 악물고 방아쇠를 당겼다. 총탄이 쉴 새 없이 날아갔다.

"지독한 놈들이다!"

미나미는 치를 떨었다. 고개까지 절레절레 흔들어댔다. 날아드는 총탄에 고개도 들지 못할 지경인데 의용대원들은 몸을 일으켜 세운 채 올라오고 있었다. 죽음도 불사하는 의용대의 용맹함을 보고 미나미는 퇴각을 떠올렸다.

일본군과 근접해지자 박효삼이 손을 들었다.

"기다려라!"

박효삼의 명령에 의용대원들은 일제히 엄폐물에 몸을 숨긴 채 잠시 숨을 돌렸다. 그러자 미나미의 명령이 곧 떨어졌다.

"언덕 너머로 물러난다!"

미나미의 명령에 일본군이 기다렸다는 듯 자리에서 일어나 물러나기 시작했다. 때를 놓칠 박효삼이 아니었다.

"공격하라! 사격 개시!"

언덕 위를 향해 총탄이 빗살처럼 날아갔다.

한편 팔로군 본부에서는 전열을 정비한 채 때를 기다리고 있었다.

"지금인 것 같소."

모택동이 먼저 말을 꺼냈다. 그러자 주은래가 맞받았다.

"맞습니다. 조선의용대가 승기를 잡은 것 같습니다."

"서두릅시다."

팽덕회도 거들었다.

"자, 출발한다. 사자령을 넘는다. 각별히 조심해라. 놈들의 공격이 있을 것이다."

주은래는 맨 앞에 서서 팔로군을 이끌고 사자령으로 향했다. 그들은 전방을 살피며 나아가는 선발대 역할을 했다. 이어 모택동이 본대를 이끌고 따라붙었고 팽덕회가 맨 뒤에 섰다.

서쪽 언덕에서 치열하게 공방전을 펼치던 윤세주가 뒤따르는 좌권을 불렀다.

"좌 동지는 우회해주십시오! 전방은 제가 맡겠습니다."

윤세주의 말에 좌권이 고개를 끄덕였다. 그는 윤세주를 믿고 있었다. 의용대원들의 목숨을 돌보지 않는 용기를 보고 강력한 믿음을 가졌던 것이다.

"알겠소."

말을 마친 좌권은 가슴이 불타오르는 듯했다. 의용대원들의 의기에 자신도 모르게 흥분이 되었던 것이다.

신태무는 이미 일본군을 밀어내고 진지를 확보하고 있었다.

"팔로군을 엄호하라!"

신태무의 명령에 총구가 일제히 불을 뿜었다.

일본군은 빗발치는 총탄에 눌려 고개를 처박은 채 들지도 못했다. 그 사이 좌권이 군사를 이끌고 바람같이 언덕을 올라왔다.

"이대로 돌진합시다!"

의기양양한 좌권이 가쁜 숨을 몰아쉬며 신태무에게 제안했다. 신태무도 바라던 바라는 듯 고개를 끄덕였다.

"괜찮으시겠습니까?"

신태무의 물음에 아랑곳하지 않고 좌권이 먼저 명령을 내렸다.

"놈들을 몰살시킨다. 앞으로!"

좌권의 명령에 팔로군이 앞다퉈 달려나갔다. 신태무는 입가에 미소를 머금고 총을 들었다.

"우리도 간다. 돌격!"

좌권과 신태무는 서쪽 언덕의 능선을 타고 고지로 향했다. 일본군이 당황한 듯 주춤했다. 아랫녘에 있던 윤세주도 힘을 얻었다.

"놈들이 물러난다. 돌격 앞으로!"

몸을 일으켜세운 의용대원들이 언덕 위를 향해 돌진했다. 그야말로 파죽지세였다. 일본군 진지가 무너지자 몸을 돌려 달아나는 군사들이 태반이었다.

"달아나지 마라! 달아나는 놈은 즉결처분한다."

스기야마는 흥분해 소리쳤다. 그러나 자기 목숨을 구하고자 하는 병사들의 본능은 어쩔 수가 없었다. 어떠한 협박으로도 막아낼 수가 없던 것이다.

황협군의 지휘관 시라카와는 황군으로서의 자존심을 끝까지 지키려 했다.

"목숨으로써 사수한다. 천황폐하 만세!"

얼굴은 땀과 먼지로 온통 범벅이었다. 시라카와의 독촉에 황협군 병사들은 연신 방아쇠를 당겨댔다. 그러나 곧 역부족이라는 사실을 깨달았다. 측면의 좌권과 신태무를 막아낼 수가 없었던 것이다.

"아! 하늘이 이 시라카와를 돕지 않는구나."

황협군도 곧 무너져 내렸다. 시라카와는 하늘을 원망하며 눈물을 흘렸다. 윤세주의 의용대가 코앞까지 밀고 올라와 있었다. 시라카와는 마지막 선택을 하지 않을 수 없었다. 총구를 자신의 머리로 향했던 것이다. 이어 총성이 사자령을 울렸다.

"언덕이 점령되었다. 골짜기를 빠져나가라!"

주은래는 사자령을 재빨리 벗어나려 했다. 그의 뒤로 팔로군이 줄을 지어 퇴각했다.

"조선의용대를 잊으면 안 된다. 결코 잊을 수 없는 형제들이다!"

모택동은 사자령을 넘으며 조선의용대의 활약을 가슴에 새겼다. 그러자 부관 임표가 맞받았다.

"진정한 우의가 무엇인지를 아는 사람들입니다. 오늘의 은혜는 결코 작은 것이 아닙니다."

"반드시 갚을 날이 있을 것이다."

모택동과 임표가 조선의용대에 대한 찬사를 아끼지 않을 때 동쪽 언덕도 박효삼에 의해 점령되고 있었다.

"포대를 접수하라!"

박효삼의 명령에 의용대원들이 바람같이 포대를 덮쳤다. 그러자 일본군 포병들은 포대를 버리고 몸을 돌려 달아났다. 이어 총탄이 날아가고 달아나던 포병들이 쓰러졌다.

"포신을 돌려라!"

박효삼의 명령에 의용대원들은 포신을 돌렸다. 그러고는 언덕 너머 일본군 본대를 향해 포탄을 발사하기 시작했다.

사자령 너머 일본군 본대에 포탄이 떨어지자 일본군은 우왕좌왕 갈피를 잡지 못했다. 그러자 신페이 대좌가 사자령으로 지원군을 급파했다.

"사자령을 막아라! 놈들을 그냥 보내서는 안 된다."

신페이의 명령에 일본군 두 개 사단이 움직였다. 가즈마 중좌와 유이토 중좌의 사단이었다.

"한 놈도 벗어나지 못하게 한다!"

가즈마는 죽음을 불사하겠다는 듯 사자령 입구를 막아섰다. 이어 주은래가 골짜기를 벗어나 사자령 출구에 섰다.

"놈들의 지원군이다."

당황한 주은래가 그 자리에 멈춰 섰다. 바로 그때 언덕 위에서 포탄이 날아들기 시작했다. 언덕 위에서 상황을 지켜보고 있던 박효삼이 팔로군을 돕기 위해 포신을 돌렸던 것이다.

"뭐야?"

가즈마와 유이토는 당황한 표정으로 언덕을 올려다보았다. 포탄이 유성우처럼 쏟아져 내리고 있었다. 이어 의용대원들과 팔로군이 물밀듯이 내려왔다. 윤세주와 좌권이 언덕을 내려오고 있었던 것이다. 포탄과 총탄 세례에 가즈마와 유이토는 사자령을 막는 것보다는 자신들의 안위를 먼저 걱정해야 할 판이었다.

"적을 막아라!"

유이토가 군사들을 독려해서 언덕 아래로 물밀 듯 쏟아져 내리는 좌권의 부대와 의용대를 막게 했다. 그러자 사자령을 벗어난 주은래와 모택동, 그리고 팽덕회의 공격도 시작되었다.

"출로를 열어라!"

주은래가 앞장서서 가즈마 사단의 우측을 공격했다. 총탄이 빗발치듯 날아갔다. 가즈마도 맞받아쳤다. 치열한 공방전이 펼쳐졌다.

"고개를 들어라! 조준사격을 하란 말이다."

가즈마는 총탄이 빗발치는 가운데 피를 토하듯 외쳤다. 고개를 처박은 채 방아쇠를 당기는 일본군이 부지기수였기 때문이다. 그러나 공포에 찌든 일본군의 귀에 그 말이 들어올 리 없었다. 죽음은 누구에게나 두려운 것이기 때문이었다.

분노한 가즈마가 소총을 버리고 경기관총을 빼앗아 들었다.

"놈들은 두려움에 빠져 있다. 승리는 우리의 것이다!"

흥분한 좌권이 거침없이 적진으로 뛰어들었다. 그리고 그 순간 콩을 볶는 듯 요란한 총소리가 울려 퍼졌다. 이어 좌권이 중심을 잃고 쓰러졌다. 가즈마의 경기관총에 그만 당하고 만 것이었다.

"좌 동지!"

윤세주가 좌권을 부르며 그 자리에 엎드렸다. 그러고는 가즈마를 향해 총구를 겨눴다. 또다시 총소리가 울려 퍼지고 이번에는 가즈마가 고꾸라졌다.

"좌 동지를 구하라!"

윤세주는 소리치며 좌권에게로 달려갔다. 그러나 그는 이미 숨을 거둔 뒤였다.

"제기랄!"

윤세주는 다시 총을 들었다. 그러고는 적을 향해 총구를 겨눴다. 그러나 그 순간 또 다른 총탄이 그만 그의 가슴을 꿰뚫고 말았다.

"아! 조국의 독립을……."

윤세주는 탄식을 흘리며 숨을 거칠게 몰아쉬었다. 그러고는 더 이상 숨이 쉬어지질 않았다.

"윤 동지!"

"이대로 가시면 안 됩니다. 힘을 내십시오!"

신태무를 비롯한 의용대원들은 그를 둘러싼 채 눈물을 흘렸다. 탄식도 쏟아냈다.

"독립을……."

그는 독립이라는 한마디를 겨우 내뱉고는 눈을 감고 말았다.

윤세주는 김원봉을 따라 의열단에 가입해 치열하게 활동했다. 이어 민족혁명당에서 열성적으로 활약했으며 또다시 의용대에서 열렬히 함께했다. 그러다 그만 이국땅에서 목숨을 잃고 만 것이다. 그처럼 염원하던 조국의 독립을 보지도 못한 채.

"팔로군을 도와라! 출로를 열어라!"

박효삼도 언덕을 내려와서 의용대를 이끌었다. 가즈마 사단과 유이토 사단의 측면을 공격했던 것이다.
　정면에서는 팔로군이 치열한 공방전을 벌이고 있었다. 유이토는 고전을 면치 못하고 있었다.
　"출로가 열린다. 빠져나가라!"
　모택동의 명령에 팔로군은 가즈마 사단과 유이토 사단 사이로 빠져나가기 시작했다. 역부족임을 안 유이토가 슬며시 뒤로 물러섰다. 그러자 가즈마 부대가 와르르 무너져 내렸다.
　"유이토 중좌님, 지금 막지 않으면 늦습니다."
　마사타케가 진격을 입에 올렸다. 그러나 유이토는 그럴 마음이 없었다. 가즈마가 죽었으니 모든 책임을 그에게 떠넘기면 되기 때문이었다.
　"대세는 기울었다. 가즈마가 전세를 무너뜨렸다."
　마사타케는 당황한 얼굴로 유이토를 바라보았다.
　'이건 아니잖은가?'
　"활로를 열어주어라!"
　유이토는 마사타케로 하여금 물러나라고 명령했다. 그러자 마사타케가 반발했다.
　"중좌님, 우리 임무는 팔로군을 막는 것입니다. 활로를 열어주라니요?"
　마사타케의 물음에 유이토가 입가에 미소를 머금었다. 야비한 웃음이었다.

"가즈마의 실수가 팔로군을 살렸다. 우리도 가즈마의 희생양이다, 마사타케!"

순간 유이토 부대의 측면이 큰 혼란에 빠졌다. 박효삼의 의용대가 파죽지세로 밀고 들어왔기 때문이다. 팽팽하던 접전이 일순간에 무너졌다. 그제야 마사타케도 고개를 끄덕이지 않을 수 없었다.

"일단 그렇게 하겠습니다."

마사타케는 즉시 후퇴 명령을 내렸다.

"물러나라!"

명령이 떨어지기가 무섭게 기다리기라도 했던 것처럼 일본군이 일제히 등을 돌렸다.

"적이 달아난다. 한 놈도 살려두지 마라!"

박효삼은 대원들을 격려해 일본군을 뒤쫓았다. 썰물이 빠지듯 물러나는 유이토 사단을 공격했던 것이다. 그 사이 주은래는 팔로군을 이끌고 사자령을 완전히 빠져나갔다. 그러고는 연안을 향해 발걸음을 서둘렀다.

"조금만 더 힘내라! 놈들이 무너진다."

진광화는 맨 앞에 서서 의용대원들을 이끌었다. 윤세주가 전사하고 난 뒤 나머지 대원들을 그가 이끌었던 것이다.

"윤 동지의 원수를 갚아라! 한 놈도 남기지 마라!"

의용대는 무너지고 있는 일본군 진영을 초토화하려고 했다.

마사타케는 당황했다. 팔로군을 놓친 것도 부끄러웠지만 무엇보다도 패배라는 수모가 견디기 어려운 것이었다.

"저놈이다!"

마사타케는 총을 들어 겨눴다. 맨 앞에 달려오던 진광화를 향해서였다. 이어 불길한 총소리가 진광화를 향해 날아갔다. 진광화가 그대로 고꾸라지고 말았다. 가슴에 총탄을 맞았던 것이다.

"진 동지!"

이희도가 건너편에서 외쳤다.

"진 동지를 엄호하라!"

이희도는 쓰러진 진광화를 향해 달려갔다. 총탄이 그의 발목 언저리에서 연이어 튀어 올랐다. 먼지도 뽀얗게 피어 올랐다. 그러나 이희도의 동지애를 막을 수는 없었다.

"괜찮소?"

이희도는 쓰러진 진광화를 안고 소리쳐보았지만 이미 쓸데없는 일이었다. 진광화는 가슴에 붉은 피를 흘리며 숨을 몰아쉬고 있었던 것이다.

"부디 조국을 되찾아주시오!"

진광화는 숨을 거두는 순간까지도 조국의 독립만을 입에 올렸다. 이희도의 두 눈에 뜨거운 눈물이 흘러내렸다.

"동지! 함께 보아야 하지 않소, 조국의 독립을."

이희도는 진광화를 흔들어보았지만 그는 아무런 반응이 없었다. 조용히 눈을 감고 말았던 것이다.

"죽일 놈들!"

이희도는 격분했다. 옆에 놓았던 총을 집어 들었다. 그러자 이화림이 나서서 말렸다.

"동지! 지금은 물러날 때요. 지금 물러나지 않으면 다 죽소!"

그러나 이희도는 막무가내였다. 총을 들고 적진을 향해 달려 나가려 했다. 그러자 이화림이 그의 허리를 바짝 끌어안았다.

"참으시오! 지금이 물러날 기회요."

"다 죽일 것이다!"

이희도는 울부짖으며 일본군을 노려보았다. 그러자 양계도 만류하고 나섰다.

"우리도 분하기는 마찬가지요. 의용대 전체를 생각하시오."

양계의 말에 그제야 이희도는 눈물을 훔치며 주위를 둘러보았다. 도화곡 전체가 썰렁했다. 팔로군이 모두 빠져나가고 없었다. 일본군은 먼지를 피우며 달아나고 있었다. 남은 것은 의용대뿐이었다.

"갑시다!"

이화림이 재촉하자 그제야 이희도가 고개를 끄덕였다.

의용대는 도화곡을 뒤로 한 채 팔로군을 따라 연안으로 향했다. 깎아지른 듯 험한 태항산이 뒤에서 이들을 바라보고 있었다.

* * *

팔로군은 무사히 연안에 도착했다. 의용대도 이들의 뒤를 이어 연안으로 들어섰다.

국민당과 공산당은 호가장전투를 비롯한 수많은 전투에서 희생된 전사들에 대한 추도식을 성대하게 치렀다. 추도식에서 조선의용대 전사자들에 대한 뜻깊은 애도의 행사도 함께 진행되었다. 그들을 특별히 영웅으로 대접하며 형제애를 표했던 것이다. 조선의용대는 이런 환대에 고무되었다.

"우리의 대일항전 의지를 만방에 떨치는 계기가 되었소. 이 얼마나 자랑스러운 일이오."

이화림의 말을 박효삼이 맞받았다.

"무엇보다도 이곳 민중에게 우리의 존재감을 심어주었다는 것이 뿌듯한 일이오. 불행하게도 전사한 동지들이 있긴 하지만."

"그렇습니다. 동지들의 희생을 잊으면 안 될 것입니다."

양계도 거들고 나섰다.

"맞습니다. 결코 잊지 맙시다, 동지들의 희생을. 그리고 원수를 갚아야 한다는 것을."

의용대원들은 지난 전투를 회상하며 오랜만의 여유를 즐겼다. 모택동이 술과 음식까지 보내주었다. 이들이 한창 먹고 마시며 무용담을 나누고 있을 때 무정이 찾아왔다.

"어떻소? 지낼만들 하오?"

호들갑스럽게 들어서는 무정을 신태무가 반갑게 맞았다.

"어서 오십시오! 덕분에 잘 쉬고 잘 먹고 있습니다."

"잘 오셨습니다. 그렇지 않아도 찾아뵈려 했는데."

박효삼도 자리에서 일어서서 무정에게로 다가갔다. 무정은 박효삼의 손을 덥석 잡았다.

"사령관의 특별한 배려로 좋은 곳을 골랐습니다."

"감사합니다. 여러 모로 신경써주셔서."

"별말씀을."

"자, 자리에 앉으시지요."

양계가 나서서 자리를 권했다. 그러자 무정이 양계를 바라보며 미소를 지어 보였다. 오랜 친구를 대하는 듯 친근한 미소였다.

무정이 자리를 잡고 앉자 다시 술이 돌고 분위기가 달아올랐다. 호가장전투와 읍성전투, 그리고 반소탕전(反掃蕩戰)을 안주 삼아 분위기를 돋웠던 것이다. 그간의 무용담이 자리를 더욱 뜨겁게 달궜다.

"놈들이 달리다가 그대로 고꾸라지는데 얼마나 짜릿하던지."

이화림이 총탄으로 일본군을 쓰러뜨리던 장면을 떠올리며 신나 했다. 그러자 양계도 지지 않고 나섰다.

"놈들이 달아날 때 느낀 희열은 그 어떤 쾌감과도 비교할 수 없는 것이었지. 승리감이란 바로 그런 것이더군!"

"맞네. 전투에서 승리했을 때의 기분은 정말 말로 다 할 수 없는 것이지. 더구나 왜놈들을 상대로 승리했으니 오죽하겠는가?"

박효삼도 거들었다. 그러자 무정도 끼어들었다.

"그렇습니다. 왜놈 하나하나를 쓰러뜨릴 때마다 조국을 되찾는다는 기쁨이 죽음도 잊게 하더군요."

"맞습니다. 승리감에 도취해 있을 때는 내 몸도 돌볼 정신이 없었습니다. 자칫 잘못하면 죽을 수도 있는 그 상황에서도 말입니다."

의용대원들과 무정은 신이 났다. 지난 전투를 떠올리며 연신 잔을 돌렸다. 그리고 조국의 독립을 간절히 바라는 이야기를 하기도 했다.

흥이 막바지에 다다랐을 무렵 무정이 신중한 얼굴로 나섰다.

"그나저나 이제 의용대도 의용군으로 개편해야 하지 않겠소?"

무정의 말에 양계가 즉시 맞장구를 쳤다.

"맞습니다. 이제 우리도 당당히 군대로 불려야지요. 그동안의 역할과 활약에 비하면 의용대란 이름은 어울리지 않습니다."

그러자 박효삼이 고개를 좌우로 흔들었다.

"맞는 말이기는 하지만, 그건 그리 간단한 문제가 아니오."

"간단한 문제가 아니라니요?"

무정이 의아한 얼굴로 박효삼을 쳐다보았다. 그러자 박효삼의 대답이 이어졌다.

"일단 중경에 계신 총대장과 상의해야 합니다. 우리끼리 결정할 일이 아니지요."

총대장이란 말에 무정의 얼굴이 굳어졌다.

"아직도 약산 선생의 지휘를 받고 있습니까?"

무정이 당치 않다는 듯 물었다. 그러자 박효삼이 펄쩍 뛰었다.

"무슨 말씀입니까, 아직도 지휘를 받다니요?"

"제 말은 의용대 화북지대는 이미 예전의 의용대가 아니란 말입니다. 중경의 의용대가 아니란 얘기지요. 많은 대원들이 화북에서 목숨을 바쳐 싸웠습니다. 그리고 그동안 새로운 대원들도 많이 합류했고요."

그러자 한쪽에서 묵묵히 듣고만 있던 최창익이 나섰다.

"무정 동지의 말이 맞습니다. 이곳 화북에서 새롭게 시작할 필요가 있습니다."

그러자 박효삼이 발끈하고 나섰다.

"말도 되지 않는 소리입니다. 어떻게 감히 그럴 수 있습니까? 총대장을 두고 어떻게."

그러나 무정의 말에 최창익까지 동의하고 나서자 분위기는 이미 묘하게 바뀌었다. 그를 따르던 대원들이 고개를 끄덕였던 것이다. 그러자 박효삼이 더욱 반발했다.

"그건 안 될 말입니다. 나는 그렇게는 못합니다."

박효삼의 못을 박는 말에 최창익이 다시 나섰다.

"박 동지. 조국의 독립을 위해 싸우는데 의용대면 어떻고 의용군이면 어떻습니까? 그런 명칭으로 분란을 일으킬 필요는 없지요."

최창익의 말은 단호했다. 그러자 박효삼이 눈살을 찌푸리며 물었다.

"분란이라니요? 허면 갈라서기라도 하겠다는 말씀입니까?"

분위기가 험악해지자 무정이 끼어들었다.

"이러실 필요 없습니다. 좋은 날에 왜들 이러십니까?"

말끝에 허허 웃음까지 터뜨렸다. 그러자 양계가 무정에게 조심스레 물었다.

"의용군으로 개편하는 것은 중국 측의 허락을 받아야 하지 않습니까?"

그러자 무정이 기다렸다는 듯이 대답했다.

"공산당에서는 이미 허락하기로 결정했습니다."

무정의 말에 이화림이 놀랍다는 표정으로 박효삼을 돌아보았다.

"그러면 중경에 연락해서 의용군으로 개편하는 것이 좋겠군요. 우리에게는 기회가 아닙니까?"

"맞습니다. 기회가 왔는데 그 기회를 저버릴 수는 없지요. 우리도 당당히 군대로서 독립전선에 뛰어들어야 하지 않겠습니까?"

양계도 찬성하고 나섰다. 박효삼은 난감한 표정으로 말을 잇지 못했다.

"총대장께서도 기뻐하실 겁니다. 우리 의용대에 더없이 좋은 기회인 걸요."

양계가 거듭 설득을 해댔다. 박효삼의 표정에 변화가 일었다. 사선을 넘나든 동지들이 하나같이 찬동하고 나섰기 때문이다.

"그렇습니다. 우리도 총대장과 함께 조국의 독립을 위해 죽음을 맹세한 동지들입니다. 결코 다른 뜻은 없습니다."

이화림의 말에 박효삼도 어쩔 수 없다는 듯 고개를 끄덕였다.

"그럼 그렇게 합시다! 다만 총대장께는 반드시 보고를 올려야 합니다."

박효삼의 말에 무정이 환한 얼굴로 대답했다.

"그러다마다요. 잘되었습니다."

무정은 박수까지 쳐대며 껄껄 웃음을 터뜨렸다. 의용대원들도 하나같이 기뻐했다. 그러나 박효삼만은 얼굴이 편치 않아 보였다.

"그럼 누가 중경에 다녀오겠습니까?"

쇠뿔도 단김에 빼야 한다는 듯 양계가 나서서 물었다. 그러자 박효삼의 뒤에서 묵묵히 듣고만 있던 신태무가 나섰다.

"제가 다녀오겠습니다."

"신 동지가요?"

양계가 반갑게 묻자 박효삼의 얼굴도 펴졌다. 믿을 만하다는 뜻이었다.

"예, 제가 이 동지와 함께 가겠습니다."

신태무는 이희도를 가리켰다. 그러자 이희도도 흔쾌히 대답했다.

"그러겠습니다. 총대장님 소식도 궁금하고, 인사도 드릴 겸 신 동지와 함께 다녀오겠습니다."

"좋습니다. 그렇게 하시지요."

양계와 이화림이 고개를 끄덕이자 이번에는 박효삼이 나섰다.

"중경으로 가는 길은 매우 위험한 일이오. 누가 한 사람 더 가시지요."

그러나 선뜻 나서는 사람은 없었다. 어색한 침묵이 잠시 흘렀다.

"없소?"

박효삼이 다시 물었다. 역시 대답이 없었다.

"그럼 내가 가겠소."

그가 직접 가겠다고 나섰다. 그러자 신태무가 말렸다.

"구대장님은 안 됩니다. 이곳 의용대를 이끄셔야지요."

신태무는 의용대가 팔로군에 넘어갈 것을 염려한 것이었다. 그때 곽도선의 눈빛이 흔들렸다.

'어떻게 해야 한단 말인가? 어떻게 해야 후회하지 않을 선택을 하는 것이란 말인가?'

팽팽한 긴장감이 어렸다. 무정의 눈빛이 신태무를 쏘아보았다. 마치 그를 눈엣가시로 여기는 듯했다.

"박 동지는 이곳 동지들을 이끌어주어야 하오."

단호한 말에 이희도가 나섰다.

"곽 동지, 함께 갑시다!"

곽도선을 지목하고 나선 것이었다. 그러자 곽도선이 이희도를 바라보았다. 곽도선의 눈빛은 여전히 흔들리고 있었다. 갈피를 잡지 못하고 있었던 것이다.

"우리는 늘 함께해오지 않았소. 이번에도 함께합시다!"

모두의 시선이 곽도선에게로 모아졌다. 어색한 웃음이 그의 입가에 떠올랐다.

"그럽시다. 제가 함께 가지요."

곽도선의 대답이 나오기가 무섭게 무정이 박수를 쳤다.

"역시 의용대의 의리는 알아주어야 한다니까."

박수를 치며 떠들썩한 사이 곽도선은 생각했다.

'연안에 있는 것이 성공에 가까운 길인데. 저 무정처럼.'

"곽 동지, 고맙소!"

박효삼이 곽도선을 쳐다보며 말했다. 곽도선은 어색한 표정으로 고개를 끄덕였다.

"당연한 일입니다, 구대장님. 고맙긴요."

"총대장께 보고 올리고 다시 오도록 하시오."

다시 오라는 말에 그제야 곽도선의 얼굴도 얼마간 펴졌다.

'그렇지. 거기에 아주 머무는 것은 아니니.'

"알겠습니다."

이렇게 해서 세 사람은 중경으로 떠났다. 김원봉에게 보고를 올리기 위해서였다.

이후 조선의용대 화북지대는 조선의용군으로 명칭을 바꾸었고, 팔로군과의 연계가 강화되었다. 팔로군의 긴밀한 협조를 받게 됐던 것이다. 그리고 박효삼이 염려했던 대로 조선의용군은 결국 무정의 손으로 넘어가고 말았다. 총대장 김원봉의 손을 떠나게 되었던 것이다.

15. 아나키스트

"팔로군으로 들어갔다고요?"

김원봉은 허탈한 표정으로 유자명을 바라보았다.

"그렇다는구먼."

"저들은 이제 중국 공산당의 하수인으로 전락하고 말 겁니다. 어떻게 그런 어리석은 결정을 했을까요?"

"최창익이란 자를 처음부터 받아들이는 게 아니었네. 그는 완벽한 공산주의자야!"

유자명은 한숨을 몰아쉬었다. 김원봉의 탄식도 깊었다.

"허나 그도 결국 무정에게 당하고 말았지. 의용군을 만들어서 무정에게 들어 바친 꼴이 되고 만 게야. 어리석은 사람 같으니라고."

"버틸 수가 없었겠지요. 중국 공산당 간부인 그를 어떻게 당해내겠습니까?"

"맞네. 그 자신도 지금쯤은 후회하고 있겠지."

"아마도 그럴 겁니다."

최창익이 이끌던 조선의용대 화북지대는 결국은 무정에게로 넘어갔다. 이를 두고 김원봉과 유자명이 이야기를 나누고 있었던 것이다.

"그나저나 자네는 이제 어떻게 할 셈인가?"

유자명의 물음에 김원봉이 잠시 생각에 잠겼다가 어렵게 입을 열었다.

"남은 대원들을 이끌고 임시정부로 갈까 합니다."

임시정부라는 말에 유자명이 고개를 끄덕였다.

"나도 같은 생각이네. 임시정부에도 광복군이 있으니, 그게 좋겠네."

"어디에서든 조국의 독립을 위해 싸울 수 있는 곳이라면 마다하지 말아야지요."

"백범 선생은 이승만과는 다른 사람이니 임시정부로 가는 것도 괜찮을 걸세. 희망을 가져볼 수 있지."

"그렇습니다. 조만간 백범 선생을 만나뵐 생각입니다."

"잘 생각했네."

김원봉은 시리도록 푸른 하늘을 올려다보았다. 그의 얼굴에 회한이 가득했다.

지난날이 떠올랐다. 김산을 만난 날이었다.

* * *

회색 그림자가 은밀히 골목으로 접어들었다. 옷깃을 잔뜩 여민 사내였다. 추적거리던 비도 그쳐 있었다. 사내는 주변을 둘러보고는 다시 모퉁이를 돌았다. 희뿌연 가로등 아래 담배연기가 밤안개처럼 흩어지고 있었다.

"의백, 오셨군요!"

얼굴에는 반가움이 가득했다.

"김 동지, 잘 오셨소!"

의백이라 불린 사내도 밝은 표정으로 손을 내밀었다. 따뜻했다. 동포의 체온이 느껴졌다.

"놈들이 뒤를 밟을지 모르오. 갑시다!"

의백이라 불린 사내는 서둘러 골목을 벗어났다. 그와 어깨를 나란히 해 사내도 남경로 뒷골목을 빠져나갔다. 골목은 을씨년스럽기만 했다. 화려한 큰길과는 사뭇 달랐다.

"유 선배는 어디에 계시오?"

의백의 물음에 사내는 손을 들어 가리켰다.

"저쪽 타이거 클럽에 계십니다."

클럽이라는 말에 의백의 입가에 미소가 머금어졌다.

"천하의 의열단 단장이신 의백께서 클럽에 드나들리라고는 놈들도 생각하지 못할 것입니다."

의백이라 불린 사내는 너털웃음을 터뜨렸다. 그랬다. 그는 바로 의열단 단장인 약산 김원봉이었다. 웃는 입가에 매력이 넘쳤다.

"김산 동지도 그렇소. 철저한 사회주의 운동가가 부르주아의 상징인 클럽에 드나들다니."

　김원봉은 말끝에 혀까지 차댔다. 농담 섞인 말에 김산도 따라 웃었다. 을씨년스런 골목길에 때 아닌 유쾌함이 흩어졌다.

　골목을 벗어나자 남경로의 화려함이 이들을 맞았다. 휘황한 불빛과 눈부신 네온사인이 눈을 다 어지럽게 했다.

　"자본주의의 발광이로다!"

　김산은 탄식인지 환호인지 모를 소리를 내뱉었다.

　"경계해야 할 일이오. 지나친 사치는 사람의 마음에 심각한 병폐를 불러들이오."

　"뿐이겠습니까? 조국을 되찾는 일에도 게으름을 불러오지요."

　"맞소. 그보다 더 큰 문제가 어디 있겠소."

　김원봉은 짧게 한숨을 몰아쉬었다. 비에 젖은 불빛은 더욱 선명하고도 화려했다. 눈이 부셨다.

　늦은 시간임에도 거리는 복잡하고 떠들썩했다. 전차도 자동차도 제 갈 길이 바빠 보였다. 사람들도 마찬가지였다. 술 취한 사람, 떠드는 사람들로 왁자지껄했다.

　"조심합시다! 밀정이 어디에 있을지 모르오."

　"어제도 임시정부의 한 동지가 당했다고 합니다. 죽일 놈들! 제 놈들도 조선인이면서."

　김산의 이가 갈렸다. 눈살도 잔뜩 찌푸려졌다. 김원봉의 발걸음이 빨라졌다. 그를 따라 김산의 발걸음도 바빠졌다.

남경로 끝자락에 다다르자 많은 사람들이 웅성거리는 모습이 눈에 들어왔다. 클럽 타이거 앞이었다. 가까이 다가가자 하나같이 모던한 차림의 사내와 아가씨들뿐이었다. 중년의 신사부터 젊은 사내까지 다양했다. 상해의 귀족, 졸부, 한량까지 모두 한자리에 모인 듯했다.

"들어가시죠!"

김산은 김원봉을 안내해 클럽 타이거 안으로 들어갔다. 보이들이 입가에 함박웃음을 지은 채 이들을 맞았다.

"찾는 분이라도 있으신지요?"

말끔한 차림에 살갑게 구는 앳된 보이에게 김산이 무어라 속삭였다. 그러자 보이는 웃음을 한가득 머금은 채 앞장섰다. 요란한 음악소리에 귀가 따가울 지경이었다.

"저쪽에 계십니다."

보이가 공손히 손을 들어 가리킨 곳에서 한 사내가 맥주를 마시고 있었다. 페도라 모자에 양복 차림을 한 모던한 모습의 사내였다.

"알았네. 수고했어!"

김산은 보이의 어깨를 가볍게 툭툭 쳐 감사함을 표했다. 보이의 입가에서 미소가 떠나지를 않았다. 그 소년은 세상의 모든 긍정을 다 가진 것만 같아 보였다.

댄스홀을 가로질러 다가가자 사내가 자리에서 일어나서 맞아주었다.

"오래 기다리셨습니다."

김산이 허리를 굽히자 사내가 만류했다.

"인사는 무슨."

그러고는 시선을 김원봉에게로 돌렸다.

"반갑소, 의백."

"유 선배, 말씀은 많이 들었습니다. 영광입니다."

요란한 음악소리가 정신없게 했다. 리듬에 맞춰 춤을 추는 사람들도 마찬가지였다.

자리를 잡고 앉은 세 사람은 시끄러운 소리에 서로 고개를 바짝 들이밀어야 했다. 그러고는 화기애애한 분위기 속에서 얘기가 시작되었다. 먼저 유자명이 입을 열었다.

"일제가 우리 조국을 식민지로 만들고도 모자라 동포들을 연일 탄압하며 학살해대고 있소. 이런 상황에서 저들의 권력에 반대하는 것은 곧 일제에 반대하는 것을 의미하오. 또한 일제 침략행위의 원흉을 암살하고 일제 통치기관을 폭파하는 것은 반일 애국행동이라고 할 수 있지요. 그런 면에서 의열단의 활동은 매우 고무적인 것입니다."

김원봉은 유자명의 말에 귀를 기울였다. 김산도 마찬가지였다.

"지도자라는 사람이 혁명이 무엇인지도 모른 채 민중과 혁명을 위한 답시고 설쳐대는 꼴이란 참으로 역겨운 일이오. 지도자라는 사람이 민중과 혁명을 자신의 정략적 이익을 위한 도구로만 생각하고 있는 현실이 너무나도 안타깝소."

유자명은 임시정부의 이승만을 두고 비난을 퍼부어댔다. 그의 외교론을 힐난한 것이다.

"그런 자들이 어찌 조국의 독립을 운운하고 있는지 참으로 한심합니다."

김산도 분노를 표출했다. 그의 혀에 독기가 서려 있었다.

"같은 생각입니다. 저들은 일제의 하수인과 다를 바 없습니다."

김원봉도 가만있지 않았다. 한마디 거들었던 것이다.

"크로포트킨의 글을 읽어보았소?"

크로포트킨이란 말에 김원봉이 고개를 좌우로 흔들었다.

"기회가 되면 한번 읽어보시오. 읽을 만한 글이오. 특히 그의 '상호부조론'과 '한 혁명자의 회억'은 참으로 좋은 글이오."

"기억하겠습니다."

유자명은 이어 두 눈을 빛내며 본론으로 들어갔다.

"우리는 어떠한 강제적인 지배나 권력에도 절대 반대해야 하오. 또한 사회혁명은 민중에 의해서만 성공시킬 수 있다는 것을 잊지 말아야 할 것이오."

유자명의 열변에 김산이 미소를 지었다.

"그러기 위해서는 개인의 절대자유가 보장되어야 하고요?"

김산의 장난기 어린 물음에 유자명은 그에게로 시선을 돌렸다.

"이 사람이."

김산의 입가에 미소가 맴돌았다.

"귀에 딱지가 앉겠습니다, 선배님."

김산의 말에 유자명도 멋쩍은 듯 웃음을 흘렸다.

"누가 아나키스트 아니랄까봐 만나는 사람마다 붙들고 그 말부터 하십니까?"

"내가 그랬나?"

유자명의 반문에 김산이 고개를 절레절레 흔들었다. 김원봉의 입가에도 미소가 묻어났다.

"매우 의미 있는 말입니다, 절대자유란 말이."

"맞소. 그래야만 진정으로 평등한 세상이 열릴 것이오. 우리는 그런 세상을 원하오. 단재 선생이나 심산 선생, 그리고 우당 선생도 같은 생각을 갖고 계시지. 저 간악한 일제 놈들을 보오! 세상을 거머쥐려는 야욕으로 세계평화를 해치고 있지 않소? 이 모든 것이 정부라는 권력 때문이오. 그것만 없다면 모든 민중이 평화롭게 살 수 있을 것이오."

"정부라는 권력을 빙자한 무도한 자들의 야욕을 말씀하시는 것이군요."

김산이 나서자 유자명이 고개를 끄덕였다.

"맞네. 정부가 곧 권력인데 그러한 야욕이 곧 정부를 구성하는 셈이지."

김원봉은 전율이 일었다. 무언가 돌파구가 보이는 듯도 했다. 명불허전이라는 말도 떠올랐다. 아나키스트 유자명에 대해 평소 듣기는 했지만 이렇게 매력적인 인물이었는지는 오늘 만나보고 나서야 비로소 알았다.

"놈들은 세계를 자신들의 발 아래 두려 하고 있소. 조선을 식민지로 삼은 것도 모자라 이제는 이 대륙까지 먹으려 들고 있소."

"설마 대륙까지야?"

김산이 놀란 얼굴로 맥주잔을 들었다.

"설마가 아닐세. 이미 그런 조짐이 보이고 있어. 조만간 놈들은 야수의 본능을 드러낼 것일세."

심각한 말에 김산은 고개를 끄덕였다. 듣고만 있던 김원봉이 나섰다.

"맞습니다. 놈들이라면 이 대륙도 편치 않을 겁니다. 바로 보셨습니다."

"끊임없는 투쟁만이 살 길이오! 그것이 민족의 삶을 되찾는 길이자 조국을 되찾는 길이기도 하지."

분위기가 숙연해졌다. 김산도 김원봉도 귀를 세웠다.

"권력에 대한 반대는 곧 일제에 대한 저항을 의미하는 것이오. 따라서 나는 의백의 의열단을 존숭하오. 조선 사람으로서 자부심을 갖고 세계에 내세울 수 있는 조직이라 할 만하오. 존경하오, 의백."

유자명의 말에 김원봉은 가슴이 뛰었다. 김산도 곁에서 고개를 끄덕였다. 그와 동시에 음악이 바뀌었다. 애잔한 곡이었다. 그러자 남녀가 쌍을 이루어 댄스홀을 가득 메웠다. 아름다운 광경이었다. 밖의 세상과는 또 다른 평화로운 정경이었다.

"의백께서는 연애를 해보셨습니까?"

김산의 난데없는 물음에 김원봉의 얼굴이 붉어졌다.

"그런 것에 신경 쓸 여유가 있어야지. 능력도 안 되지만."

김산이 껄껄 웃음을 터뜨렸다.

"너무 고루하십니다 그려."

고루하다는 말에 김원봉이 김산을 멀뚱히 바라보았다.

"아! 오해는 하지 마십시오. 연애가 나쁘다는 말씀은 아닙니다. 다만 뭐랄까……. 새로운 것, 모던한 것에 대한 주저함이랄까? 뭐 그런 것 있지 않습니까?"

"새로운 것, 모던한 것이 꼭 좋은 것만은 아니지."

김원봉의 항의에 유자명이 거들고 나섰다.

"맞소. 새로운 근대적 문명의 가장 큰 폐해가 바로 제국주의이지 않소. 저 잔인한 일제 놈들과 같은."

"그렇습니다. 이 세상에서 반드시 몰아내고 척결해야 할 대상이지요."

분위기가 불리해지자 김산은 얼른 화제를 돌렸다.

"임시정부의 외교론 때문에 의열단에 대한 지지가 더욱 높아지고 있답니다. 외교론은 어떻습니까?"

진지한 얼굴로 외교론을 입에 올린 것이다. 그러자 유자명이 혀를 끌끌 차며 못마땅하다는 표정을 지어 보였다.

"어려운 일일세. 어찌 그런 정신으로 조국을 되찾겠는가? 어림없는 일이지!"

"맞습니다. 현실을 외면한 정책입니다."

김원봉도 고개를 좌우로 흔들었다. 그러고는 슬쩍 눈치를 본 후 조심스레 운을 떼었다.

15. 아나키스트

"저희와 함께하시지요."

김원봉의 은밀한 권유에 유자명이 선뜻 고개를 끄덕였다.

"그렇지 않아도 그 때문에 의백을 보고자 했던 것이오. 모자라지만 나도 함께하겠소."

유자명의 시원시원한 대답에 김원봉은 기쁜 낯으로 반겼다.

"모자라다니요? 선배님께서 함께해주신다면 우리 의열단은 그야말로 천군만마를 얻는 격이지요. 큰 힘이 될 겁니다."

분위기가 무르익자 김산도 신이 난 듯 끼어들었다.

"의백께서도 무정부주의자 모임에 함께하시지요. 서로 도움이 될 겁니다."

김산의 권유에 기다리고 있었다는 듯 유자명도 거들고 나섰다.

"맞소. 알다시피 단재 선생을 비롯해 심산 선생, 우당 선생 등 그야말로 이름만 들어도 쟁쟁한 분들이 함께하고 있소. 도움이 될 거요."

김원봉은 고개를 끄덕였다.

"평소 관심이 많았습니다. 선배님께서 이끌어주신다면 더욱 영광이지요. 함께해보겠습니다."

김원봉의 흔쾌한 대답에 유자명은 자리를 바짝 당겨 앉았다. 그리고는 주위를 한 차례 둘러본 후 은밀히 속삭였다.

"흑기연맹이라고 있소. 조선인과 중국인 아나키스트들의 모임이오."

"잠깐, 밀정 같습니다!"

김산이 목소리를 낮췄다. 순간 유자명과 김원봉의 눈꼬리가 올라갔다.

"저쪽 테이블에 앉은 놈입니다. 이쪽을 향해 힐끗거리는 것이."

"언제부터 거기에 있었소?"

"방금 들어와 앉았습니다. 낯이 익은 것이 아무래도."

"그만 일어나시죠."

김원봉이 먼저 자리에서 털고 일어섰다. 그를 따라 두 사람도 일어섰다.

"화장실 쪽으로 가시죠. 밖으로 통하는 문이 있습니다."

김산이 앞장서서 걸어갔다. 다행히 댄스홀은 여전히 혼잡했다. 몸을 숨기기에도 적당했다.

"의백, 이걸 쓰도록 하시오."

유자명은 페도라 모자를 벗어 김원봉에게 건넸다.

"이건?"

"의백은 절대 잡혀서는 안 되는 몸이오. 놈은 우리가 처리하겠소."

"맞습니다. 의백께서는 밖으로 나가서 피하십시오. 놈은 제가 유인하겠습니다."

김원봉은 순간 전율이 일었다. 뜨거운 동지애를 느꼈던 것이다.

"고맙습니다. 유 선배, 김 동지."

화장실 앞으로 작은 쪽문이 있었다. 밖으로 통하는 비상구였다.

"빨리 가시오!"

유자명의 재촉에 김원봉은 페도라 모자를 쓴 채 재빨리 거리로 스며들었다. 여전히 불빛은 휘황하기만 했다.

* * *

'김산, 참 좋은 친구였지.'

김원봉은 회상에서 벗어나며 유자명을 바라보았다.

"참! 그때 그놈은 어떻게 되었습니까?"

김원봉의 물음에 유자명은 무슨 말이냐는 듯 그를 빤히 쳐다보았다.

"왜 그때 있잖습니까? 타이거 클럽에서……."

유자명은 그제야 생각났다는 듯 너털웃음을 터뜨렸다. 유쾌한 웃음이었다.

"어떻게 되긴."

그의 회상을 듣는 일은 즐거웠고, 즐거움은 흥을 불러왔다.

* * *

김원봉이 거리로 스며들고 나자 다급히 쪽문을 나서는 그림자가 있었다. 안에서 힐끔거리며 일행을 지켜보던 그 사내였다.

김원봉을 먼저 보낸 뒤 유자명과 김산은 혼자 걷고 있던 중국인 사내와 일부러 어깨를 나란히 한 채 걸었다. 모자를 쓰고 있는 사내였다.

"좋은 밤입니다."

김산은 처음 보는 그 사내에게 말을 건넸다.

"예, 상해의 거리는 언제 거닐어도 좋습니다."

사내도 김산의 말을 받아주었다.

"어디까지 가십니까?"

김산의 물음에 사내가 유쾌하게 대답했다.

"황포탄으로 가는 길이오. 오늘 밤에 멀리서 친구가 오기로 되어 있소."

"친구요?"

"그렇소. 만주 군벌 장작림의 아들이오."

장작림이란 말에 김산의 눈살이 찌푸려졌다.

"장학량 말이오?"

놀라움이 섞인 유자명의 물음에도 사내는 마침 다가오는 전차에만 눈길을 준 채 고개를 끄덕였다. 아무렇지 않은 일이라는 태도였다.

"그렇다면 행차가 꽤나 요란할 텐데요?"

김산이 묻자 사내는 고개를 좌우로 흔들었다.

"그렇지 않소. 생각보다는 소탈한 사람이오. 다른 군벌들과는 다르지요."

그때 뒤에서 어떤 자가 누군가와 손짓을 주고받는 모습이 유자명의 눈에 들어왔다.

"놈이 끄나풀을 풀어 놓았네."

유자명이 긴장한 목소리로 김산을 돌아보았다.

"끄나풀이라니요?"

사내가 물은 것이었다.

"우린 조선의 독립을 위해 애쓰고 있는 사람들이오. 지금 밀정 놈에게 미행을 당하고 있소. 좀 도와주시오."

유자명의 부탁에 사내는 걸음을 멈췄다. 그러고는 뒤를 돌아보았다. 순간 밀정의 눈이 날카롭게 세 사람을 쏘아보았다.

"가시죠! 가면서 말씀드리겠습니다."

김산이 사내의 소매를 잡아당겼다. 세 사람은 다시 발걸음을 옮겨 놓았다. 밀정도 거리의 인파 속으로 스며들었다.

김산은 자초지종을 설명했다. 그제야 사내는 알겠다는 듯 고개를 끄덕였다.

"좋은 방법이 있소. 내가 놈을 유인하겠소. 이쪽 골목으로 들어가면 보인관이란 여관이 있소이다. 그 뒤쪽에 공터가 있고. 인적도 드문 곳이올시다. 그곳에서 놈을 처리하시오. 저쪽 골목으로 들어가면 그곳과 연결되오."

사내는 말을 마치고는 다급히 방향을 틀었다. 옆쪽 골목으로 들어갔던 것이다. 그러자 유자명과 김산이 빠른 걸음으로 사내가 말한 골목으로 들어갔다. 뒤쫓던 사내가 황급히 옆쪽 골목으로 따라 들어갔다. 그 골목 끝에서 모자를 쓴 사내가 모퉁이를 막 돌고 있었다.

"서라!"

밀정은 중국인 사내를 허겁지겁 뒤쫓았다. 모퉁이를 돌자 역시 사내의 옷자락이 힐끗 보였다. 사내는 죽을힘을 다해 뛰었다. 그렇게 좁은 골목을 몇 차례 돌고 나자 숨이 턱에까지 차올랐다. 그리고 둘러보니 막다른 공터였다. 앞쪽으로는 음침한 여관의 뒷모습이 막아서 있었다. 뒤쪽으로는 쓰레기 더미가 가득했다.

"왜 그렇게 뒤쫓고 난리요?"

모자를 쓴 사내가 밀정에게로 다가갔다. 순간 밀정의 입에서 헛바람 켜는 소리가 새어 나왔다.

"당신은?"

"난 중국공산당 광주지부의 주은래라는 사람이오. 당신 같은 조선인 밀정을 증오하고 있지. 조국을 팔아먹는 파렴치한."

주은래의 입가에 미소가 번졌다. 밀정은 힘이 빠지는지 주춤 뒤로 물러섰다. 이어 주은래는 모자를 벗어 자신을 확인시키고는 공터를 유유히 빠져나갔다.

'속았다!'

허탈해 하는 밀정의 앞으로 유자명과 김산이 모습을 드러냈다.

"조국을 배신한 반역자 놈!"

김산의 손에는 총이 들려 있었다. 독일산 모제르 권총이었다.

사내는 자신도 모르게 손을 들었다. 그러고는 떨리는 목소리로 애원했다.

"난 밀정이 아니오. 살려주시오!"

사내가 당황한 나머지 스스로 실체를 밝힌 것이나 다름없었다. 유자명의 입가로 비릿한 웃음이 맴돌았다.

"누가 너더러 밀정이라 했더냐?"

"의열단 의백 약산 선생을 암살하려 했느냐?"

김산이 묻자 밀정은 고개를 흔들었다.

"아닙니다. 저는 의열단 의백이 누군지도 모릅니다. 제발 목숨만 살려주십시오! 저도 조선인입니다."

밀정은 동포임을 내세워 김산의 총구에 자비를 바랐다.

"네가 한 짓들에 대한 죗값이다!"

김산은 방아쇠에 힘을 주었다.

"잠깐, 놈이 누구에게 죽는지는 알고 죽어야 할 것 아닌가!"

유자명이 막고 나선 것이었다. 이어 그는 한 걸음 앞으로 나서서 밀정에게 말했다.

"네가 쫓던 사람은 네가 생각했던 대로 의열단 의백이신 약산 김원봉이 맞다. 또한 나는 조선의 아나키스트 유자명이고, 이 사람은 김산이다."

유자명의 말에 밀정의 눈이 반짝 빛을 발했다. 김산의 집중이 흐트러진 사이를 노린 것이었다. 이어 가슴으로 재빨리 손을 가져갔다. 총을 빼들기 위해서였다. 그러나 김산의 손이 먼저였다. 그대로 방아쇠를 당겼던 것이다. 총성이 밤하늘을 울리고 밀정의 몸이 허물어졌다.

"가세나!"

유자명이 재촉했다.

김산은 밀정의 죽음을 확인하고는 몸을 일으켰다.

"조국의 원수 놈!"

김산은 유자명을 따라 유유히 공터를 벗어났다.

한밤중의 총성으로 남경로 일대가 아수라장이 되었다. 경찰이 몰려들고 사람들이 구름처럼 모여들었다.
"배신자의 말로는 당연히 죽음이지."
유자명의 중얼거림이 인파 속으로 스며들었다. 김산의 미소도 인파 속으로 배어들었다.

* * *

유자명의 이야기가 끝나자 김원봉은 고개를 끄덕였다. 얼굴에 씁쓸함이 가득했다. 동족의 배신에 대한 분노와 허탈감 때문이었다.
"그렇게 되었군요."
김원봉은 자리에서 일어섰다.
"어디를 가려는가?"
유자명이 묻자 김원봉이 미소 띤 얼굴로 대답했다.
"바람이나 좀 쐬려고 합니다."
씁쓸한 대답에 유자명은 고개를 끄덕였다.
"그러게나. 심란한 마음은 바람으로 날려버리는 것이 좋지."
김원봉의 축 처진 어깨가 유난히도 쓸쓸해 보였다. 유자명은 안쓰러웠던지 혀를 끌끌 찼다.
이후 김원봉은 민족혁명당 중앙회의를 열었다. 그러고는 임시정부에 참여하기로 결정했다.

16. 의용대, 광복군에 합류하다

"미국과 하와이에서 동포들이 애국헌금을 또 보내왔습니다."

광복군 총사령관 이청천의 말에 주석 김구는 함박웃음을 지었다.

"우리의 독립의지를 미주의 동포들도 인정하고 있는 걸세."

"얼마나 보내왔습니까?"

곁에 있던 조소앙이 궁금하다는 듯 물었다. 그러자 이번에는 참모장인 이범석이 끼어들었다.

"무려 4만 원입니다."

김구도 조소앙도 깜짝 놀랐다.

"4만 원씩이나요?"

"그렇습니다."

"허, 그 돈이면 잠시 숨을 돌릴 수 있겠네 그려. 광복군도 그렇고 돈 쓸 일이 많은데."

주석 김구의 얼굴이 환하게 펴졌다. 그동안 자금부족으로 인해 마음

고생이 이만저만이 아니었기 때문이다.

"총사령관은 걱정 말고 광복군 확충에나 심혈을 기울이도록 하시오. 군대는 뭐니뭐니 해도 수적으로 갖춰져 있어야 하는 법이오."

"알고 있습니다. 해서 항일세력들을 끌어들이는 데 주력하고 있습니다. 무장 항일세력들을 흡수통합하자는 것이지요. 그래야 광복군의 정통성을 내세울 수도 있고요."

총사령관 이청천의 대답에 이범석도 거들었다.

"맞습니다. 여기저기 흩어져 있는 세력들을 하나로 묶기만 한다면 우리 광복군도 명실상부한 군대로서 우뚝 설 수 있을 것입니다."

"우리는 지난날의 의병을 계승한 정통 군대입니다. 강제로 해산된 대한제국군을 이은 것이기도 하고요. 조금도 소홀히 할 수 없습니다."

조소앙의 말에 주석 김구도 맞장구를 쳤다.

"우리 광복군이 정통성을 갖고 있음을 한시도 잊어서는 안 되네."

광복군에 대한 자부심을 드러내는 말이었다. 대한민국의 진정한 정통 군대임을 자랑스럽게 여기고 있었던 것이다.

"약산의 의용대는 어찌 하실 생각이십니까?"

이청천이 묻자 그제야 생각났다는 듯 김구가 대답했다.

"참, 잊고 있었네. 하도 바빠서 그만. 함께하기로 하세! 약산에게 광복군 제1지대장을 맡기고."

"잘 생각하셨습니다. 저도 그리 생각하고 있었습니다."

"약산 대장이 합류한다면 광복군에 큰 힘이 될 겁니다. 경험도 많고

인맥도 풍부하고. 무엇보다도 우리 광복군을 확충하는 데 큰 도움이 될 겁니다."

이범석도 찬성했다.

"사회주의 계열 동지들과 아나키스트들을 우리 광복군에 합류시키는 데도 큰 역할을 할 것입니다. 그럼으로써 우리 임시정부가 좌우를 모두 끌어안은 진정한 중도임을 나타내는 데도 일조할 것이고요."

조소앙의 말에 김구를 비롯해 이청천과 이범석도 고개를 끄덕였다.

"맞습니다. 일거양득입니다."

"다들 좋게 생각하니 다행이오! 그럼 내가 약산을 만나보리다."

임시정부는 곧 국무회의를 열어 김원봉의 의용대를 광복군에 합류시키기로 의결했다. 여기에는 중국 국민당의 입김도 일정부분 작용했다. 약산의 의용대가 공산당으로 기우는 것을 염려했던 것이다.

***

김구 주석이 김원봉을 만났다. 강 건너에 있는 의용대 본부를 직접 찾아갔던 것이다.

"동지의 결정을 우리 임시정부는 크게 환영하는 바이오. 모두들 기대가 크오."

김구의 말에 김원봉은 입가에 웃음을 머금었다. 실로 오랜만에 지어 보는 환한 미소였다.

"감사합니다. 더구나 제1지대로 편입시켜주시니 조국의 독립을 위해 최선을 다하겠습니다. 분골쇄신하도록 하겠습니다."

"미국과 하와이의 동포들을 설득하느라 애를 먹었습니다. 동지를 두고 사회주의자라며 어찌나 반발을 해대던지……."

김구가 말끝을 맺지 못하는 모습을 보고 김원봉은 이해한다는 듯 고개를 끄덕였다.

"저도 짐작하고 있던 부분입니다. 허나 조국을 되찾는 데 어찌 좌우가 있을 수 있겠습니까?"

"바로 그 말이오. 이승만이라는 자의 억지 주장에 조국의 앞날이 참으로 걱정입니다. 이념으로 조국을 두 쪽 내려 하고 있어요."

김구는 심히 언짢다는 표정으로 말끝에 힘을 주었다. 김원봉도 고개를 끄덕였다.

"좌든 우든 조국을 되찾는 길이라면 함께해야지요. 그것 외에 더 무엇이 필요하겠습니까?"

"맞소! 조국을 되찾는 일보다 우선인 것은 없지요."

김구는 입가에 힘을 주어 맞장구쳤다.

"아무튼 임시정부에 합류해줘서 고맙소! 광복군에 큰 힘이 될 것이오."

말을 마친 김구는 김원봉의 두 손을 꼭 잡았다. 따뜻한 동포애가 두 사람 사이에 흘렀다.

"내가 국무회의에서 광복군 부사령관직을 마련하라고 일러놨소. 약산이야 마땅히 총사령관직을 맡아야 하지만 그건 이미 이청천 동지가 맡고 있는 상황이니 어쩌겠소. 어쩔 수 없이 부사령관직을 신설해서라도 약산에게 드려야지요."

김구의 미안해 하는 말에 김원봉이 다급히 손사래를 쳤다. 당치 않다는 것이었다.

"아닙니다. 자리가 무슨 상관이 있겠습니까?"

김구는 흡족한 얼굴로 고개를 끄덕였다.

"아오, 약산의 마음을. 허나 이것도 이 백범의 성의라 생각하고 받아 주시오."

그러자 김원봉도 입가에 미소를 지어 보이고는 고개를 끄덕였다.

"주석님의 마음을 저도 잘 압니다. 너무 신경 쓰지 마십시오."

"고맙소."

조선의용대는 임시정부 광복군에 제1지대로 편입되었다. 더불어 김원봉은 광복군 제1지대장 겸 부사령관에 취임했다. 이를 계기로 임시정부는 좌우합작으로 나아갔다.

의용대는 임시정부 광복군에 편입되면서 대대적인 환대를 받았다. 그리고 그 환영식에서 광복군으로서 새로운 마음가짐을 다지기도 했다.

"여러분은 이제 당당한 대한민국 임시정부의 일원이 되었습니다. 환영합니다! 이제 대한민국 임시정부의 광복군인 여러분은 늘 그래왔듯이 조국을 되찾는 일에 더욱 매진해야 할 것입니다. 조국은 여러분의 손으로 되찾아질 것이고, 우리 민족은 여러분의 땀과 피로써 다시 일어설 것입니다."

주석 김구는 의용대의 광복군 편입을 축하하는 인사말을 이어갔다. 의용대원들은 하나같이 대한민국 광복군이라는 자부심에 가슴이 벅차올랐다.

'이제 새로운 시작이다. 조국을 위한 새로운 시작!'

신태무는 마음을 다져먹었다. 그 누구보다도 일제를 타도하는 일에 앞장설 것이라 스스로에게 맹세했던 것이다. 이희도도 마찬가지였다.

'조국 광복의 그날까지 이 한몸 불사르리라!'

그는 입술을 굳게 다물었다. 그러고는 불타는 눈빛으로 단상에 선 김구를 바라보았다.

"여러분의 치열함이 임시정부에서 임시라는 두 글자를 떼어내게 할 것입니다. 반드시 그렇게 해야만 합니다. 나는 여러분을 믿습니다. 조국을 믿습니다. 동포를 믿습니다. 내가 임시정부의 주석 자리를 흔쾌히 허락한 것도 바로 그러한 점 때문입니다. 여러분도 나를 믿고 임시정부를 믿으십시오! 함께 갑시다! 조국을 되찾는 그날까지."

의용대원들은 환호했다. 김구의 열정에 매료되기까지 했다. 김원봉도 열렬히 박수를 쳤다.

이어 광복군 총사령관인 이청천이 단상으로 올랐다. 그 역시 축하의 인사말을 했다.

"동지 여러분! 우리는 조국 광복을 위해 뜨거운 피로 일어선 전사들입니다. 조국을 되찾는 그날까지 우리는 무도한 왜놈들을 상대로 그야말로 목숨을 초개와도 같이 버릴 각오로 치열하게 싸울 것입니다. 그 길이 멀고 험난할지라도 결코 어려운 길은 아니라고 생각합니다. 갈 만한 길입니다. 그리고 짓밟힌 조국과 유린당한 동포들을 생각하면 가야만 하는 길입니다."

도열한 광복군을 한 차례 둘러본 이청천은 인사말을 계속 이어갔다.

"의용대의 지난날 성과와 업적을 우리 광복군에 더하면 그 힘은 배가 될 것입니다. 우리는 장차 조국으로 들어가 왜놈들과 직접 전쟁을 치를 것입니다. 그러기 위해서 미국과도 협력할 것이고 연합군과도 연계할 것입니다. 동지 여러분, 조국을 위해 싸웁시다! 민족을 위해 일어섭시다!"

'광복군이라? 광복군이라?'

곽도선은 혼잣말처럼 뇌까렸다. 뭔가 내키지 않는 것이 있는 모양이었다. 그의 생각은 계속되었다.

'연안으로 갔어야 하는가? 아니면 이 길이 더 나은 것인가?'

내심의 갈등은 그의 표정을 더욱 복잡하게 만들었다. 고심하고 있음이 역력했다.

이청천의 인사말이 끝나고 김원봉의 답사가 이어졌다. 모두의 시선이 그에게로 모아졌다.

"이렇게 환대해주시니 무어라 감사의 말씀을 드려야 할지 모르겠습니다. 우리 광복군 제1지대는 그동안의 경험을 바탕으로 조국을 되찾는 데 맨 앞에 서겠습니다. 간악한 왜놈들과 싸우는 데는 이골이 난 우리입니다. 우리는 저들의 전략과 전술을 이미 속속들이 파악하고 있습니다.

조국의 원수, 민족의 원수인 저들과 맞붙는다면 반드시 승리를 이뤄낼 것입니다. 이제 우리는 의용대가 아닌 광복군으로서 조국을 되찾는 일에 매진할 것입니다."

김원봉은 화려한 연설로 좌중을 압도했다. 모두의 가슴에 불꽃을 일으켰다. 조국을 되찾겠다는 일념을 불태우게 했던 것이다.

'그래, 어느 길이든 내가 갈 길은 정해져 있다. 그 길을 화려하게 수놓자! 그게 내 삶의 목표다. 없으면 만들고 하는 일은 이룬다. 그게 내 삶이다.'

곽도선은 주먹을 불끈 쥐었다. 이도 악다물었다. 무언가 결정을 한 모양이었다.

김원봉의 답사가 끝나자 이번에는 참모장 이범석이 단상에 올랐다. 그러고는 광복군의 공약에 대해 설명하기 시작했다.

"저도 여러분의 광복군 편입을 축하합니다. 더불어 저는 우리 광복군의 몇 가지 공약에 대해서 말씀을 드리고자 합니다. 잘 듣고 새겨두길 바랍니다. 우선 우리는 무장투쟁으로 적을 척결할 것이며 대한국인이라면 누구나 광복군의 군인이 될 의무와 권리를 가지고 있다는 말씀을 드립니다. 또한 광복군인 여러분은 대한민국 건국강령과 광복군 지휘정신에 위배되는 일을 해서는 안 된다는 말씀을 드립니다."

이범석은 광복군 강령을 설명하고 나서 서약을 받았다. 이어 의용대원들은 이범석의 선창에 따라 우렁찬 목소리로 선서했다.

"본인은 광복군으로서 다음 사항들을 잘 지킬 것이며, 만일 이를 위반하는 행위가 있을 시에는 군의 엄중한 처분을 감수할 것입니다. 이에 선서합니다! 하나, 조국 광복을 위해 헌신하고 일체를 희생할 것이다. 하나, 대한민국 건국강령을 절실히 따르며 수행할 것이다. 하나, 임시정부를 적극 옹호하고 법령을 절대 준수할 것이다. 하나, 광복군의 공약과 기율을 엄수하고 상관의 명령에 절대 복종할 것이다. 하나, 건국강령과 지도정신에 위배되는 선전이나 정치적 조직을 군 내외에서 행하지 않을 것이다."

선서를 마침으로써 의용대의 광복군 편입이 완료되었다. 이제 의용대는 광복군 제1지대로서 활약을 펼치게 되었다. 이후 김원봉은 임시정부 의정원 의원으로 선출되는가 하면 군무부장에 취임하기도 한다.

* * *

세계대전이 막바지로 치닫고 있었다. 그리고 이탈리아가 항복을 선언했다. 태평양전쟁으로 인해 고전을 면치 못하고 있는 일본도 곧 항복할 것이라는 얘기가 나돌았다. 임시정부가 미군과 함께 국내진공 작전을 준비하고 있던 때였다. 그리고 마침내 소문은 사실이 되고 말았다. 일본이 항복을 선언했던 것이다.

1945년 8월 15일.

조국이 해방되었다. 날씨는 맑았다. 중경 시내도 축제의 장으로 변했다. 특히 임시정부 요인들은 누구보다도 기뻐했다.

"하늘이 마침내 우리를 도왔소!"

주석 김구는 해방의 기쁨에 눈물을 쏟아냈다. 연신 안경을 벗고 눈물을 훔쳐댔다.

"이제 되었습니다. 조국이 자유를 되찾았습니다. 동포들의 숨이 트였습니다."

부주석 김규식도 감격의 말을 쏟아냈다. 이때 총소리가 귀를 찢었다. 그것도 기관총 소리였다.

"무슨 소리요?"

눈물을 훔치며 김구가 놀란 표정으로 물었다. 그러자 김원봉이 미소를 지어 보였다.

"폭죽이 부족하니 기관총을 대신 쏘고 있습니다. 놀라실 필요 없습니다."

김원봉의 말에 김규식이 껄껄 웃었다.

"자라 보고 놀란 가슴 솥뚜껑 보고 놀란다더니만 이를 두고 하는 말이로군요!"

그제야 김구도 입가에 웃음을 흘려냈다.

"그나저나 우리 광복군의 국내진공 작전은 이제 쓸모가 없게 되었습니다."

김원봉이 아쉬운 얼굴로 말을 꺼내자 김구가 손을 흔들었다.

"아니오. 모두가 우리의 자산이오. 이제 조국으로 돌아가면 광복군은 대한민국의 당당한 군대로서 활약할 것이오. 모두가 소중한 경험이오!"

"그렇습니다. 그리 아쉬워할 일만은 아닙니다."

김규식도 김구의 의견에 동조하고 나섰다.

"하지만 우리 힘으로 나라를 되찾은 것이 아니고 연합국의 힘으로 해방이 되었다는 점이 영 찜찜합니다. 이 점이 어쩌면 두고두고 우리에게 걸림돌이 되지 않을까 걱정되기도 합니다."

김원봉의 조심스런 말에 김구도 고개를 끄덕였다.

"그건 그렇소. 나도 동의하오. 우리 광복군의 힘으로 조국을 되찾았더라면 좋았을 텐데."

김구는 아쉬운 표정으로 고개를 끄덕였다.

"서둘러 조국으로 들어가야 하지 않겠습니까?"

김규식이 묻자 김구가 고개를 끄덕였다.

"물론이오. 빨리 미군과 상의해보시오! 조국으로 들어갈 수 있는 방법을 찾아보란 말이오."

"알겠습니다. 제가 미군 중국전구 사령관 웨드마이어를 만나보겠습니다."

중경 시내는 광란의 장으로 바뀌었다. 낮부터 시작된 축제는 밤까지 이어졌다. 총소리가 하늘을 뒤덮고 시민들의 만세소리가 거리를 가득 메웠다. 임시정부 요인들도 거리로 나가 함께 축제를 즐겼다.

김원봉은 폭죽으로 수놓아진 하늘을 올려다보았다. 코끝이 시큰했다. 자신도 모르게 눈물이 볼을 타고 흘러내렸다. 오늘을 위해 그동안 얼마나 힘든 시절을 보냈던가? 생각할수록 가슴이 저려왔다. 동지들이 떠올랐다. 의열단부터 의용대까지, 그야말로 치열함을 함께한 동지들이었다. 박재혁, 김익상, 김상옥, 윤세주……. 하나같이 잊지 못할 동지들이었다. 아니 잊어서는 안 될 동지들이었다.

'해방된 조국에서 동지들의 몫까지 다 해내리다!'

김원봉은 동지들을 하나씩 떠올리며 마음을 다져먹었다. 해방된 조국에서 자신이 가야 할 길을 가늠해보면서.

***

중국 국민당 정부는 상청화원에서 환송만찬을 베풀었다. 대한민국 임시정부 요인들을 초청해 이별의 아쉬움을 달랬던 것이다. 임시정부에서는 김구를 비롯해 김규식, 김원봉 등 모두 열일곱 명이 참가했다.

"역사적으로 우리 중국과 조선은 형제의 나라였소. 예로부터 지금까지 그렇게 우의를 다져왔던 것이오. 일본 제국주의가 잠시 세상을 어지럽혔으나 우리는 한몸으로 싸워 이 땅을 굳건히 지켜냈소이다. 지난 치욕은 밝은 세상을 위한 버팀목이라 생각하오. 우리 중국과 조선은 앞으로도 형제의 나라로서 마땅히 함께해야 할 것이오. 조선의 독립을 축하합니다. 술잔을 높이 들어 기쁨을 함께 나눕시다!"

국민당 중앙당 비서장인 오철성이 환송 인사말과 더불어 건배를 제의했다.

"그동안 베풀어주신 은혜에 감사드립니다. 우리 대한민국은 오늘의 우의를 결코 잊지 않을 것입니다. 자, 건배합시다!"

대한민국 임시정부 주석 김구가 잔을 들어 오철성의 제의에 화답했다. 이어 잔이 부딪고 왁자한 웃음이 터져 나왔다.

"앞으로 어려운 일도 많을 것이오. 하지만 주석의 명철함으로 모든 것을 잘 극복해내리라 믿소."

오철성은 김구와 잔을 부딪치며 격려의 말을 아끼지 않았다.

"형제국의 도움이 아직 필요합니다. 총통 각하께 잘 말씀드려주십시오. 부족하고 모자란 것이 너무 많습니다."

김구의 부탁에 오철성은 고개를 끄덕였다. 그러고는 잔을 들어 입술을 적신 다음 신중하게 다시 입을 열었다.

"미국이 먼저 들어왔다고 하니 저들을 조심해야 합니다. 저들은 조선을 돕기 위해 왔다고는 하나 사실은 조선의 안방을 차지하기 위해서 왔다고 봐야지요. 국제질서는 냉혹합니다. 저들은 분명 조선을 자기들 마음대로 휘두르려 할 것입니다."

오철성의 말에 김구는 표정이 굳어졌다. 그도 이미 짐작하고 있던 일이기 때문이었다.

"고맙습니다. 그래서 형제국의 도움이 더욱 절실한 것입니다."

"우리도 조선의 완전한 독립을 위해 도울 수 있는 한 힘껏 돕겠습니다."

오철성의 확약에 김구는 마음이 든든했다. 더불어 오늘만큼은 흥겨운 분위기에 취하고 싶었다. 그동안 너무나도 힘겨운 시절을 보냈기 때문이다.

"자, 드시지요!"

김구의 건배 제의에 오철성도 유쾌하게 잔을 들었다. 유리잔 부딪는 소리가 상청화원에 맑게 울려 퍼졌다.

* * *

중경에서 환송을 받은 대한민국 임시정부 요인들은 비행기 두 대에 나눠 타고 상해로 향했다. 장개석 총통이 특별한 배려로 비행기까지 제공해주었던 것이다. 국민당 중앙당 비서장인 오철성이 직접 상해까지 안내하는 우의를 보이기도 했다.

"여러 모로 정말 고맙습니다. 잊지 않겠습니다!"

김구는 정중히 감사의 말을 건넸다. 그러자 오철성이 손사래까지 치며 말리고 나섰다.

"조선인들이 우리를 도운 것에 비하면 아무것도 아니오. 목숨을 바쳐 일제를 물리치는 데 힘을 써준 것에 비하면 이것은 작은 것에 불과하오. 우리도 조선인들의 우의를 결코 잊지 않을 것이오. 이 정도는 우리로서 당연한 일이오."

화기애애한 분위기 속에 임시정부 요인들을 태운 비행기는 상해에 무사히 도착했다.

상해에 내려서니 환영행사가 준비되어 있었다. 상해 시장과 교민들이 환영대회를 준비해 놓고 있었던 것이다. 그것도 윤봉길의 쾌거가 있었던 홍구공원에.

"감사합니다. 동포 여러분, 그동안 너무 고생들 하셨습니다."

김구는 단상에 올라 말을 채 잇지 못했다. 눈가에는 눈물이 가득했다. 감격의 눈물이었다. 잠시 안경을 벗고는 눈물을 훔쳐냈다. 우레와 같은 박수가 터져 나왔다.

"대한민국 만세!"

누군가가 대한민국 만세를 외쳤다. 그러자 홍구공원이 떠나갈 듯 만세소리가 울려 퍼졌다. 오철성을 비롯해 상해 시장 등 중국 측 인사들도 감격의 눈물을 흘렸다.

"오늘 이 자리에 서고 보니 특히 감회가 새롭습니다. 우리 윤봉길 군이 일제에 항거해 폭탄을 던졌던 자리가 바로 이 자리이기 때문입니다."

장내가 일순 숙연해졌다. 모두의 시선이 다시 김구에게로 모였다.

"저는 윤봉길 군으로 하여금 거사를 실행하도록 했습니다. 그때만 해도 오늘과 같은 날이 오리라고는 미처 생각하지도 못했습니다. 그런데 십삼 년이 지난 지금 마침내 그날이 우리 앞에 오고야 말았습니다. 윤봉길 군이 이 자리에 없다는 것이 너무나도 가슴 아픈 일입니다."

김구는 다시 한 번 안경을 벗고 눈물을 훔쳐냈다. 그러고는 좌중을 한 차례 둘러본 후 다시 말을 이어갔다.

"윤봉길 군뿐만이 아닙니다. 조국을 되찾기 위해 수많은 젊은이들이 피를 흘리며 싸우다 이 세상을 등졌습니다. 모두 조국을 위해서였습니다. 하나같이 동포를 위해서였습니다. 여기 서 있는 저는 그들에 대해 죄인일 수밖에 없습니다. 그들의 피와 눈물로 이 자리에 서 있기 때문입니다. 저뿐만이 아닙니다. 이 자리에 서 있는 여러분 모두가 저와 같은 마음일 것입니다. 동포 여러분! 우리가 그들의 희생을 헛되이 하지 않는 길은 오직 조국과 민족만을 생각하는 것입니다. 오늘 이 자리를 빌려 맹세합시다. 조국을 위해, 민족을 위해 남은 목숨 다 바칠 것이라고 말입니다."

군중은 환호했다. 조국과 민족을 위한 엄숙한 환호였다. 이어 누군가가 또다시 대한민국 만세를 외쳤다. 그러자 홍구공원에 구름 같이 모인 군중이 대한민국 만세를 연호해댔다. 단상의 임시정부 국무위원들도 하나가 되어 대한민국 만세를 외쳤다.

홍구공원에서 열렬한 환영을 받은 임시정부 요인들은 상해에서 비행기를 기다렸다. 미국에서 군용기를 보내주기로 했기 때문이다. 그러나 미국은 임시정부 요인들에게 개인 자격으로 입국할 것을 요구해왔다. 미국은 어떤 정당도, 어떤 정부도 인정하지 않겠다는 것이었다. 논란이 일었다. 울분도 터져 나왔다. 그러나 어쩔 수 없었다. 힘없는 약소국의 아픔이었다. 결국 미국의 요구를 받아들일 수밖에 없었다.

* * *

1945년 11월 23일 주석 김구를 비롯한 임시정부 요인 열다섯 명이 1진으로 귀국길에 올랐다. 이어 12월 2일 김원봉도 미군이 보내준 군용기에 몸을 실었다. 그리도 꿈에 그리던 해방된 조국으로 들어가는 길이었다.

김원봉은 한숨을 짧게 몰아쉬었다. 창밖으로 흰구름이 유유히 흘러가고 있었다. 눈 아래로는 푸른 바다가 드넓게 펼쳐져 있었다. 햇살에 눈이 부셨다.

'이제는 무엇을 할 것인가? 조국과 민족을 위해.'

김원봉은 그동안 조국을 되찾기 위해 동분서주하던 일들이 주마등처럼 지나갔다. 앞으로 더 많은 일들이 자신을 기다리고 있을 것이다. 가슴이 뛰었다. 이제 다시 시작이다. 해방된 조국에서 조국과 민족을 위해 남은 생을 불사르리라 다짐했다. 가슴 벅찬 일들이 펼쳐질 것이다.

멀리 해방된 조국의 산하가 김원봉을 맞이하고 있었다.

끝.

참고한 자료

[문헌]

김삼웅, 《약산 김원봉 평전》, 시대의창, 2013.

김승일, 《조선의용군 석정 윤세주 열사》, 고구려, 2001.

김영범, 《윤세주》, 역사공간, 2013.

양소전 외, 《조선의용군 항일전사》, 고구려, 1995.

연변인민출판사 편집부, 《조선의용군 최후의 분대장 김학철》, 연변인민
　　출판사, 2006.

염인호, 《조선의용군의 독립운동》, 나남, 2001.

오장환, 《한국아나키즘운동사 연구》, 국학자료원, 1998.

이원규, 《약산 김원봉》, 실천문학사, 2005.

한국독립운동사연구소, 《진광, 조선민족전선, 조선의용대》, 독립기념

관, 1998.

한상도, 《대륙에 남긴 꿈》, 역사공간, 2006.

[인터넷 사이트]

네이버백과사전, http://terms.naver.com.
네이버캐스트, http://navercast.naver.com.
두산백과사전, http://www.doopedia.co.kr.
위키백과, http://ko.wikipedia.org/wiki.
조선향토대백과, http://terms.naver.com/list.nhn.
한국민족문화대백과, http://encykorea.aks.ac.kr.
한국역대인물종합정보시스템, http://people.aks.ac.kr.
한국역사정보통합시스템, http://www.koreanhistory.or.kr.